KB251163

한국 근대 역사소설의 사적史的 연구

한국 근대 역사소설의 사적史的 연구

김 치 홍

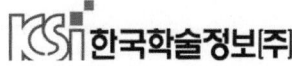
한국학술정보[주]

책머리에

지난 1월 설 다음 날 중국 서안(西安)을 갔었다. 진시황제와 양귀비로 관광 수입의 37%를 벌어들인다는 서안은 서주(西周)부터 진(秦), 서한(西漢), 수(隋), 당(唐) 등 13개 왕조 1100년의 수도였던 장안(長安)으로 아테네, 로마, 카이로와 함께 세계4대 고도(古都) 중 하나이다. 오후에 도착하여 손오공으로 우리에게 잘 알려진 서유기(西遊記)에 등장하는 삼장법사(三藏法師)의 실제 인물인 현장(玄奘) 법사를 기리는 절로 서안시내에서 4km 떨어져 있는 자은사(慈恩寺)로 갔다. 이 절 안에는 중국에서 유명한 불탑 중 하나인 대안탑(大雁塔)이 있는데, 이 탑은 652년에 당(唐)나라 현장법사가 인도에서 가져온 불경과 불상을 보존하기 위해 만들어졌다. 대안탑을 멀리서 바라보며 절 안으로 들어가니 중국에 처음으로 불경을 전파한 현장법사의 일대기를 그린 벽화가 걸려있었다. 이 벽화는 장방형의 커다란 검은돌에 주로 불경을 가져오기까지의 과정을 중심으로 그렸다. 아름답고 우아하고 장엄하며 거룩하기까지 한 그 벽화를 보고 한참 서 있었다. 그림에 감동하거나 내용을 자세히 살피기 위해서가 아니었다. 짤막한 현장법사에 대한 기록을 토대로 거대하게 그려진 벽화. 보고 있는 동안 역사와 그림을, 역사와 예술을 생각했다. 짤막한 역사의 기록을 구체화한 그림. 그 그림에 있는 현장의 실제 모습에 대해 왈가왈부하는 사람은 없다. 표현에서의 사실성(事實性)을 말하는 사람이 없는 것은 관심의 대상이 위대한 업적이지 그 인물 자체가 아니기 때문이다. 중국의 불경이 현장법사가 가져와서 현재 여기(이 땅에) 있게 됐다는 사실이 중요한 것이다. 현재에서 판단한 과거의 의미, 그것이 중요했던 것이다. 과거의 모습으로 복원이 잘 되었느냐 잘 못 되었느냐가 중요한 것이 아니다. 그러나 가져오는 과정에서의 주변 상황과 그 시대적 배경이 구체적이고 사실적이었다면 좀더 감동적이었을 것이다. 기록성에다가 예술성을 겸비했더라면 정서적 호소력이 더 강해서 보는 이가 더욱 감동했을 것이다. 결국 현장법사의 일대기는 현재 살고 있는 사람들에 의해 판단되어 좀 우스꽝스럽게 그렸지만 그 존재의미를 훌륭하게 전해 주고 있는 것이다. 역사를 소재로 하여 예술화하는 것은 현재 보고 있는 사람이 전달이나 교훈적 기능에 미적 감흥을 더하여 감동하도록 하는데 있다. 그래서 크로체(B. Croce)나 카(E. H. Carr)의 말대로 역사는 현재의 역사인 것이다. 과거의 쪼가리를 맞추어 과거를 복원한 것이 역사가 아니라, 역사는 해석인 것이다. 그렇다면 역사문학은 해석한 역사를 알게 하는데 목적이 있는 것이 아니라 예술적으로 감동하게 하는 것이리라.

이런 역사를 소설화한다는 것은 무엇일까? 방법의 문제일까? 얼른 보면 기교인 것처럼 보이나 기교가 아니라 역사적 안목인 사관(史觀), 사상(思想)이다. 역사를 해석하는 사유(思惟)의 과정이 먼저이고, 기교는 그것을 담는 그릇에 불과한 것이다. 또 사유의 과정에 앞서 자신의 사관이 그 먼저 놓여지게 된다. 거대한 역사의 흐름에 놓여 있는 당대의 역사를 조망할 수 있는 역사적 안목이 있어야 하는 것이다.

본래 우리의 서사(敍事)문학의 기본틀은 전기적(傳記的) 형식이었다. 개인의 일대기를 이야기로 구성한 전기(傳記)가 서사문학의 골격인 사건을 담아내었던 것이다. 이 전기는 역사를 기록했던 하나의 방식인 기전체(紀傳體)에서 볼 수 있었던 것이었다. 사마천이 사기(史記)를 기록했던 방식인 기전체는 역사적 사실을 서술할 때 본기

(本紀)·열전(列傳)·지(志)·연표(年表) 등으로 구성하여 서술하는 역사서술의 방식이었다. 이처럼 개인의 사건이 중심이 된 이야기가 구체적 역사와 아울러 전기문학을 이루어냈던 것이다. 이러한 전기적 형식을 가지고 있던 소설문학이 개화기를 거치면서 서구적 양식 개념이 도입되어 그 양상이 달라졌다.

서구의 소설개념이 도입된 개화기 이후 역사소설은 전기의 양식을 그대로 보여준 개화기의 작품들에서부터, 서구의 소설 양식이 본격화 된 192·30년대에 이르기까지 그 모습이 다양하게 나타났다. 이 과정에서 역사소설이란 어떤 것인가 하는 것과 그 존재방식에 대한 해명을 하기 위해 많은 작가와 연구자들이 논란을 빚었고, 구체적 역량을 작품으로 보여주기도 했다. 특히 1930년대는 당시의 정치·사회적인 상황이 역사소설을 왕성하게 창작되었던 시기여서 연구의 풍성한 자료를 찾을 수 있었던 시기였다.

이 책은 개화기에서부터 192·30년대의 작품과 그와 관련된 논란을 살피면서 현재의 역사소설의 새로운 모색을 해보고자 했다. 특히 양식개념조차 모호한 개화기에서부터 서구의 소설양식으로 전환된 192·30년대를 중점적으로 살펴, 광복 이후의 정리를 위한 논의의 단서를 제공한 데 그 의미를 두었다. 이 과정에서 역사와 문학의 관계, 문학으로서의 역사와 역사로서의 문학. 이론상으로는 명백하게 경계를 그을 수 있지만 실제로는 간단하지 않은 이 둘 사이에서의 고민과, 실제로 일어나지는 않았지만 있을 수 있는 일을 기록한 것이 문학이고, 실제로 일어날 가능성이 없음에도 불구하고 일어난 일을 기록한 것이 역사라는 아리스토텔레스의 명쾌한 해명에도 쉽지 않은 문학과 역사의 선 긋기에 대한 그 논란이 지속되는 것은, 인문학의 하나의 속성 때문이라고 한다면, 차라리 운명적이라고 여겨진다. 이 과정에서 루카치(G. Lukacs)도 만났고, 백낙청교수와 김윤식 교수의 글에도 많이 기댔다. 글공부한답시고 재주없어 땀만 흘렸던 어쭙잖은 것을 내놓으려니 너무 부끄럽다.

그동안 시시때때로 지도와 격려를 아끼지 않으셨던 김태준교수님, 진태하교수님, 홍문표교수님, 그리고 심사를 맡으셨던 신동욱교수님 과 구인환교수님께 깊이 감사를 드리며, 출판을 맡아주신 한국학술 출판정보(주) 관계자 여러분께 감사를 드린다.

2006년 5월

김치홍

목 차

I. 서 론

1. 연구목적

　문학연구가 지향하는 목표는 작품의 체계적인 질서를 세우고 의미를 부여하는 데 있다. 질서를 세우고 의미를 부여하는 것은 새로운 작품을 발견함으로써 가능해질 수 있고, 작품에 대한 새로운 해석으로도 이루어질 수 있다. 문학연구가 끊임없이 계속되는 것은 새로운 작품에 대한 실증적 연구보다, 작품에 대한 새로운 해석을 통해 가치를 부여하는 데서 그 의미를 찾을 수 있기 때문이다. 이러한 연구를 통해 한 시대의 문학의 성격이 공시적으로 조명될 수 있으며, 통시적인 고찰도 가능해질 수 있다.

　본 연구의 목적은 개화기에서 광복에 이르는 기간에 발표된 역사소설들의 분석을 통해 시대별 작품의 특이성과 변천과정, 그리고 그 연계성을 고찰하려는 데 있다. 이와 같은 연구의 동기는 기존의 연구 성과가 전혀 없었기 때문이 아니라 개별 작품의 구체적 연구가 미진한 가운데서 이루어졌다고 하는 아쉬움에서 비롯된다.

　개화기에서 광복까지 '역사의 소설화'라는 어려움을 극복해 나가는 과정은 현저하게 변화했으며, 그 변화는 시대적 상황과 깊은 관련하에 이루어졌다. 때로는 역사소설이 민족의식 고취라는 교훈적 양상을 띠기도 했고 또는 흥미 중심의 대중소설로 변하기도 했다. 이런 가운데서도 역사소설은 장편소설의 명맥을 유지하는 구실을 하기도 했다.

　특히 개화기 민족주의 사학자이며 언론인인 申采浩・張志淵・朴殷

植 등의 「乙支文德」· 「익국부인전」· 「瑞士建國誌」 등 역사·전기문학
이 일부 문학사에서 제외되기도 했었다.[1] 그 까닭은 전기적 형태로서
소설적 구성이 미흡하고 문체가 신소설과는 달리 국한문 혼용체로 되
어 있으며, 주제의식이 지나치리만큼 강하게 표출되어 있어 전대의 소
설보다 퇴보적인 면을 보이고 있기 때문인 것으로 보인다. 그러나
1970년대에 이르러서 역사·전기문학을 단순한 역사가 아니고 제국주
의 침략하에서의 역사소설로 보려는 견해가 표명되기 시작했다.[2] 역
사·전기문학이 외세의 침략에 항거하려는 목적의식을 공간적으로나
시간적인 간격을 지닌 다른 나라나 시대에서 준거를 가지고 온 역사
의 현실적 재구이기 때문이다. 그 결과 민족주의 저항문학으로 평가되
어 오기도 했다.[3]

　1920년대 초에 나타나기 시작한 단편역사소설은 개화기의 역사·전
기문학과는 달리 소설적 형식미를 갖추었다. 단편소설 위주였던 당시
의 경향을 그대로 답습하고 있음을 볼 수 있는데 이는 단편 역사소설
이라는 장르상의 한계점을 드러내고 있기도 하다.

　1920년대 李光洙에서부터 시작된 역사소설의 장편화는 1930년대에
金東仁·玄鎭健·朴鍾和·蔡萬植·尹白南·李泰俊·洪命熹 등에게로
이어졌다. 이러한 장편화의 경향은 역사소설이 거대한 역사의 흐름을
형상화하기 위해서는 당연한 귀결이다. 장편역사소설은 우리나라의
신문연재소설 중 큰 몫을 담당했다. 그러나 신문에 연재한 장편역사소
설은 통속화의 문제 등으로 많은 논란을 불러 일으켰다. 작가들은 일

---

　1) 白　鐵, 『新文學思潮史』, (民衆書館, 1962), 趙演鉉, 『韓國現代文學史』,
　　 (成文閣, 1982).
　　 金東旭, 『國文學史』, (日新社, 1976).
　2) 李在銑, 『韓國化期小說研究』, (一潮閣, 1972).
　3) 洪一植, 『開化期의 文學思想硏究』, (悅話堂, 1980).

제의 압제로 창작행위가 불가능했을 때 역사소설로 도피했거나, 민족
의식 고취의 수단으로 역사소설을 창작하였다. 또 독자의 복고적 취향
에 영합하려는 작가의 심리가 역사소설을 대중소설적인 면으로 변질
시켰기 때문이다. 이러한 까닭으로 우리나라 소설사에서 역사소설은
방대한 양이 있음에도 불구하고 몇 편의 작품을 제외하고는 소설사에
서 빠지고 말았다.

　본고에서는 개화기에서 광복까지의 역사소설의 시대별 특징과 한
계성을 究明하고, 시대별 상호간의 연계성을 통시적으로 고찰하고자
한다. 이러한 연구는 과거의 역사소설을 고찰한다는 의미 이외에 현
재의 역사소설의 지표를 제시할 것으로 보인다.

2. 연구방법

　한국 근대 역사소설이 역사적으로 어떻게 그 모습을 달리해 왔는
가를 검토하기 위해 선결해야 하는 것은 근대라고 하는 시대구분에
관한 것이고, 하나는 역사소설에 대한 개념의 규정이다. 먼저 근대의
개념은 이 논문이 시대구분을 문제로 삼은 것이 아니기에 통상적인
시대 구분인 개화기에서 광복까지를 기준으로 삼았다. 그리고 역사
소설의 개념 또한 쉽게 정리 될 수 있는 것이 아니어서 우선 '역사
가 소설화' 되어진 것을 일단 그 대상으로 삼기로 했다.

　이를 토대로 시대에 따라 그 변화 양상을 살피기 위해, 시기를 작
품의 유사성 혹은 상이성에 따라 몇 개로 나누어 살펴보았다. 첫째
는 개화기에서 1910년대 말까지, 둘째는 1920년대, 셋째는 1930년대
이렇게 나누어 몇 작품을 검토하여 보기로 했다.

이 과정에서 봉착하는 어려움은 '역사의 소설화'의 문제이다. 우선 대상이 소설일 수 있는가하는 문제와 역사의 개념이다. 이를 해결하기 위해 소설을 서사문학(敍事文學)이란 개념에서 포괄적으로 수용하기로 하고, 역사 또한 과거의 사실(史實)이란 범주에서 이해하려고 하였다. 과거의 사실 즉 역사적 사실을 어떻게 설정하느냐 또한 간단한 문제가 아니어서 플이셔먼의 이론을 잠정적으로 수용했다.4)

이러한 개념과 시대구분에 대해 좀더 명확하고 분명한 기준을 적용하면, 그것은 현재 기준에서 본 작품에 대한 내용만을 이해했을 뿐이고, 내용과 함께 그 시대를 살았던 작가의 정신사적 맥락은 사멸해 버릴 수도 있기 때문이다. 당대에 필요했던 문학의 양식으로서의 작품을 그 대로 수용하지 못하면, 이런 문제에 봉착하게 되는 어려움이 내재하고 있기 때문에 포괄적으로 수용하기로 했다.

그러나 포괄적으로 수용하고 작품을 분석하는 일에서는 역사소설의 본질적인 면을 전제하고 살펴보고자 한다. 대체로 역사소설은 素材 概念으로 인식되었다. 즉 역사적 사실을 소설화 한 것으로 특히 1930년대에 이러한 인식이 지배적이었다. 그러나 역사소설을 하나의 양식개념으로 파악하기 위해서는 이런 소재개념의 한계를 극복해야 한다. 적어도 역사적 진실성과 예술성이 함께 드러나는 구조적 특성과 형식미를 가지고 있어야 한다. 역사적 진실성이란 어떤 한 시대의 역사적 환경과 그 시대의 인간의 삶이 다른 시대와 구별될 수 있는 그 시대의 본질이 정확히 드러날 때 이루어진다.5) 이와 같은 역사적

---

4) 이 역사적 사실이란 어느 때의 것을 두고 말하는가는 매우 모호하다. A. Fleishman은 40~60년(2세대) 전의 과거를 배경으로 한 것이라고 했다.(*The English Historical Novel*, Baltimore, The Johns Hopkins Press, 1971. p.3) 본고에서는 이러한 Fleishman의 개념을 잠정적으로 받아들이기로 한다.

진실성과 예술성이 역사적 문맥의 의미를 파악할 수 있는 단서가 될
때 역사소설은 그 의미를 지닌다. 역사소설은 역사적 사건을 단순히
기록한 것이 아니라 예술적으로 재창조하여 미적인 세계로 승화시킨
것임을 의미한다. 따라서 역사소설은 그것이 씌어진 당대를 지나서
후세에 이르면 그 소설 속에서 다루어진 시대가 문제되는 것이 아니
라 그 소설이 씌어진 시대가 문제가 된다.

그리고 역사적 진실성을 드러내는 데 있어서 인물이 '세계사적 인
물'일 필요는 없다. 오히려 무명의 인물이나 마이너 캐릭터(minor
character)가 더욱 효과적이다.[6] 그 이유는 특정한 시대의 역사적 현
실성을 구체적으로 드러내는데 세계사적 인물은 많은 제약을 받게
되기 때문이다. 따라서 역사소설이 표현해야 할 역사적인 인물은
사회적으로 폭 넓게 관련된 인물이어야 하는데 그 인물을 역사 속에
서 예술적으로 표현하려면 마이너 캐릭터가 적합하다는 것이다. 루
카치는 중도적 인물(middle road character)도 적합한 인물 중에 하
나라고 했다. 작가는 중도적 인물을 통해서 사회적인 계급 간 갈등
의 양상이나 세력 간의 경향을 살필 수 있고, 역사의 중요한 전환기
를 완벽히 형상화 할 수 있으며, 역사소설에서 서사적 성격을 드러
내는 데 적합하다고 했다.[7] 그러나 우리나라 대부분 작가의 경우 유
명한 역사적 인물을 그들 작품의 주인공으로 삼고 있다. 이것은 스
스로 상상력의 제약을 자초했을 뿐 아니라 통속화의 경향에서 벗어
나지 못한 원인이 되었다. 그것은 창작태도의 안이한 자세와도 관련

---

5) G. Lukacs, *The Historical Novel*, (Boston, Beacon Press, 1963)
   p.43.
6) Ibid., p.314.
7) Ibid., p.34.

이 있으리라고 본다. 역사의식이 없이 시대적 환경에 편승하여 대중의 흥미에 영합하면서도 민족의 역사를 알게 한다는 미명하에 역사소설이 창작되어졌기 때문이다.

특히 인물 중심의 이야기 전개는 주인공을 영웅화하거나 또는 理想化 함으로써 전기적 형식을 띠는 경우가 대부분이다. 역사소설이 전기적 형식을 가졌을 때 큰 문제점은 한 역사적 시대의 포괄적인 환경을 제시하지 못하므로 인물과 환경과의 유기적 관련을 드러내기 어려울 뿐만 아니라 역사적 진실성이 捨象되기 쉽다는 데 있다. 우리나라의 역사소설이 한국의 역사를 옷으로 빌려 입고 나왔을 뿐 참다운 한국인의 모습이나 민족의 입김을 느낄 수 없다[8]는 비판을 받게 되는 이유가 여기에 있다. 그러나 전기적 형식은 역사 속에서 사장되어 버린 역사상의 인물들을 단편적인 역사의 기록으로부터 재생시켜 세부적인 면까지 살아있는 인간으로 전달한다는 측면에서 긍정적 가치를 부여할 수도 있다. 루카치가 소설의 외적 형식은 본질적으로 전기적 형식[9]이라고 했지만 역사소설은 역사라는 특수한 환경과 불가분의 관계를 유지해야 할 뿐만 아니라, 작가의 역사관이 투명하게 나타나야 하기 때문에 역사소설의 전기적 형식은 큰 난점을 지니기도 한다.

그러나 앞서와 같은 논리를 개화기에서부터 광복까지의 역사소설에 적용했을 경우, 그 대부분의 작품은 제외될 위기에 직면케 된다. 여기에 첫 번째 해결해야 할 문제가 있다. 어느 시대건 그 시대의 문자 행위는 당대의 작가의 역사의식을 표현해 내는 방법과 논리적 근거를 바탕으로 이루어진 정신적 소산이므로, 우리는 그 시대의 문

---

8) 洪思重, 「歷史와 文學」, 『실천문학』 제2권, (실천문학사, 1981) p.269.
9) G. Lukacs, *Die Theorie des Romans*, 潘星完譯, 『小說의 理論』, (심설당, 1985) p.98.

자 행위를 어떤 방법으로든 수용 평가해야 되리라고 본다. 따라서 본고에서는 일차적으로 소재개념에 의해 역사소설로 분류될 수 있는 작품을 분석하여 당대 역사소설의 면모를 고찰하고자 한다.

둘째는 개화기의 역사 · 전기문학을 어떻게 처리할 것인가 하는 문제이다. 개화기의 역사 · 전기문학은 창작보다 외국서적의 번역 · 번안이 더욱 많다. 창작보다 양적으로 많은 번역 · 번안된 역사 · 전기문학을 일괄적으로 논의를 배제해서는 안 된다. 왜냐하면 이 역사 · 전기문학은 저명한 개화사상가들에 의해 번역 · 번안된 작품들로 역자들의 뚜렷한 주관에 의해 선택된 것[10]이며, 원전에 크게 구애받지 않은 번역으로 인해 번안에 가까워진 것이 대부분일지라도 이것은 우리나라의 역사적 인물을 소재로 한 전기의 창작에도 상당한 영향을 주었을 것으로 보기 때문이다. 그리고 개화기는 文學史上 신구문학관이 대립 교체되는 시기[11]이고 번역이나 번안을 담당했던 개화기 지식인들은 번역 · 번안의도를 강하게 나타냈다. 그리고 작품의 인물은 역자에 의해 주관화 되어 그 인물이 속한 역사적 환경으로부터 상당히 분리되어 있다. 이런 이유로 역사 · 전기문학이 순문학개념에 의해 제외되어서는 안 될 것이다.

그러나 역사서에 가까운 것도 소설로 볼 것이냐 하는 문제는 충분한 검토가 이루어질 때까지 고려해야 될 것이다. 다만 역사서에는 무용담이 수록되어 있고, 전기와 유사한 주제를 가지고 있어 전기와 밀접하게 관련되어 있으므로 일단 고찰되어야 할 것이다. 전기도 소설은 아니지만 서사문학의 하나로서 상업성이 강했던 신소설에 비해 뚜렷한 역사의식과 구국저항의식을 보여준다는 측면에서 검토되어야

---

10) 이것은 역자의 서문이나 발문에 나타나 있다.
11) 조동일, 『한국문학통사』 4, (지식산업사, 1986) pp.190~208.

하리라고 본다.

본고에서는 개화기의 번역·번안전기로 朴殷植의 「瑞士建國誌」를 검토하고자 한다. 이것은 이질적이고 새로운 외국작품의 도입 초기인 개화기에 필연적인 한 과정으로 번역이나 번역의 변형인 번안은 불가피했던 것으로 외면할 수 없는 것이기 때문이다. 더구나 「瑞士建國誌」는 번역·번안 전기 중에서 가장 먼저 단행본으로 출간된 것이어서 신문이나 잡지에 연재했던 것보다 완결된 모습을 가장 먼저 보여주고 있다. 申采浩의 「乙支文德」은 작가의 이름이 분명한 유일의 단행본이며, 가장 먼저 창작되어진 작품이다. 異民族의 침입을 막아낸 민족 영웅의 전기로 비소설적 요소가 보이지만 근대 역사소설 초기의 한 모습을 볼 수 있을 것으로 보인다.

1920년대의 역사소설은 단편소설과 장편소설로 나누어 볼 수 있다. 단편역사소설 중 「嘉實」은, 주인공이 역사적 관련성이 적은 이상적인 인물을 등장시킨 전기적 작품이고, 「목매이는 女子」는 역사적 사건에 대응하는 개인의 삶의 문제를 제시한 작품이다. 「端宗哀史」도 같은 경우이나 장편소설이고 당시에 많은 논란에 대상이 된 작품이다.

30년대의 작품도 20년대와 같이 역사적 사건과 관련이 적은 작품으로 「無影塔」과 역사적 사건에 대응하는 개인의 삶을 보여준 「大首陽」을 살펴보려 한다.

또한 30년대는 많은 소설이 창작되는 것과 함께 문학에 대한 논의도 아주 활발했다. 이중 역사소설에 대한 논의를 살펴 역사소설에 대한 당시의 이론을 검토해 보고자 한다.

그리고 이들 작품들을 고찰함에 있어서는 먼저 작가의 역사소설관을 살피고, 서술구조를 분석하여 그 특이성과 문제점을 규명한 다음 내용까지도 함께 고찰하는 과정을 순서로 하였다.

3. 연구사 검토

한국 근대 역사소설에 대한 연구는 많지 않다. 개화기에서 광복이
전까지 역사소설을 연구한 것으로 宋百憲과 姜玲珠가 똑같이 「韓國
近代歷史小說硏究」란 제목으로 발표한 논문이 있을 뿐이다.

宋百憲은 근대 역사소설의 형성이 申采浩부터임을 언급하고, 李光
洙·金東仁·朴鍾和·玄鎭健의 작품 2~3편씩 모두 9편을 선정하여
작가별 문학사적 의의를 밝혔다. 그리고 결론에서 역사소설의 성격
과 기점, 작가별 기법의 양상과 한계 등을 구명했다.[12]

姜玲珠는, 역사소설의 본질을 간략히 언급하고, 개화기 역사전기문학
을 근대 역사소설의 선행형태로 파악하였다. 개화기의 역사·전기문학
을 나누어 번역·번안전기로 「애국부인전」·「瑞士建國誌」·「伊太利建
國三傑傳」을, 창작전기로 「乙支文德」·「李舜臣傳」·「崔都統傳」·「泉蓋
蘇文傳」 등을 간략하게 언급하였다. 그리고 1920~40년대 초까지를 '식
민지시대의 역사소설'로 묶어 李光洙·金東仁·玄鎭健·朴鍾和의 16
편의 작품과 洪命熹의 「林巨正」을 고찰했다. 특히 李光洙·金東仁·
朴鍾和·玄鎭健의 많은 작품을 간략하게 언급하고, 「林巨正」만 본문
의 절반 가까이 할애하여 「林巨正」 연구에 집중되어 있다. 「林巨正」이
한국근대 역사소설에서 차지하는 비중 때문인 것으로 보이나 편중되
어 있음은 부인할 수 없다. 그러나 「林巨正」의 집중적인 고찰은 선구
적 업적으로 보인다.[13]

개화기 역사·전기문학은 安自山과 金台俊의 문학사에서 신소설과
함께 개화기문학을 양분하는 장르로 언급되었다.[14]

---

12) 宋百憲, 「韓國近代歷史小說硏究」, (檀國大大學院 博士學位論文, 1982).
13) 姜玲珠, 「韓國近代歷史小說硏究」, (서울大大學院 博士學位論文, 1986).

이 이후 개화기의 소설연구는 주로 신소설에 집중되었다. 특히 金河明이 『新小說과 「血의 淚」와 李人稙』[15])을 발표한 후에는 신소설 작가와 작품론의 연구가 병행되면서 개화기 소설은 곧 신소설로 인식되었다.[16]) 이와 같은 인식의 테두리에서 벗어나 역사·전기문학을 개화기 서사문학의 한 장르로 파악한 것은 李在銑이다.[17]) 이 이후의 역사·전기문학에 대한 논의를 몇 개의 유형으로 나누어 살펴보고자 한다.

첫째, 개화기 역사·전기문학의 연구는 장르론에서 출발했다. 이것은 개화기 소설이 신소설에 치중되어 왔던 것에 대한 검토에서 비롯된 것이라고 볼 수 있다.[18]) 개화기 역사·전기문학의 장르에 대한 본격적인 논의는 1975년 제18회 국어국문학회 전국발표대회에서 시작되었다. 이 대회의 국문학 분야 주제는 「開化期 文學의 諸問題」였다. 여기서 李在銑은 개화기 서사문학을 '經驗的 敍事體로서의 歷史傳記文學'과 '虛構的 敍事體로서의 新小說'로 구분 지었다. 그 후 그

---

14) 安自山, 『朝鮮文學史』, (韓一書店, 1922) pp.124~125.
     金台俊, 『朝鮮小說史』, (學藝社, 1939) p.241.

15) 金河明, 『新小說과 「血의 淚」와 李人稙』, (『文學』 1950. 5, 朝鮮文學同盟) pp.187~197.

16) 이와 같은 태도로 문학사를 기술한 것은, 趙演鉉의 『韓國現代文學史』, 白鐵의 『新文學思潮史』, 趙潤濟의 『國文學史』, 金思燁의 『國文學史』 등이 있다.

17) 李在銑, 「開化期 小說觀의 形成過程과 梁啓超」, 『嶺南大論文集』 제2집, (嶺南大學校, 1969) pp.51~76.

18) 金允植, 「開化期 文學樣式의 問題點」, 『東西文化研究』 제12집, (서울大 東西文化研究所, 1973) pp.87~126.
     그는 이 글에서 개화기 산문양식으로 ① 新聞論說, ② 飜案 및 翻譯物, ③ 創作小說, ④ 演說의 散文化 등으로 구분짓고 있다(pp.87~126). 그러나 이 경우 역사·전기문학은 선명히 구분되어지지 않는다.

는 여기에다 戱畵와 寓意로서의 短形敍事體를 첨가, 개화기 서사문
학을 세 유형으로 구분 지었다.19) 한편 尹明求는 ① 한문소설, ② 몽
유록계 소설, ③ 전기소설, ④ 신소설 등으로 나누어 역사·전기문학
을 전기소설로 규정지었다.20) 이외에 변형을 시도한 경우도 있다.21)
한편 趙東一은 역사·전기문학을 교술문학으로 규정짓고,22) 李慧淳
은 전대의 형식을 계승한 영웅문학으로 간주했다.23)

이와 같은 개화기 역사·전기문학의 장르에 대한 연구는 개화기
문학연구를 심화·확대시킨 노력의 결과로 보아 높이 평가할 만하다.

둘째, 개화기 역사·전기문학에 대한 정신사적 고찰의 시도이다. 洪
一植은 개화기 소설을 역사·전기소설류와 신소설로 나누고 역사·전기
소설로 「乙支文德」·「李舜臣傳」·「익국부인전」·「瑞士建國誌」 등을 검
토하고, 그 결론으로 역사·전기소설은 救國自强이라는 시대정신의 소
산으로 敎化와 鑑戒의 의도가 성실하게 나타난 것이 특징이라고 했
다.24) 개화기 역사·전기문학을 정신사적인 측면에서 종합적으로 검토
한 것으로 姜玲珠의 논문도 있다.25) 그는 개화기 역사·전기문학을 번
역·번안 전기류와 창작 전기류로 나누어 고찰하고 이들을 근대 역사

19) 李在銑, 「開化期 敍事文學의 세 類型」, 『韓國語文論叢』(又村 姜馥
樹博士回甲紀念論文集), (螢雪出版社, 1976) pp.619~624.
20) 尹明求, 「開化期 敍事文學 장르」, 中東旭編, 『新文學과 시대의식』,
(새문사, 1981) pp.II-29~43.
21) 柳楊善, 「開化期 敍事文學 硏究」, (서울大 大學院, 1979).
22) 趙東一, 『新小說의 文學史的 性格』, (서울大 出版部, 1973) p.79.
23) 李慧淳, 「大韓帝國의 文學」, 『大韓帝國硏究』 II, (이화여대 韓國文
化硏究院, 1983) pp.94~102.
24) 洪一植, 『開化期의 文學思想硏究』, (悅話堂, 1980).
25) 姜玲珠, 「愛國啓蒙期의 傳記文學」, 『전환기의 동아시아 문학』, (창
작과 비평사, 1985) pp.171~197.

22

소설의 선행형태로 보았다.

셋째, 개별 작품에 대한 연구이다.[26] 별로 이 분야에는 진척되지 않아 앞으로 많은 연구가 있어야 되리라고 본다. 이 중 李在銑의「애국부인전」에 대한 연구가 개화기 역사문학의 특성을 극명하게 보여주는 데 사회학적인 측면만 강조되어 구조적 특성을 살피는 데는 소홀한 바가 있다.

넷째, 역사・전기문학의 작가에 대한 연구이다. 申采浩・朴殷植・張志淵 등 민족주의 사학자가 역사・전기문학의 작가층에 주류를 이루었지만, 그 동안 이들에 대한 연구는 대체로 申采浩에 치중되었다.[27] 주로 작품과 문학사상을 검토한 대부분의 논문들은 신사적인 측면에서 개화사상-특히 민족주의를 근거로 한-이 작품에 어떻게 수용되었는가를 탐색했다.

다섯째, 역사・전기문학의 비교문학적 연구를 들 수 있다.[28] 주로

---

26) 李在銑,「歷史・傳記小說의 抵抗意識」,『開化期文學論』,(螢雪出版社, 1978) pp.132~151.
拙稿,「申采浩의 乙支文德 硏究」,『국어국문학』제86호,(국어국문학회, 1981) pp.88~114.
拙稿,「瑞士建國誌 硏究」,『比較文學』제9・10집,(한국비교문학회, 1985).

27) 金允植,「丹齋小說 및 文學思想의 問題點」,『서울大論文集』제5집,(서울대출판부, 1973).
李明宰,「丹齋小說考」,『淵民李家源博士頌壽紀念論叢』, 1977.
韓武熙,「丹齋와 임공의 文學과 思想」,『우리문학』2,(예그린, 1977).
李東洵,「丹齋 소설에 나타난 良家思想」,『어문논총』12,(경북대학교, 1978).

28) 李在銑,「開化期小說觀의 形成過程과 梁啓超」,
金泰俊,「韓國開化期文學」,『국어국문학』68・69,(국어국문학회, 1975) pp.145~154.

중국과 일본 문학과의 비교연구로, 중국문학과의 비교는 梁啓超와의
비교가 李在銑에 의해 고찰되었는데, 그는 梁啓超가 서양문화의 轉
身者로서 한국에서의 역할과 양계초의 소설관과 개화기 소설관을 비
교 고찰했다. 일본과의 비교는 金泰俊과 芹川哲世의 논문이 있다. 金
泰俊은 일본의 문학이 한국문학에 수용되는 과정을 소상히 밝혔고,
芹川哲世는 한국과 일본의 정치소설을 비교했다.

　이상의 연구사를 종합해 보았을 때, 개화기의 역사·전기문학에 대
한 연구는 장르론이 폭넓게 검토되었을 뿐 개별 작품에 대한 연구가
미흡한 형편이다.

　1920년대 역사소설 연구는 첫째, 역사소설에 대한 해명을 하기 위
해 「端宗哀史」와 「大首陽」을 대비 연구한 것을 들 수 있다.29) 이 경
우는 작가의 사관에 따라 작품이 어떤 변화 양상을 보이며, 작가는
역사를 어떻게 이해했는가를 검토한 것이다. 특히 역사소설에 대한
깊은 이해와 연구의 확대를 꾀한 한 방법이라고 볼 수 있다. 그러나

葉乾坤, 「梁啓超와 舊韓末 文學」, (法典出版社, 1980).
芹川哲世, 「韓日 開化期 政治小說의 比較研究」, (서울大 大學院,
1975).
李在銑, 「실러와 開化期의 抵抗的 歷史·傳記文學」, 『韓獨文學比較
研究』, (三英社, 1976).
李明宰, 「한국 신문학에 끼친 梁啓超의 영향」, 『논문집』 24집, (중
앙대학교, 1980).
29) 白樂晴, 「歷史小說과 歷史意識」, 『創作과 批評』 2권 1호 1967. 봄,
(文友出版社, 1967) pp.5~40.
拙稿, 「韓國現代歷史小說研究」, (明知大 大學院, 1977).
鄭崙基, 「歷史小說의 方法論 研究」, (建大 教育大學院, 1982).
金光煥, 「春園의 端宗哀史와 東仁의 大首陽에 나타난 作家意識研
究」, (慶熙大 教育大學院, 1982).
辛奉承, 「歷史小說研究」(「端宗哀史」·「春園研究」를 中心으로), (慶
熙語文學 6집, 1983).

남는 문제점은 역사 자체가 화석화된 유물이 아니므로, 역사를 보는 통찰력과 혜안이 역사를 얼마나 진실하게 재구성하여 표현할 수 있을까 하는 것이다. 당대의 삶을 보여 줄 수 있는 방법이란 대체 어떤 것이고 어떻게 가능할 것인가가 검토의 대상으로 남는다.

둘째, 역사소설 연구와 관계없이 작품을 분석한 경우를 들 수 있다.[30] 이 경우는 역사소설 연구가 주 목적이 아니고, 근원설화라고 볼 수 있는 薛氏女 설화를 연구한 것이다. 그러나 작품이 설화에서 변용되는 과정을 해명해 줌으로써 역사소설화에 따르는 제재 구성 방법을 제시해 준 것으로 볼 수 있다.

셋째, 역사소설 하나하나를 개별적으로 분석 연구한 것을 들 수 있다.[31] 이것은 김동인이 「端宗哀史」를 집중분석한 것을 시초로 하여 역사소설 연구의 근간을 이룬다. 구체적인 분석을 통해 역사소설의 본질적 의미를 탐색한 경우라고 볼 수 있는 것인데, 이러한 연구 결과로 1920년대 역사소설 연구는 축적되었다. 그러나 집중적인 연구의 성과가 미흡한 것은 앞서 언급한 대로 1920년대의 작품의 양과 관계가 있다. 더구나 1920년대 역사소설은 주로 李光洙에 의해 쓰인 것으로 「嘉實」을 비롯하여 「許生傳」·「麻衣太子」·「端宗哀史」 등이며, 그 외 朴鍾和의 「목매이는 女子」가 있을 뿐이다. 이 중 가장 연구자들에게 관심을 끈 것은 「端宗哀史」이고 그 외는 별로 연구가 이루어지지 않았다. 기껏해야 역사소설사상 근대의 첫 작품을 가름하기 위해 연구가 있을 뿐이다.[32]

---

30) 愼憲縡, 「春園의 嘉實考」, 『국어교육』 48호, (국어교육학회, 1984).
31) 金東仁, 「春園研究」 중 (6)·(9)·(10)·(11).
　　宋白憲, 「春園의 李舜臣 研究」, 『어문연구』 12집, (충남대, 1983).
　　拙稿, 「端宗哀史 研究」, 『명지어문학』 10집, (명지대 국어국문학과, 1978).

넷째, 작가론의 일부로 역사소설을 언급한 경우를 들 수 있다. 이 중에는 李光洙와 金東仁이 작품을 비교하여 살핀 경우[33]와 문학사에서 간략히 살피고 만 경우[34]를 들 수 있다. 사실상 이 경우는 작품을 충분히 검토한 것이라고는 볼 수 없다.

1930년대는 역사소설에 대한 논의와 연구가 비교적 활발하게 전개된 시기이기는 하나, 그 대부분이 몇 제한된 작가의 작품에 국한된 것이었으며 심화된 연구는 그리 많지 않은 것 같다.

이 시기의 역사소설에 대한 연구는 몇 가지 유형으로 나누어 검토하면, 우선 작품을 개별적으로 연구한 경우를 들 수 있다. 이 연구는 김동인이 이광수의 역사소설을 연구한 것[35]과 「林巨正」에 대한 연구[36]에서 비롯된다.

그 후 주로 이광수와 김동인 현진건의 작품 연구가 주류를 이룬다.[37] 비교적 역사소설의 문제점들을 소상하게 탐구하려는 노력의 일

---

32) 朴桂弘, 『韓國歷史小說史』, (大田, 語文研究會, 1963).
韓英煥, 「韓國近代歷史小說의 研究」, 『研究論文集』 2집, (성신사대, 1969).

33) 姜仁淑, 『韓國現代作家論』, (同和出版公社, 1971) pp.107~135.

34) 趙演鉉, 『韓國現代文學史』, (성문각, 1982).
金宇鍾, 『韓國現代小說史』, (宣明文化社, 1973).

35) 金東仁, 「歷史의 事實과 判斷과 史料에 對한 作者의 立場을 論함」, 『朝鮮中央日報』 1934. 10. 14~10. 24 이외에 「春園研究」 등을 들 수 있다.

36) 李源朝, 「林巨正傳」에 關한 小考察, (『朝光』 1938. 8) pp.258~264.
韓雷野, 「碧初의 林巨正을 읽고」, 『朝鮮日報』 1939. 12. 11.

37) 申東旭, 「玄鎭健의 無影塔」, 『韓國現代文學論』, (1972, 博英社).
拙稿, 『金東仁의 「大首陽」 研究』, (『明知語文學』 제9호, 명지대, 1977).
宋白憲, 『春園의 「李舜臣」 研究』, (『어문연구』 12호, 충남대, 1983).
宋白憲, 『「雲峴宮의 봄」 研究』, (『어문연구』 제11호, 충남대, 1982).

환으로 볼 수 있는데, 그중 申東旭은 역사소설의 사회적 문맥과의 관계를 구명하려 했던 점에서 특기할 만하다. 그리고 林成雲의 연구[38]는 작품의 분석적인 연구로서 그 구조를 밝히는 작업이었다. 둘째, 이 시대의 두 작품을 대비적으로 고찰한 경우를 들 수 있다. 주로 이광수와 김동인의 작품 비교가 주류를 이루는데, 역사소설이 작가의 역사적 사실에 대한 해석에 따라 어떻게 다른 양상을 보이는가를 검토한 것이다. 특히 1920년대 말에 쓰인 「端宗哀史」와 「大首陽」과의 비교 검토는 많은 주목의 대상이 되었다.[39] 白樂晴에 의해 처음 시도되었던 이 연구 방법은 역사소설이 안고 있는 문제점과 그 지향점을 제시한 것으로 그 후 많은 연구의 안내역을 한 것 같다. 그리고 趙鎭基는 李光洙 · 金東仁 · 朴鍾和의 「端宗哀史」 · 「大首陽」 · 「목매이는 女子」를 단종사건과 그에 대한 해석을 대비 검토하기도 했다. 대부분의 이런 대비 연구는 역사해석에 따라 인물과 사건이 달라질 수 있음을 해명하는 데 집중한 것이다. 「端宗哀史」가 단종을 중심으로 비극적 운명을 쓴 것이라면, 「大首陽」은 수양의 명분론에 입각하여 영웅주의에 빠져 있음을 지적하고, 또 金東仁이 李光洙의 「端宗哀史」에서 지적한 결함을 극복하지 못하고 李光洙의 반대쪽에서 있음을 앞의 논문들은 밝혀

---

38) 林成雲, 『「無影塔」의 構造分析』, (東國大大學院, 1982).

39) 白樂晴, 「歷史小說과 歷史意識」, (『創作과 批評』 제5호).
拙稿, 「韓國現代歷史小說의 硏究」, (明知大 大學院, 1978).
趙鎭基, 「作家와 歷史解釋」, 『嶺南語文學』 제1집, (영남대학교, 1974).
許正逸, 「春園과 東仁의 歷史小說觀」 - 「端宗哀史」와 「大首陽」, (延大 大學院, 1980).
鄭崙基, 「歷史小說의 方法論 硏究」, (建大 敎育大學院, 1982).
金光煥, 『春園의 「端宗哀史」와 東仁의 「大首陽」에 나타난 作家의 歷史意識』, (慶熙大敎育大學院, 1982).
辛奉承, op. cit.
姜仁淑, 「春園과 東仁의 거리」, (『現代文學』 122호, 1965).

내고 있다.

셋째, 한 작가의 역사소설을 묶어 종합 검토한 경우를 들 수 있다.40) 이 경우는 한 작가의 작품을 집중적으로 검토하였기 때문에 역사관과 기법상의 문제를 전반적으로 볼 수 있는 잇점이 있다. 그러나 작품에 대한 해설이나, 단편적이고 피상적인 견해의 차원에서 머무르기 쉬운 결함을 지니고 있으며, 작품을 여러 편 남긴 소수의 작가에 국한되는 한계도 있으나 작가의 역사소설을 포괄적으로 검토했다는 데 의의를 찾을 수 있다. 이러한 연구의 주 대상이 된 작가는 李光洙와 金東仁, 朴鍾和, 蔡萬植이다. 이 중 李英姬의「春園의 歷史小說考」는 작품 분석을 통해 소재·中心主題·작중인물의 유형·구조상의 변화 등을 살피고, 그 외에 장르상의 특징을 구명하기 위해 傳記的 形式과 非敍事的 傾向 등을 두루 고찰하여 한 작가의 작품을 종합 검토했다. 그 외에 인물과 주제를 검토한 張伯逸과 尹明求의 논문이 주목할 만하다.

넷째, 작가론 또는 작가의 소설론의 일부로 1930년대의 작품을 연구한 것을 볼 수 있다.41) 이 경우는 작가의 변모 과정을 검토하는

---

40) 尹柄魯,「月灘의 歷史小說論」,『大東文化研究』10집, (성균관대학교 대동문화연구원, 1975).
朴容九,「春園의 歷史小說」,『現代文學』6~11호, 1956.
朴容九,「金東仁의 歷史小說」,『現代文學』148, 1967. 4.
朴容九,「月灘의 歷史小說」,『現代文學』166~169. 1968. 10~69. 1.
최원식,「채만식의 역사소설에 대하여」,『국어국문학』72·73, (국어국문학회, 1976).
李英姬,「春園의 歷史小說考」, (서울大 大學院, 1982).
尹明求,「金東仁의 歷史小說 研究」,『인문과학연구』(인하대, 1983).
張伯逸,「春園의 歷史小說觀」, (『詩文學』118~119, 1981. 5. 6).
최희연,「春園歷史小說研究」, (延世大 大學院, 1982).
41) 崔元植,「玄鎭健 研究」, (서울大 大學院, 1974).

일환으로 연구되어 작가 연구의 일부에 지나지 않는다. 그러나 이것
도 金東仁·玄鎭健·蔡萬植의 경우에 국한된다. 역사소설을 한두 편
혹은 그 이상을 썼던 작가들이 상당수였던 점을 감안한다면 더 많은
작가의 역사소설 연구를 기대하여야 할 것이다.

다섯째, 1930년대를 하나의 시대적인 고리로 보고 문학사적인 측
면에서 살펴보려 한 것을 들 수 있다.[42] 金允植은 이 글에서 1930년
대 역사소설을 포괄적으로 정리·검토한 뒤, ㈎ 이념형 역사소설, ㈏
의식형 역사소설, ㈐ 중간형 역사소설, ㈑ 야담형 역사소설 등으로
나누었다. 이것은 이 시대의 역사소설을 작가의식의 각도에 따라 분
류한 것으로, 1930년대의 역사소설을 종합 검토한 최초의 시도로 주
목할 만하다.

이외에 1930년대 역사소설의 이론을 검토한 경우를 들 수 있다.[43]
1930년대의 역사소설에 대한 논의는 이미 1920년대 말에 조금씩 보
이던 것이 확대 심화되어 나타난 것으로 그 다양성이 주목된다. 특
히 장편소설과 신문소설에 대한 논의와 함께 중요한 1930년대 소설
론의 하나로 간주될 수 있다.

玄吉彦, 「玄鎭健 小說硏究」, (漢陽大 大學院 博士學位論文, 1984).
張伯逸, 「金東仁 文學硏究」, (文學藝術社, 1985).
尹明求, 「金東仁 小說硏究」, (서울大 大學院 博士學位論文, 1984).

42) 金允植, 「역사소설의 네 가지 형식」, 『韓國近代小說史硏究』, (乙酉
文化社, 1986) pp.387~432.

43) 拙稿, 「1930年代歷史小說論硏究」 I · Ⅱ, 『명지어문학』 15, 16집, (명
지대, 1983 · 1984).
최유찬, 「1930년대 역사소설론연구」, (延大 大學院, 1983).

II. 한국근대 역사소설의 전개 양상

우리나라의 근대 역사소설[1]은 개화기의 역사전기문학부터라고 볼 수 있다.[2] 개화기의 역사전기문학은 「拿破崙(나보레언)傳」(漢城新報 1895. 11. 7~1896. 1. 26)이 연재된 때부터 朴殷植이 手稿로 남긴 「泉蓋蘇文」을 쓴 1911년까지 약 15·6년간 전개되었다. 애국계몽운동의 일환으로 번역·번안되거나 창작되어진 대부분의 작품은 1907, 8년에 발표되었다.

역사전기문학이 나타난 동기는 개화기라는 시대적 환경과 밀접한 관계를 맺고 있다. 먼저 번역·번안 역사전기가 나타난 동기는 일차적으로 외국의 역사를 알아야겠다는 지적 호기심에서 출발하였으나, 그보다는 서양 문명국이 이룩한 개화를 구체적으로 인식해 우리나라를 발전시킬 수 있는 모형으로 삼기 위한 것이었다. 신소설의 주인공이 외국 유학을 염원, 미국이나 영국까지 갔다고 한 것은 문명국에 대해서 알고자 하는 욕구가 고조되어 있었기 때문이다. 그런데 허황한 공

---

1) 근대의 개념은 관점에 따른 시대구분에 의해 달라질 수 있다. 여기서는 편의상 개학기부터 광복까지로 잡았다.(cf. 張德順, 『韓國文學史』, 同和文化社, 1982. pp.20~21)

2) 개화기의 역사·전기문학을 역사소설로 볼 수 있는가에 대하여는 부정적 견해가 지배적이다(宋白憲, 韓國近代歷史小說研究, 三知院, 1985, pp.66~67. 姜玲珠,「韓國近代歷史小說研究」, 서울大大學院 博士學位論文, 1986, pp.12~15). 부정적 견해를 보인 논자들은 근대 역사소설의 移行過程上 과도기적 현상이나 先行形態로 보았다. 그러나 필자는 현재의 시점에서 고정된 역사소설관으로 보기보다는 당대에 존재했던 문자행위를 당시의 역사소설의 특이한 형태로 보아 근대역사소설의 초기적 형태로 보고자 한다.

30

상을 버리고 실상을 바로 알아보니, 문명국이 침략을 일삼는 강대국이고, 강대국의 침략이 세계적인 규모로 자행되고 있어 우리도 국권상실의 위기에 봉착했다는 것을 깨달아 관심의 방향이 달라졌다.[3] 애국계몽운동을 주도했던 선진적인 지식인들은 세계사의 인식을 근거로 민족의 각성을 촉구하는 데 도움이 되는 책을 선별해서 번역·번안했다. 외국의 사례를 통해서 국내 문제에 대한 관심을 높이고 각성을 촉구하는 방법이었다.

국권이 상실되어가는 긴박한 상황에서 민족의 위기를 인식하고 시대적인 각성을 고취하기 위해 역사를 서술하는 효과적인 방법으로 창작 전기문학을 요구하기에 이르렀다. 가장 효과적인 방법으로 왕의 치적을 연대순으로 적는 방식에서 벗어나, 역사의 맥락을 민족사적 관점에서 파악하고 위대한 인물을 그 주역으로 인식하게 된 것이다. 창작 전기문학이 나타나기 전에 西友學會 月報에 연재한「人物考」(1907. 3 ~1908. 1)는 역대 인물 중에서 행적을 높이 평가할 만하고 특히 외적을 물리치고 국난을 타개하는 데 공이 있는 인물을 중점적으로 골라 수록한 것이다. 이와 같이 인물을 단편적으로 모은 것은 곧 독립된 개인 전기를 창작하는 데로 발전했고, 대상 인물도 고대에 국한된 것이 아니라 당대에 항일 투쟁한 인물에까지 확대했다.[4]

역사전기문학은 역사서와 전기류로 나누어 볼 수 있으며, 전기류는 번역·번안전기와 창작전기로 나눌 수 있다. 또 번역·번안전기로 당시의 시대적 과제에 대한 인식의 심도와 그에 대한 대응자세에 따라[5] 나누면, 첫째, 부국강병책으로 自國을 최강국으로 끌어올린 강력한 지

---

3) 조동일, 『한국문학통사』4, (지식산업사, 1986) pp.309~310.
4) 예를 들면, 「閔忠正公實錄」·「安重根傳」·「六義士列傳」·「湖南義兵將列傳」등이 있다.
5) 姜玲珠, op. cit., p.13.

도자를 주인공으로 한 작품을 번역·번안한 경우를 들 수 있다. 비스마르크나 나폴레옹·피터대제 등 서양의 국가적 영웅들이 대상이 된 경우다(표 1. 번역·번안전기(1) 참고). 둘째로 외세에 맞서 조국을 수호하거나 재건하는 데 기여한 유럽에 약소국의 민간 영웅들을 주인공으로 한 작품을 번역·번안한 경우다. 이 계열의 작품은 잔느 다르크·빌헬름 텔·마찌니 등의 전기로, 申采浩·朴殷植·張志淵 등에 의하여 번역·번안되었다(표 2. 번역·번안전기(2) 참고). 한편 창작전기로는 申采浩의 「乙支文德」·「李舜臣傳」·「崔都統傳」, 朴殷植의 「泉蓋蘇文傳」, 禹基善의 「姜邯贊傳」 등이 있다. 이들은 異民族의 침입을 막아냈던 민족적 영웅들이다. 그런데 이들 작품을 창작하기 전에 서양의 전기를 번역·번안했던 점으로 보아 창작전기는 번역·번안전기의 영향을 받았을 것으로 보인다.

표 1. 번역·번안전기(1)

작품명	원작자	역 자	간행일	출 처	기 타
拿破崙(나보레언)傳			1895. 11. 7~1896. 1. 26	漢城新報	
비스마륵구 淸話			1906. 7	朝陽報	
비스마-フ(比斯麥)傳		朴容喜	1906. 12. 31~1907. 5. 24	太極學報	
彼得大帝傳	佐藤信安·日	趙鐘觀	1907. 4. 30	共修學報	
比斯麥傳	笹川潔·日	黃潤德	1907. 8. 25	普成館	국판 71p
彼得大帝傳		玩市生	1908. 5. 25~7. 25	大韓學會月報	
〃		金演昶	1908. 11	廣學書舖	국판 82p
拿破崙史		편집부	1908. 2	博文書館	국판 178p
拿破崙戰史(上)	野々村金五郞·日	劉文相	1908. 3	義進社	4x6 178p
미국マ대통령싸퓌일트전	中里彌之助·日	玄公廉	1908. 3		국판 112p
華盛頓傳		李海朝	1908		
나폴레온 大帝傳		公 六	1908	少 年	

표 2. 번역 · 번안전기(2)

작품명	원작자	역 자	간행일	출 처	기 타
익국부인젼		슝양산	1907. 10	광학서포	국판 39p
瑞士建國誌	鄭哲貫	朴殷植	1907. 7	大韓每日新報社	국판 55p
셔亽건국지		김병현	1907. 11	博文書館	국판 44p
伊太利建國三傑傳		申采浩	1907. 10	廣學書館	국판 87p
이태리건국삼걸전	양계초	주시경	1908. 6	박문서관	국판 121p
匈加利愛國者葛蘇士傳	梁啓超	李輔相	1906. 11	朝陽報	

표 3. 창작전기

작품명	작 자	간행일	출 처	기 타
乙支文德	申采浩	1908. 5. 30	廣學書舖	국판 83p
李舜臣傳	〃	1908. 5. 2~8. 18	大韓每日申報	
崔都統傳	〃	1909. 12. 5~1910. 5	〃	
姜邯贊傳	禹基善 편집	1908. 7	日韓印刷株式會社	국판 33p
泉蓋蘇文傳	朴殷植	1911		手稿

　　이와 같은 역사전기문학 가운데 개화기 역사소설연구의 대상이 될수 있는 것은 전기이고, 그중에서도 민간영웅들에 대한 번역 · 번안전기와 창작전기이다. 이 둘은 時宜的인 것으로 구국의 영웅들을 주인공으로 하였고, 그 주인공은 당시의 시대적 요구에 적합한 인물이다. 민간영웅들을 주인공으로 한 번역 · 번안전기로 처음 간행된 단행본은 朴殷植의 「瑞士建國誌」이고, 창작전기 중 처음 발표된 작품이자 유일한 단행본은 「乙支文德」이다.

　　번역 · 번안전기의 유입과정을 보면, 서양의 국가적 영웅들을 주인공으로 한 번역 · 번안전기는 일본에서 간행된 자료가 근거가 되었고 민간 영웅들을 주인공으로 한 번역 · 번안전기는 중국에서 유입된 자료가 근거가 되었음을 앞의 표로 알 수 있다.

번역·번안전기와 창작전기의 공통점은 주인공의 일대기처럼 되어 있고 주로 武勇譚을 중심으로 기술되었다. 그리고 이들은 '傳'의 형식을 취하고 있다. 원래 '傳'은 후세인에게 귀감이 되거나 警戒가 될 만한 인물을 전하는 형식이다. 정통사서에는 本紀가 있고 列傳이 있어, 역사의 모습을 朝廷의 움직임에서 살피고 또 개인별 활동을 통해서 그 내용을 보완했다. 傳은 本紀에 해당하는 것보다 자유롭게 지을 수 있어 한문학의 한 갈래로 정착했고, 문제가 될 수 있는 인물의 행적을 傳으로 다루면서 허구적 요소까지 첨가하기도 했다.6) 애국계몽운동의 일환으로 쓴 傳은 민족사에 대한 자부심을 일깨워 줄 수 있는 인물의 생애를 소개했다. 특히 주인공의 무용담을 역사적 배경에서 연대기적으로 기술하면서 傳의 형식을 취한 것은, 당시 우리민족에게 귀감이 될 영웅을 민족사에서 발견하여 독자에게 진로를 제시했던 것으로 보인다.

1920년대 역사소설은 李光洙와 朴鍾和의 작품이 전부이다. 작가와 작품수가 열세인 것은 20년대가 역사소설의 변혁을 시도했던 시기인 것과도 관련이 있을 것으로 보인다.

개화기의 역사소설은 1920년대에 접어들면서 새로운 모습으로 변화되었다. 擧族的인 참여로 이루어진 3·1운동을 통해 온 민족은 민족적이고 민중적인 역사체험을 맛보았고, 3·1운동이 현실적으로 좌절되자 국난을 극복하기 위한 노력은 민족사에 대한 자각의식을 높여 주었다.

한편 1910년대에 단편소설을 썼던 玄相允과 李光洙는 비록 문학적 수련이 모자라고 자기의식이 확립되어 있지 않았지만, 주제의식 위

---

6) 조동일, op. cit., p.304.

주의 단편소설이 지니는 의의를 입증하고, 1919년 이후에 나타날 본격적인 근대 단편소설을 준비하는 과도기적인 구실을 하였다.[7]

　이와 같은 여건에서 1920년대는 민족주의 사상을 고취시키려는 작가의식의 변모와 근대소설적 기법을 체득하여 역사소설의 새로운 면을 보이기 시작한 시기다. 민족주의적 사상을 고취하는 수단으로 가장 효과적인 형식으로 역사소설을 작가들은 택했을 것이다.

　이광수의 경우는 이런 외부적 여건과 더불어 자신이 역사소설을 택한 이유가 있었다. 3·1운동이 점차 무산되기 시작할 무렵인 1921년 이광수는 上海에서 許英淑과 함께 귀국하다 宣川 부근에서 체포되었으나 불기소 처분으로 석방되었다. 이로 말미암은 오해로 그는 이상적 인물을 내세울 수밖에 없었다. 자전적 소설을 더 이상 쓸 수 없을 때 표면상 방향 전환을 꾀한 것이 「嘉實」이었다.[8]

　역사소설을 택함으로써 첫째, 일제의 검열을 피할 수 있었고 둘째, 이광수에 대한 그 시대 민중들의 오해와 비난을 면할 수 있었다.[9] 역사소설로 도피함으로 그는 理想을 전개할 수 있는 자유를 최소한 확보했던 것으로 보인다. 자전적 소재를 피하고 역사 이야기에서 소재를 취함으로써 자기를 감추고자 했으나 오히려 자기 자신을 전례 없이 강렬히 드러낸 것[10]이라고도 볼 수 있다. 「許生傳」도 같은 부류이다.

　박종화의 「목매이는 女子」는 앞서의 언급대로 시대적 여건에 의해 창작된 것으로 보인다. 민족주의적인 면에서 義를 강조함으로써 작자의 의도를 드러내려 했다. 신숙주가 혈연적 애정과 사회적 정의에서 번민하도록 하여, 일제하에서 개인의 삶과 민족애에 대한 선택의

---

7) Ibid., p.432.
8) 金允植, 『李光洙와 그의 時代』, (한길사, 1986) p.790.
9) 尹弘老, 『韓國近代小說研究』, (일조각, 1980) p.95.
10) 金允植, op. cit., pp.795~799.

문제를 박종화는 제시했던 것으로 보인다. 10여 년이 넘은 뒤에 다시 쓰기 시작한 역사소설에서 또 다시 그는 민족주의적인 면을 드러내고 있다. 이것은 「待春賦」·「黎明」·「民族」 등으로 이어져 비극적 수난의 역사를 재구성하고 민족과 정의를 위해 목숨을 바친 주인공들을 민족의 혼으로 형상화시켜 수난의 역사가 되풀이 되지 않도록 하려는 의도가 내재되어 있다고 볼 수 있다.

1920년대의 역사소설은 두 편의 단편을 제외하고는 모두 장편소설이다. 「許生傳」은 燕巖 朴趾源의 「玉匣夜話」에서, 「一說 春香傳」은 「春香傳」에서 소재를 취한 것으로 역사소설이라고 보기 어려운 면도 있다. 「麻衣太子」·「端宗哀史」는 1931년에 쓴 「李舜臣」과 함께 1920년대 중반에 있었던 카프(KAPF)와 국민문학파 간의 대립이 첨예하게 나타나던 때에 쓰인 것으로 민족운동의 일환으로 간주될 수 있다. 이광수 자신이 이 무렵의 작품을 '민족정신 밀수입의 포장'[11]으로 썼음을 공언했듯이, 「端宗哀史」는 민족주의를 천명한 작품으로 볼 수 있다. 1920년대 역사소설을 표로 보이면 다음과 같다.

1920년대에 역사소설이 양적으로 적은 이유는 개화기의 역사전기 문학이 새로운 소설 양식으로 변모하는 과정에서 작가가 적었던 까닭도 있었을 것이다. 또 개화기의 비전문적 작가들에 의해 번역·번안 혹은 창작되어졌던 작품들이 표현양식과 주제의식 간의 괴리로 충분히 예술적으로 형상화하지 못했고 이로 말미암은 비전문적 작가의 퇴조로 인한 공백을 메우지 못했던 것으로 보인다. 그리고 애국계몽의 작가의 주제의식은 3·1운동의 실패로 설득력을 잃었고, 새로운 대안을 제시할 수 있는 작가는 적었던 탓도 있었을 것이다.

---

11) 李光洙, 「나의 告白」, 『李光洙全集』 제13권, (三中堂, 1962) p.278.

작품명	작 자	간행일	출 처
嘉 實	李光洙	1923. 2. 12～2. 23	東亞日報
許生傳	〃	1923. 12. 12～1924. 3. 21	〃
一說春香傳	〃	1925. 9. 30～1926. 1. 3	〃
麻衣太子	〃	1926. 5. 10～1927. 1. 9	〃
端宗哀史	〃	1928. 11. 30～1929. 12. 11	〃
목매이는 女子	朴鐘和	1923. 9	白潮

1920년대 역사소설이 전개된 것을 주인공의 역사적 관련성과 인물의 성격에 따라 분류하면, 첫째, 주인공이 역사적 관련성이 적은 상태에서 이상적 인물로 등장된 「嘉實」과 「許生傳」의 경우를 들 수 있다. 이 경우 역사는 배경에 불과하며 인물은 작가의 의도가 강하게 투사되었다.

둘째, 역사적인 사건에 대응하는 개인의 삶을 제시한 「麻衣太子」·「端宗哀史」·「목매이는 女子」의 경우를 들 수 있다. 이때 주인공을 역사상 큰 분수령을 이룰 수 있는, 사건에 주체적으로 적극 개입할 수 있는 인물이 아니라 피해자로서 등장시킨 뒤, 작가는 윤리적 교훈을 제시하는 데 그치고 말았다.

또 개화기의 역사전기문학이 인물 중심의 무용담이었던 것에서 1920년대 역사소설은 역사적 사건에 관련된 인물의 삶을 그렸다.

1920년대에는 단편 역사소설이 나타나, 역사의 흐름을 단편으로 그려내는 데 따른 문제점을 노출시켰고, 1930년대에 역사소설이 장편소설의 주류를 형성하는 데 큰 영향을 미쳤던 것으로 보인다. 그리고 「목매이는 女子」에서 보인 역전적 구성이라든가 묘사의 치밀성은 장편역사소설이 연대기적 '傳'의 양식을 탈피하는 데 큰 구실을 했던 것으로 보인다.

1930년대는 카프의 해체에서 비롯되었다[12]고 하지만 실상은 해체되

어 없어진 것이 아니라 내면화 되어 1930년대의 소설계를 다양하게
전개시켰다고 볼 수 있다. 그리고 질적 수준도 1920년대와 큰 차이를
보이고 있다. 趙演鉉은, 1930년대가 한국의 현대문학사상 중요한 시기
라고 하고 그 이유를, 전반기는 동인지문단시대가 사회적 문단시대로
변하였고, 습작문단이 작가문단으로 바뀌고, 순문학과 대중문학이 분
립되어, 한국 현대문학이 일정한 수준에 오른 때이고, 후반기는 전반
기의 문학적 수준이 확대·심화된 때라고 했다.13)

이 1930년대 문학을 요약하면, 첫째, 작가층의 확산을 들 수 있다.
이광수·김동인을 비롯한 1920년대 전의 작가와 현진건, 염상섭, 나
도향 등 1920년대 초에 등단한 작가, 카프에 가담했던 작가, 카프 붕
괴 후에 등단한 작가 등 많은 작가의 활약으로 다른 시기에 비하여
유례없는 많은 작품이 생산되었다.

둘째, 작품 경향이 다양하게 나타났다. ① 순수문학, ② 토속적인
문학, ③ 외국의 모더니즘, ④ 역사물, ⑤ 풍자적인 것 등 여러 갈래
로 확산되었다.14)

셋째, 작품 창작의 세련과 문예이론의 전문화를 들 수 있다.15) 이것
은 서구의 문학이 직수입이 되고 그 영향력이 증대된 까닭이라고 볼 수
있다.

이러한 1930년대의 문학적 토양은 역사소설이 활발하게 쓰여질 수
있는 여건이 되었다. 양적인 팽창은 다른 시대와 비교할 수 없을 정
도이다(주요 작품일람표 참고). 역사소설의 양적 팽창의 요인을 '복

---

12) 염무웅, 「1930년대 문학론」, 『韓國近代文學史論』, (한길사, 1982)
   p.427.
13) 趙演鉉, 『韓國現代文學史』, (成文閣, 1982) p.463.
14) 金允植, 『韓國近代小說史研究』, (乙酉文化社, 1986) p.411.
15) 염무웅, op. cit., p.429.

고적인 古蹟趣味, 講史的인 의도 및 경향적인 목적론 기타 민족의 식'16)으로 보기도 한다. 1930년대 역사소설의 팽창은 옛 시대에 대한 낭만적인 향수나 현실 조준의 역사적 우의성보다는 현실의 제약과 억압에서 벗어나려는 도피주의적 성향도 배제할 수 없다.17) 또, 민족 의식 고취라는 목적성을 가지고 있기도 하다.

작품명	작 가	발표일	출 처	작품명	작 가	발표일	출 처
李舜臣	李光洙	1931. 6. 26~ 1932. 4. 3	東亞日報	大盜傳	尹白南	1930~	每日申報
異次頓의 死	"	1935. 9. 30~	朝鮮日報	項羽	"	1933. 4. 1~ 1933. 8. 11	朝鮮中央
		1936. 4. 12					
恭愍王	"	1937. 5. 28~	"	烽火	"	1933. 8. 25~ 1934. 4. 1	東亞日報
		6. 10					
世祖大王	"	1940	博文書舘	黑頭巾	"	1934. 6. 10~ 1934. 7. 11	"
元曉大師	"	1943. 3. 1~	每日申報	白蓮流轉記	"	1935. 4	朝鮮文壇
		10. 31		웃는 褒姒人	玄鎭健	1930. 9	신소설
젊은 그들	金東仁	1930. 9. 2~	東亞日報			1931. 1~3	해방
		1931. 11. 10		無影塔	"	1938. 7. 20~	東亞日報
雲峴宮의 봄	"	1933. 4. 26~	朝鮮日報			1939. 2. 7	
		1934. 2. 15		黑齒常之	"	1939. 10. 25~	"
甄萱	"	1939. 2~5	朝光			1940. 1. 26	
大首陽	"	1941. 3~12	"	善花公主	"	1941. 4~9	春秋
白馬江	"	1941. 7. 9~	每日申報	林巨正	洪碧初	1928. 11. 21~ 1929. 5. 20	
		1942. 1. 31				1932. 12. 1~ 1934. 9. 4	
錦衫의 피	朴鐘和	1936. 3. 20~	"			1934. 9. 15~	朝鮮日報
		1936. 12. 29				1935. 2. 6	
待春賦	"	1937. 12. 1~	"			1937. 12. 12~	
		1938. 12. 25				1939. 3. 11	
多情佛心	"	1940. 11. 16~	"			1940. 1	朝光
		1941. 7. 23		黃眞伊	李泰俊	1936. 6. 2~6. 30	朝鮮中央
前夜	"	1940. 7~	朝光	王子好童	"	1942. 12. 20~	每日申報
		1941. 10				1943. 6. 16	
黎明	"	1942	每日申報 出版部	仁祖反正	洪曉民	1936. 2~12	月刊野談
深夜의 太陽	金基鎭	1934. 5. 22~	東亞日報	白花	朴花城	1932. 6. 8~ 1932. 11. 22	東亞日報

---

16) 李在銑, 『韓國現代小說史』, (弘盛社, 1979) p.389.

17) Ibid., p.390.

1930년대 역사소설을 처음 분류한 것은 金允植이다. 그는 1930년
대 역사소설을 작가의식의 각도에 따라 네 가지 유형으로 분류하여
고찰했다.[18]

㉮ 이념형 역사소설: 작가가 현대소설에서 갖고자하는 이데올로기
를 역사적 소재를 빌어 형상화하는 방법으로, 민족주의의 이념을 인물
에 주입시킨 것이다. 작품은 현진건의 「無影塔」·「黑齒常之」, 박종화
의 「錦衫의 피」·「待春賦」·「前夜」, 이광수의 「李舜臣」·「端宗哀史」
등이 있다.

㉯ 의식형 역사소설: 이데올로기를 역사적 소재를 빌어 형상화한
다는 측면에서 이념형 역사소설과 같으나, 의식형의 경우의 이데올
로기는 계급주의적이다. 주로 계급적 저항의식을 사실적인 풍속묘사
와 결합시킨 것으로 洪碧初의 「林巨正」을 들었다.

㉰ 중간형 역사소설: 이념형도 의식형도 아닌 중간형으로 역사적 인
물을 작자의 개성을 통해 표현한 것이다. 김동인의 「젊은 그들」·「雲峴
宮의 봄」 등이 있다.

㉱ 야담형 역사소설: 역사를 진기한 이야기라든가 허황된 이야기
로 보아, 엽기적으로 다루거나 심심풀이로 다루는 유형을 가리키는
데, 윤백남의 「大盜傳」을 비롯한 대부분의 작품이 해당한다.

이와 같은 유형화로 체계화되기는 했으나 작가들 사이에서의 차이
와 작품과의 차이가 해명되어 있지 않아, 이광수와 현진건을 같은 분
류항에 놓아야 하는 문제점이 있다.

1930년대 역사소설에 한한 것은 아니지만, 대부분의 작품이 인물 중
심으로 되어 있어 전기적 양상을 보이고 있다. 더구나 표제의 인물이
작품의 주인공이고, 주인공의 일대기처럼 전개되어진 것들을 볼 수 있

---

18) 金允植, op. cit., pp.412~432.

다. 특히 역사적 인물인 경우가 대다수를 차지하고 있다. 김동인의 「젊은 그들」과 박종화의 「待春賦」 등이 예외적으로 주인공이 역사적 인물이 아니면서도 지배계층의 삶을 그렸다.

이 시대의 역사소설은 개화기나 1920년대와는 달리 영웅이 소멸된 대신 영웅적 인물이 등장하여 민족의식을 고취시켰다. 영웅적 인물은, 尹白南의 야담류의 흥미 중심 역사소설을 제외하면 자기의 삶을 투철하게 산 입지전적인 인물로 바뀌어 나타나기도 했다.

1930년대의 역사소설도 주인공의 역사적 관련성이 1920년대와 비슷한 양상을 보인다. 첫째, 주인공이 역사적 사건과 관련이 없이 역사적·사회적 환경에서 개인의 삶의 문제를 제시한 작품을 들 수 있다. 이 경우 역사를 배경으로 삼고 있으면서 작품의 주제는 물론 등장인물의 심리나 행동방식이 그 당시와는 무관하게 현대화되기도 한다. 이 경우는 대체로 피지배계층의 삶의 문제를 제시한 것으로 현진건의 「無影塔」이나 「黑齒常之」처럼 민족주의적인 면이 강하게 노출되는 경우와 벽초의 「林巨正」과 같이 계급주의적인 면을 보이기도 한다. 이 경우의 장점은 계층 간의 삶의 모습을 총체적으로 볼 수 있다.

둘째, 역사적 사건에 대응하는 인간의 삶을 제시한 것을 들 수 있다. 이때 주인공은 대개 문헌 자료에 뚜렷이 남아 있는 역사적 인물이다. 이광수·김동인·박종화의 작품에서 볼 수 있는데, 결합은 궁중비화를 중심으로 전개되는 것이다. 역사적 인물을 주인공으로 삼았기 때문에 작가가 작품을 형상화하는 데 많은 제약을 받게 된다. 이것은 1930년대 역사소설에서 많이 발견되는 유형이다.

1930년대 역사소설의 전개 양상 중 특기할 것은 역사에 대한 새로운 해석을 시도했다는 것을 들 수 있다. 특히 김동인은 이광수의 역사소설에 맞서는 작품을 창작하여,[19] 새로운 해석을 시도했다. 그리

고 민족주의를 고취하는 작품과 흥미적인 요소가 강하게 나타나는
작품이 출현했던 것도 특기할 만하다.

　이 시대에 특기할 점은 역사소설론이 대두되었다는 사실이다. 역사
소설의 증대에 따른 당연한 귀결로 역사소설의 기법과 본질에 대한
논의와 그간에 발표된 작품에 대한 진단과 새로운 방향제시를 위한
모색 등이 고찰되었다.

---

19) 이광수의「端宗哀史」에 대한 작품으로「大首陽」을,「麻衣太子」에
　　대하여는「甄萱」을,「사랑의 東明王」에 대하여는「서라벌」,「恭愍
　　王」에 대하여는「王府의 落照」등을 김동인은 썼다.

Ⅲ. 역사소설의 시대별 고찰

1. 개화기의 역사전기문학

(1) 『瑞士建國誌』

이 작품[1]은 쉴러(Fredrich von Schiller 1759~1805)가 1804년에 지은 『빌헬름 텔(Wilhelm Tell)』이 원작으로 알려졌으나 불분명하고, 다만 중국 廣東에서 鄭哲貫이 10회분의 回章體 小說로 의역하여 간행(1902년 華洋書局 刊行)한 것을 번역한 것이다. 이것을 白巖 朴殷植이 1907년 8월 大韓每日新報社에서 繙刊한 것이다. 명칭이 『政治小說 瑞士建國誌』로 되어 있는데, 이것은 중국의 것을 그대로 쓴 것으로 보인다. 다만 박은식의 소설에 대한 견해가 이 작품 서문에 피력되어 있다.

우선 작품 내용을 간략히 살펴보면, 12세기 유럽의 중앙 지방에 있는 瑞士(Swiss)가 日耳曼(German)의 羅德福(Rudolf)에게 점령되어 希路曼 倪士勒(Herman Gessler)에 의해 통치되고 있었다. 이때 하늘이 영웅대호걸 維林惕露(Wilhelm Tell)을 탄생하게 하여 백성을 塗炭에서 건지게 했다는 것이다. 바로 이런 배경적 요인이 작가의 번역동기가 되었을 것이다. 스위스가 게르만 민족의 압제하에 있던 시대적 상황은 일

---

1) 이 작품의 서지적 자료는 다음과 같다. 『政治小說 瑞士建國誌』, 廣東, 鄭哲貫 公著, 朴殷植 譯述, 大韓每日申報社繙刊, 1907(光武 11) 8月, 菊版, 서문 3p, 목차 2p, 본문 55p, 국한문 혼용.
박은식 作 外에 한글본이 있다. 그것은, 『졍치쇼셜셔ᄉ건국지』, 原作者 未詳, 김병현 역, 대한황성 박문셔관 발힝, 륭회원년(1907) 11월, 발힝자 로익형, 인쇄소졍동활판쇼, 국판, 44p.

제 치하의 조선의 현실과 동일한 상황으로 파악될 수 있다. 그 시대에
요구된 영웅의 출현은 민족적 갈망이었으며 이러한 시대적 요청이 이
작품을 譯述하게 한 것이다. 정치적 격동과 외적 충격으로 인한 혼란한
사회적 여건에서 발생한 문학작품은 그 당대의 사회적 배경과 遊離될
수 없다. 특히 사회의 縮圖라고 일컫는 소설이 정치적 사회적 변화에 민
감한 것은 당연한 귀결이며, 당시 국민적 관심사로 집약된 작품이 나오
는 것 또한 당연한 이치인 것이다. 개화기의 이러한 상황 속에서 처음으
로 '政治小說'이란 명칭을 달고 나타난 것이 「瑞士建國誌」이다.2)

1) 朴殷植의 小說觀

이 작품의 序文에는 작가의 소설관이 잘 나타나 있다.

　　夫小說者는 感人이 最易ᄒ고 入人이 이 最深ᄒ야 風俗階級과
　教化程度에 關係가 甚鉅ᄒ지라. 故로 泰西哲學家가 有言ᄒ되 其
　國에 入ᄒ야 其小說의 何種이 盛行ᄒᄂ 것을 問ᄒ면 可히 其國
　의 人心 風俗과 政治 思想이 如何흔 것을 覼ᄒ리라 ᄒ엿스니 善
　哉라 言乎여.3)

---

2) 林和는 「朝鮮新文學史」(朝鮮日報), '제3장 新文學의 胎生, 제2절 政
　治小說과 飜譯文學'에서 '韓末政治小說이란 銘이 붙은 唯一의 書冊'
　이라고 했다.
3) 「瑞士建國誌」 서문에 나타난 박은식의 소설관과 양계초와의 영향
　관계에 대한 기왕의 대표적 논의는 다음과 같다.
　・李明宰, 「韓國新小說에 미친 梁啓超의 영향」, 『論文集』 제24집,
　　中央大學校 pp.251~57.
　・李在銑, 「開化期小說觀의 形成과 梁啓超」, 『開化期小說硏究』, (一
　　潮閣, 1981). pp.143~72.
　・성현자, 「新小說에 미친 晩淸小說의 影響」(정음사, 1985).

이 글에서 우리는 박은식의 소설관이 문학의 기능적인 면에 치중되어 있고 소설의 재미를 고려하지 않고 있음을 볼 수 있다. 여기서 재미라고 하는 것은 독자를 감동시켜 즐거움을 주는 것이 아니고 대중적인 흥미와 오락적인 것을 지칭하는 것이다. 작가는 이 글에서 소설을 풍속개량과 교화의 수단으로 이용해야 함을 주장하면서 교시적 기능을 강조했다.

그래서 중국에서 유입된 '西廂記와 玉麟夢과 剪燈新話와 水滸誌 등'과 국문소설 가운데 '簫大成傳이니 蘇學士傳이니 張風雲傳이니 淑英娘子傳'이니 하는 소설들이 교화의 기능을 가지지 못했다 하여 일단 부정적로 보았다. 어떤 소설이 성행했는가에 의해 그 나라의 인심 풍속과 정치사상을 알 수 있다는 그의 견해는 문학의 교시적 기능에 근거하고 있음을 알 수 있다. 그래서 그는 문학을 통해 救國 또는 國權回復을 주장했던 것으로 보인다. 물론 그는 문학 외에 敎育을 국권회복에 제1급선무로 삼았다. 남의 힘을 빌어 강해지는 '自强'의 첩경은 敎育으로 보았고,[4] 그 方法으로 小說의 중요성을 역설했다.

> 所以로 英法德美 各國에 學塾이 林立ᄒ고 書樓가 雲擁ᄒ야 一切牖民 進化의 方法이 至矣盡矣로되 愈其小說의 善本으로써 匹夫匹婦의 警鍾과 獨立自由의 代表를 作ᄒ고 東洋의 日本도 維新之時에 一般學士가 皆於小說에 汲汲用力ᄒ야 國性을 培養ᄒ고 民智를 開導ᄒ얏스니 其爲功也ㅣ 顧不偉哉아.[5]

구체적인 실례로 영국·프랑스·독일·미국의 국가발전의 원동력은 좋은 소설을 택하여 모든 국민을 교화한 까닭이었으며, 가까운

---

4) 愼鏞廈, 「朴殷植의 敎育救國思想에 對하여」, 『韓國學報』 제1호, (일지사, 1975).
5) 朴殷植, 「瑞士建國誌」, 序文 p.1.

일본도 유신의 원동력은 모든 국민들이 소설을 읽어 국민정신을 함
양하고 국기를 배양한 까닭이었다고 했다. 이와 같은 견해는 梁啓超
의 「譯印政治小說」 序文에서 볼 수 있다.6) 그는 經書나 史書·語
錄·律例 등이 지식이나 정보를 제공해 주는 것보다는 상상과 정서
를 불러일으켜 감동을 주는 소설이 계몽의 도구로 적합함을 인식했
던 것으로 볼 수 있다. 소설의 영향력이 이와 같이 커서 民衆敎化의
수단으로 적절하며, 이 소설을 통해 유럽 여러 나라가 변혁을 꾀할
때 魁儒碩學들이나 志士들이 자신들의 소신이나 정치적 견해를 표명
했다7)고 했다. 박은식의 문학관은 이러한 양계초의 문학관과 맥락을
같이 하고 있다.

그런데 白巖은, '我韓은 由來 小說이 善本이 無ᄒ야서' 國性을 培養
할 수 없었다고 보았다. 그래서 앞에서 지적한 우리의 고서설이나
중국에서 온 여러 종류의 소설들은 '閭巷之間에 盛行ᄒ야 匹夫匹婦
의 菽粟茶飯을 供ᄒ니 是ᄂᆫ 皆荒誕無稽 ᄒ고 謠麿不經 ᄒ야 適足히
人心을 湯了ᄒ고 風俗을 壞了 ᄒ야 正敎와 世道에 關ᄒ야 爲害不淺
ᄒᆫ' 까닭에 외국사람이 우리나라에 와서 現行하는 소설 종류를 물으
면 '風俗과 政敎가 何如타 謂ᄒ깃는가?'라고 그는 개탄하고 있다. 그
리고 그는 '現今競爭時局을 當ᄒ야 國力이 萎敗ᄒ고 國權이 墜落ᄒ
야 究竟 他人의 奴隸가 된 原因은 卽 我國民의 愛國思想이 淺薄한
緣故'라고 하여 애국사상이 천박한 것은 좋은 소설을 읽지 못한 까

---

6) 曰 僅識字之人 有不譯經, 無有不讀小說者, 故文經不能敎, 當以小說
   敎之?
   正史不能入, 當以小說入之, 語錄不能論, 當以小說論之. 律例不能治,
   當以小說治之. 天下通人少而愚人多深於之學之人少 而粗識之無之人
   多. (梁啓超, 「飮氷室文集」上, 上海, 廣智書局, pp.54~5).

7) Ibid, p.55.

닭이라고 했다.

이런 소설관은 소설에 대한 몰이해나 소설의 기능에 대한 인식부족에서 나온 것이라고 하기보다는 오히려 '當代的 삶의 歷史的 認識'에서 기인했다고 볼 수 있다. 당시에는 이와 같은 소설관이 상당한 설득력을 획득했을 것이기 때문이다.

그래서 白巖은 瑞士의 建國過程을 읽은 사람이라면 애국사상과 '救民血心이 奮發치 아니 ᄒ리오'라 하고, 「瑞士建國誌」를 대한의 백성들로 하여금 읽게 하려고 했던 것이다. 이와 같은 그의 의지는 다음과 같은 글에서 더욱 명백히 드러난다.

> 余乃病을 强ᄒ며 忙을 撥ᄒ고 國漢文을 和ᄒ야 譯述을 竣了에 爲之印布ᄒ야 我同胞의 茶飯閱讀을 供ᄒ노니 惟我國民은 舊來 小說의 諸種은 盡行束閣ᄒ고 此等 傳奇가 代行于世ᄒ면 牖智進化에 補益이 確有홀지라[8]

이상에서 본 것이 白巖 특유의 소설관 또는 소설의 이론으로서 확립된 것이라고 하긴 어렵다. 다만 소설에 대한 견해를 피력한 것으로 생각되며, 이러한 그의 견해는 효용론적 소설관에 접근해 있음을 알 수 있다. 따라서 개화기의 다른 작가들처럼 이 같은 긍정적 효용론은 소설 자체의 독자적 가치의 인정이란 관점이 아니고, 개화기 특유이긴 하지만, 권선징악의 윤리적 가치기준에 주로 입각해 왔던 이전의 소설관에 비한다면 교화의 代用通路로 구한 공리적 소설관이란 취향은 공통적이지만 하나의 교화내용의 轉移나 변모는 있다고 하겠다.[9]

---

8) 朴殷植, 「瑞士建國誌」. 서문 p.3.
9) 李在銑, op. cit., p.153.

2) 敍述構造의 分析

우선 작품의 구조상 특이성을 살펴보고자 한다. 고대소설에서 개화기 시대소설로 移行되는 과정상의 변화를 파악하는 단서가 되리라고 본다.

소설의 구성단계 중 발단과 결말을 고찰하여 고대소설과의 관련성을 살펴보기로 한다.

소설의 발단은 처음 시작되는 부분으로서 내용적으로는 등장인물의 소개와 배경이 제시되며, 사건의 실마리가 나타나는 부분이다. 그런데 대부분의 고대소설에서 형식적 특이성을 볼 수 있는데 어두가 '화설'로 시작되는 것이다. 이 작품도 어두의 시작이 고대소설과 마찬가지이다.[10]

이 「瑞士建國誌」가 내용의 차이는 있지만 어두의 시작이 같다는 점은 고대소설적 요소가 잠재되어 있음을 알 수 있다. 다만 고대소설의 경우 '화설' 다음에 시간적·공간적 배경과 인물이 제시되어 있음에 비하여 이 작품은 저자의 세계관이 다음과 같이 노출되어 있다.

> 惟與亡之理는 全혀 其國中 人民의 愚智와 愛國心志가 如何홈에 在흔지라 危急存亡之際을 當ㅎ면 許多英雄好漢이 生於其間ㅎ야 危而復安ㅎ며 亡而復存ㅎ며 死而復生을 克致ㅎㄴ니 此皆 英雄好漢의 本領이오 國家의 洪福이라.[11]

작품의 이러한 서두는 이 작품의 전체 내용을 암시하고 있다. 또 같은 시대에 병존했던 신소설과 다른 모습이다. 신소설의 경우는 공간의 묘사가 더욱 확대된 현실적이며, 역사적 背面 대신에 훨씬 더

---

10) "話說 自開天闢地以來로 世界上에 不知幾多邦國이오."로 시작된다.
11) 「瑞士建國誌」, p.1.

사실적인 背面을 확보하고 있다.12) 그리고 인물도 일상적인 인물이
등장되고 있다. 그러나 이 작품은 필자 자신의 국가와 그의 흥망, 그
리고 救國의 役을 담당할 인물들을 제시하고 있음을 볼 수 있다. 이
것은 白巖 자신의 것인지 중국의 영향인지는 폭 넓은 비교문학적 고
찰을 통해 규명해야 할 몫이다.

위의 인용 다음에 '西歷 十二世紀는 卽 支那 元朝 元貞年間'이라는
시간 배경의 제시가 있고, 이어 '歐羅巴洲 中央地方에 一小國이 有ᄒ
니 名曰 瑞士라' 하여 공간배경이 제시되었다.

서두에 쓰인 '화설'처럼 본문 중에 행동·시간·장소·사건·인물
을 몰고 오는 것으로는 '此時, 當時, 一日은, 却說' 등이 쓰였다. 또
모두 10회로 된 이 작품은 매 회마다 서두에 상투적인 어투를 썼는
데, 그중 '却說'이 7회 '話說'이 2회, 그리고 바로 시작된 것이 1회이
다. 이것은 轉移的 語詞라기보다는 긴장을 유발시키는 單位語詞로
볼 수 있으며, 轉移的 語詞로 쓰인 것은 '且說'이 주로 쓰이었고 '却
說'이 보조적으로 쓰였다. 대체로 한 회에 한 번 정도 쓰이며 小單位
로 轉換을 요할 경우 '此時·當時·一日' 등을 사용하면서, 한 작품
내의 전체적인 면에서 行動連繫의 굴곡적인 변화를 이루고 있다. 따
라서 이런 방식은 고대소설적 殘滓가 그대로 남아 있음을 보여 주는
것인데, 그 기능은 첫째, 시간의 分節化와 사건진행의 중단 및 轉移
의 효과를 가져오며, 둘째, 이들의 반복에 따라 긴장의 屈曲이 이루
어지고, 場所와 인물을 지시하여 행동을 유발시킨다. 셋째, 동시적으
로 일어나는 두 사건을 병렬화하며, 넷째, 前景的인 시간을 제시한
것에서 사건의 시간으로 移行시키는 데13) 있다.

---

12) 李在銑. op. cit., p.212.

13) 李在銑. Ibid., p.218.

결말에서도 특이한 면을 찾아볼 수 있다. 고대소설의 결말은 파란 만장한 풍파를 겪고 난 뒤에 행복한 끝맺음을 하게 된다. 주인공은 부귀영화를 누리고 五福을 구비하여 장수를 누리다가 여한이 없이 고요히 눈을 감고 자자손손 高位名爵으로 門戶를 빛내어 芳名이 千秋에 드높게 된다.14) 따라서 작품에서 이런 결말은 당시 민중들의 꿈이 작품화 과정에서 나타난 것으로 작품 속의 주인공＝독자인 '나' 라는 등식 속에서 무한한 행복의 감동을 누리는 것이다. 그러나 감동의 순간을 길게 할 경우, 감동의 농도는 엷어진다. 고대소설이 결말을 단 몇 줄로 끝내 버리고 순식간에 마무리 지어 버리는 것은 이 때문이다.

이 작품의 경우, 결말은 維霖惕露가 죽고 난 뒤에도 에필로그(epilogue)가 남아 있고, 그것은 길게 군더더기로 첨가되어 있다.

　　一朝에 獨立起來ᄒᆞ고 또ᄒᆞᆫ 能히 善始 善終ᄒᆞ야 民慧를 開拓ᄒᆞ며 民權을 平等ᄒᆞ야 政이 良ᄒᆞ고 俗이 美ᄒᆞ야 蒸蒸日進ᄒᆞᆷ이 居然히 雄視萬那ᄒᆞᆯ 氣慨가 有ᄒᆞᆫ지라. 皆畏敬起 來ᄒᆞ야 敢히 從前看와 如히 他를 三等野蠻이라 罵ᄒᆞ며 他를 老大病國이라 侮ᄒᆞ든 說話가 一時에 冰消雪釋ᄒᆞᆯᄲᅮᆫ더러……15)

이 부분은 역자의 의도가 강하게 나타난 부분으로, 독립국가가 된 후에 이상적인 나라가 되었음을 역자가 기술한 것으로 보인다. 그리고 이 작품에서 감동의 轉移는 스위스의 독립에서 이루어지며, 우리 나라의 국민들이 공감대를 형성하도록 부가 설명하고 있다. 뿐만 아니라 역자는 이 작품이 쓰인 현재의 사정을 기술하여 '赤十字會와

---

14) 鄭柱東, 「古代小說論」, (螢雪出版社, 1981) p.196.
15) 「瑞士建國誌」, p.54.

萬國公會와 萬國交通郵政' 등에서 모두 瑞士를 盟主로 삼음으로써 瑞士가 모든 나라 중에서 으뜸이 됨을 역설했다.

이 작품에서 스토리의 제시는, 동기에 해당하는 부분들이 대화에 의한 장면적 방법을 택해 썼고, 반대로 극적 효과를 이루어야 될 부분에서는 오히려 파노라마적 방법을 쓰고 있다. 예를 들면 제2회의 경우 維霖惕露가 집에 돌아온 부분에서 보면, 가족에 대한 설명이 짧게 서술되었고, 나머지 부분은 모두 가족들의 애국심이 維霖惕露·아내·아들의 대화에 의해 장면적 방법으로 서술되고 있다.

또 이 작품에서 절정이라고 볼 수 있는 維霖惕露가 그의 아들 머리에 사과를 얹고 화살로 맞히는 부분도 지나치게 긴 설명으로 극적인 긴장감이 지속되지 못하여 극적 효과를 반감시키고 있다. 이것은 고대소설이 설화체로서, 행동재현의 방법으로 행동경과에 대해 강하게 느끼도록 하기 위해서 보고의 방법을 썼는데, 이것을 이 작품에서도 骨格的 敍述方法을 택해 썼기 때문이다.16)

그리고 이 작품에서도 과장적 서술이 두드러지게 보인다. 고대소설은 인물이나 사건 또는 상황 등을 과장법을 써 인물과 그의 행동을 초인적으로 서술하고 있다. 이런 것은 거의 비현실적이고 비논리적이지만 당시의 독자층은 더 진실미를 느꼈던 것으로 보인다.17)

「瑞士建國誌」에서도 고대소설에서의 과장적 표현이 그대로 나타난다. 다만 수사법상의 차이가 있을 뿐 거의 유사하다.

　　㉠ 氣象이 堂堂ㅎ야 面似桃花ㅎ고 舌如蓮瓣이라. 激昂慷慨ㅎ고 痛快淋漓ㅎ야 仙人下降的 樣子와 恰似ㅎ더라.18)

---

16) 李在銑, op. cit., p.241.
17) 鄭柱東, op. cit., p.233.
18) 「瑞士建國誌」, p.20.

　　ⓛ 那時에 維霖惕露 父子二人이 蛟龍이 得雷雨에 騰起翶翔ᄒ
고 大鵬이 上雲霄에 扶搖直達과 恰似ᄒ지라.19)
　　ⓒ 乃其 櫻桃口을 啓ᄒ야 蘭蕙音을 吐홀ᄉ l 嬝嬝婷婷ᄒ야.20)
　　ⓔ 他們이 皆眉粗目大ᄒ고 眼精이 灼灼有光ᄒ야 擧手 則似猛
虎離山이오 動足則如蛟龍出海라 聲音이 激厲ᄒ고 氣宇가 軒昻ᄒ
야 一般中興 好漢을 生成ᄒ지라.21)

　ⓐ과 ⓛ은 維霖惕露에 대한 서술로 직유법을 사용한 점은 고대소
설과 같다. ⓒ은 維霖惕露의 부인에 대한 묘사로 비유에 사용된 보
조관념마저도 고대소설과 같음을 볼 수 있다. 또 ⓔ은 亞魯拏를 비
롯한 黨에 모인 사람들을 묘사함에 직유법을 썼고 고대소설의 반복
법과 열거법은 배제 되었다.
　다음 인용문은 행위나 상황의 묘사에도 주로 과장법을 사용하였음
을 알 수 있다.

　　ⓐ 話說間에 不覺 東方將曰에 茅店鷄鳴이라.22)
　　ⓛ 射獲흔 飛禽走獸가 恒河沙數로 有如山積ᄒ되……[中略]……帶
回흔 것을 見ᄒ매 비록 百數十人이 食ᄒ야도 不盡이오 쏘 天時가
暑熱ᄒ야 蟲蟻가 易生이라.23)
　　ⓒ 爾는 數十里之遠에 隔在ᄒ야 箭을 把ᄒ야.24)
　　ⓔ 正是 蛟龍이 不是池中物이라 得挾風雷撼九天이로다.25)

---

19) Ibid, pp.37~38.
20) Ibid, p.5.
21) Ibid, p.17.
22) Ibid, p.9.
23) Ibid, p.24.
24) Ibid, p.31.
25) Ibid, p.9.

㉠은 維霖惕露가 그의 가족들과 나라를 談論하다가 아로나의 방문을 받고 그와 더불어 조국의 독립을 위해 밤새도록 토론하였음을 표현한 것이고 ㉡은 維霖惕露와 그의 아들이 사냥 가서 잡은 짐승들의 양을 표현한 것으로 그 수가 강가에 있는 모래의 수만큼이나 되어 산같이 쌓였고 백수십 인이 먹어도 남을 만큼이라고 했다. ㉢에 있는 수십 리는 維霖惕露가 그의 아들 화록타의 머리 위에 얹힌 사과를 쏘기 위해 아들과 떨어져 있는 거리를 서술한 것이다. 수십 리 떨어진 곳에서 아들 머리 위에 얹힌 사과를 쏘아야 하는 어려움과 이 난관을 극복했다는 감격이 읽는 이로 하여금 감동하도록 해 주리라 여겼던 것이다. ㉣은 ㉠뒤의 일로 아로나가 일을 꾸미기로 하고 떠날 때, 維霖惕露의 마음이 마치 용이 못 가운데 물을 얻은 정도가 아니라, 바람과 번개를 끼고 하늘을 흔들 수 있는 능력을 얻은 것이라고 과장되게 표현한 것이다. 이런 과장은 전편에 걸쳐 도처에 나타난다.

그리고 이 작품은 고대소설적 유형인 回章體 小說의 구조를 가지고 있다. 전체가 10회로 되어 있는 이 작품은 漢文에 懸吐를 단 漢文回章體小說에 가깝다. 특이한 면은 매 회마다 내용을 요약한 소제목을 붙여 스토리의 전개를 구체적으로 예시하고 있다. 그 전부를 보이면 다음과 같다.

第一回　異國官毒下害民手　耕田佬大有愛國心
第二回　對妻兒同心談國事　與朋友矢誓復民權
第三回　殘忍兵恃劈奪耕牛　愛國士傳檄招人馬
第四回　駕扁舟乘風破巨浪　唱歌曲苦口勵群心
第五回　亞魯拿募兵渡二河　華祿他隨父過平鎭
第六回　懸冠冕人民須下拜　折木柱父子被擒拿
第七回　命射果假手殺英雄　求棹舟天心救好漢

第八回 脫危險乘勢誅賊臣 趁時機擧義恢舊國
第九回 成大事共和立國政 尊中興上下得平權
第十回 祭偉人萬民歌大德 建遺像千古留芳名

이와 같이 매 회 붙여진 것은 章題가 朴殷植이 붙인 것인지 아니
면 原作에 吐만 붙인 것인지 알 수 없으나, 宋代話本에 이어 元·明
간에 회장체소설이 발달한 것으로 보아 원작이든 번역이든 회장체소
설 형식을 차용했음에 틀림없다. 이 작품은 매 회 2句의 漢文 章題
가 붙어 있어 전개될 내용을 예시함으로써 사건 추이에 대한 독자의
흥미는 반감된다.[26]

그리고 매 회는 結尾語가 있다. 이야기의 단위로 형식적인 분절화
가 되도록 한 것은 서두의 却說·話說 등이 쓰였고, 매 회마다의 결
미어는 매 회가 하나의 이야기의 단위로 매듭짓는 역할을 하고 있다.
그 예를 보이면 다음과 같다.

欲知後事如何된 且聽下回分解ᄒ라[27] (제1회)
後事의 究竟如何는 下回를 請看ᄒ라 (제3회)
欲知後事若何된 且聽下回分解ᄒ라 (제4회)
後事가 果屬如何홀지 下回에 自然詳載라 (제5회)
後事가 畢竟 甚麼오 下回가 自由分解라 (제8회)
欲知 結局 收場인디 請着下回記載ᄒ라 (제9회)

이와 같이 '뒤 일을 알려거든 다음 회를 보라' 등의 말을 써서 다
음 회에 대해 독자가 궁금증을 갖도록 했다. 이와 같은 형식을 차용
하게 된 것은 회장체소설로 대표적인 「三國志演義」·「水滸傳」·「西

---

26) 宋敏鎬, 韓國開化期小說의 史的研究, (一志社, 1976). p.107.
27) 明代의 回章體 小說은 대부분 매 회 끝에 이와 같이 끝을 맺고 있다.

遊記」·「金甁梅」 등이 우리나라 독서계를 풍미했기 때문에 독자에게 거부감이 없이 자연스럽게 읽혀지도록 했던 것으로 볼 수 있다. 혹 鄭哲貫이 그렇게 했다고 할지라도 작가의 의도는 마찬가지일 것이다.

3) 意圖의 표현 양상

白巖은 「瑞士建國誌」를 내용 전달의 수단으로 고대소설적 서술방식을 썼다. 민중교화의 적합한 수단으로 택한 양식이 소설이었다. 그러나 신소설과는 달리 스위스의 위대한 구국 영웅의 이야기를 차용해 민족주의적 의식의 高揚에 힘썼다. 더구나 시대적으로 위기에 처해 있던 당시에 민족의식은 곧 국가의 존망을 좌우하는 관건이라 보고 민족정신을 신뢰하고 진작하는 데 전력을 다했다.[28] 이런 까닭으로 인해서 작품 속에는 시대 의지가 지나치게 노출되어 있음을 보게된다. 이 항에서는 기법상 작위적 요소가 지나친 것과 인용문의 기능을 검토하여 보고자 한다.

소설의 인물은 작가가 인형을 조종하듯이 마음대로 움직여 나가도록 하는 것이 아니고 전체 작품의 짜임 속에서 필연적이고 논리적인 연계 속에서 이루어져야 한다.

그런데 작가가 어떤 목적의식을 가지고 작품을 쓸 때, 그 목적을 달성하기 위해 작위적으로 조작하게 된다. 따라서 작품 안에서 이런 작위적인 면을 발견할 수 있게 되는데, 이 작품에서 이런 면을 구성과 인물과 서술자 개입 등에서 살펴보도록 한다.

먼저 작품에서 구성을 살펴보기로 한다. 작품의 전체적 구성은 지배자와 피지배자의 사이에서 갈등의 양상으로 나타난다. 강압통치자와 그에 의해 억압된 국민과의 대립적 관계 속에서 독립 투쟁의 역

---

28) 洪一植, 『韓國開化期의 文學思想研究』, (悅話堂, 1980) p.163.

사를 기록한 것이다. 즉, 갈등의 외적 관계는 瑞士와 日耳曼, 維霖慯露·亞魯拿와 亞露覇·倪士勒으로 나타나고, 내적으로는 독립을 할수 없는 시대적 상황과 해야 된다는 時代意志 등으로 나누어 볼 수있다. 이런 갈등의 대립상 속에서 몇 개의 에피소드를 발단-전개-위기-절정-결말의 틀에 맞추어 묶어 놓았는데, 갈등의 양상은 전자의 승리로 해소되어 버린다. 예를 들어 이 작품에서 가장 절정을이루고 있으며, 가장 많이 알려져 있는 부분인 維霖慯露가 그의 아들 華祿他의 머리에 사과를 올려놓고 활로 쏘아 맞히는 장면을 보기로 한다. 이 부분의 발단은 '是日에 維霖慯露가 室內에 瑞居ᄒᆞ야 心血이 來潮에 悶悶不樂홈으로 一切操演軍械的 事에 雅不欲動이라'는배경의 암시에서 비롯된다. 이런 하찮은 심적 우울의 동기로 維霖慯露 父子는 사냥을 가게 된다. 얼마 뒤 잡은 짐승이 너무 많아 저자에 내다 팔기 위해 거리로 나섰다가 茶樓에 올라갔다. 예사륵이 모자를 걸어 두고 절하게 한 告示를 읽는 데서부터 위기가 시작되고,급기야는 경례를 하지 않을 뿐더러 모자를 떨어뜨리어 체포된다. 절정은 활로 쏘아 사과를 맞히는 부분까지로 볼 수 있는데, 위기에서절정까지 느린 속도로 진행되고 이 느린 과정 속에서 갈등관계가 고조된다. 여기가 구성상 작위적인 부분이 가장 많이 보인다. 이런 지나친 작위적 서술 즉 지나친 설명과 우연성의 개재는 독자로 하여금흥미를 상실하게 만들 뿐더러, 극적 효과를 감소시켜 버린다. 독자를위해 작가의 의도를 지나치게 설명한 것은 오히려 그들로 하여금 감동할 수 없도록 만들어 버린다.

　작위적 요소가 강하게 나타나는 것으로 작중인물이 있다. 현대소설에서 인물설정은 전형적이면서도 개성적인 인물 즉 어느 사회, 어느 계층이건 그들을 대표할 수 있는 특징적 인물이면서 독창적인 특

이성을 지닌 인물이어야 한다. 이렇게 되었을 때 가장 좋은 성격 창
조가 이루어진다. 고대소설의 경우, 영웅이라든가, 절세미인이라든가,
악인이라든가 하는 추상적이며 개념적인 보편성과 전형적 성격은 있
으나 같은 유형적 인물 중에서 개성의 창조는 찾아볼 수 없다.[29]
　이 작품에서도 거의 고대소설과 비슷한 면을 찾아볼 수 있다.

> 　維霖惕露는 厚輩圓胸이며 雙目이 如電ᄒ며 身軀가 雄偉ᄒ며,
> 氣宇가 魁梧ᄒ고 且襟期가 活潑ᄒ야 臨事不苟ᄒ고 隨機應變에
> 個儻權苟ᄒ니 見者가 以其爲非常的 人으로 將來에 一番 非常的
> 事業을 幹定홀 者인 쥴을 皆許ᄒ지라.[30]
> 　身軀가 偉大ᄒ고 鼻如縣膽ᄒ며 眼似銅鈴ᄒ여 面赤鬚長ᄒ니 人
> 이 擬ᄒ되 三國時關公이 再世ᄒ얏다ᄒ니 也是瑞士國의 一雄才大
> 略人이라[31]

고대소설에서 흔히 볼 수 있는 戲畵(caricature)적 인물에 가깝고,
신체를 통해서 성품까지 본 것 또한 같다. 주로 耳目口鼻와 신체가
표현에 중심이 되어, 善人과 惡人이 겉모양으로 구분이 되었다. 따라
서 이 작품에서 반동적 인물은 주동적 인물과 정반대로 표현되었다.

> 　這兵士는 非常히 殘忍홈으로 久著大名者라 城狐社鼠가 되야
> 作威作福ᄒ니 人家의 射物을 劫奪ᄒ며 人家의 妻女를 强姦ᄒ야
> 極大罪極兇惡之事를 無所不爲ᄒ더니[32]

　이 글은 앞의 두 인용문과 대조를 이룬다. 신체에 대한 묘사뿐 아

---

29) 鄭柱東, op. cit., p.196.

30) 「瑞士建國誌」, p.2.

31) Ibid., p.7.

32) Ibid., p.10.

니라, 복장도 마찬가지다. 이런 묘사도 역시 고대소설적인 잔재가 아직 남아 있음을 반증하는 것이라고 볼 수 있다.

華祿他는 小年 英俊으로 一個 不羈的 人이오.[33]

주인공群에 대한 영웅화도 볼 수 있다. 그것은 나이를 초월한 영웅의 묘사다. 이런 작위적 기교의 결과는 다음 예문에서 보다 더 첨예하게 나타난다.

衆人이 維霖惕露를 公擧ㅎ야 大元帥를 삼고 亞魯拿로 大將軍을 삼고 華祿他로 先鋒을 삼아 專責을 委任ㅎ니[34]

이와 같이 인물묘사는 고대소설적 묘사가 그대로 보이고 인물의 행위도 시간성을 무시한 채 영웅화되어 있다.

이 작품에서 보이는 또 하나의 고대소설적 양상은 서술자 개입이다. 작가가 일정한 거리를 유지하지 못했다. 고대소설의 경우는 後面 또 提携의 平面的인 퍼스펙티브(perspective)에서 俯瞰 또는 觀照하는 입장[35]을 취하면서도 서술자로부터 떨어진 거리가 곧잘 객관성을 잃고 주인공에 접근 야합해 버린다. 이제 실제 작품에서 서술자가 개입한 것을 보기로 한다.

㉠ 如此 好人物이 出ㅎ얏스니 昔人 所謂人傑地靈者ㅣ不其然乎아[36]
㉡ 是瑞士國의 一雄才大略人이다.[37]

---

33) Ibid., p.23.
34) Ibid., p.44.
35) 李在銑, op. cit., p.224.
36) 「瑞士建國誌」, p.2.

ⓒ 是日에 維霖惕露가 室內에 瑞居야 心血이 來潮에 悶悶 不樂
홈으로 一切 操演軍械的 事에 雅不欲動이라 其子ㅣ 華祿他가 其父
의 如此히 怏怏不安흔 것이 必是感觸이 有홈을 料得ㅎ고[38]

서술자 개입은 예시에 의해 나타난다. 예시는 표제나 인물을 제시,
직접 서술자 개입 등의 방법을 통하여 드러나게 되는데 여기서는 예
시를 통한 서술자 개입을 볼 수 있다.

ⓐ은 서술자가 사건을 예시하고 그것에 의해 증명하는 것이고, ⓑ
은 아직 인물에 대한 소개가 덜 되어 있는 상태임에도 단정 제시하
여 앞으로의 사건을 암시하도록 해주고 있다. ⓒ은 배경적인 상황의
암시에 의해 예시되었다.

위의 예와는 달리 감정적 개입이 있다. 이 경우는 작가가 객관적
거리를 유지하지 못하고 悲感을 위한 동기나 정황의 설정이 없이 감
정적으로 작가 자신의 느낌을 문맥상에 집어넣는 경우를 들 수 있다.

此時에 瑞士國民이 國破家亡을 已經ㅎ매 無可顧告일식 惟其苛
政을 施ㅎ며 酷法을 行ㅎ는 것슬 聽ㅎ야 日耳曼人의 牛馬와 奴
隸가 됨을 任ㅎ고 悉히 下心低首ㅎ며 飮恨 呑聲ㅎ야 不敢與較ㅎ
니 悲夫라 亡國人의 受制가 如此慘烈ㅎ도다[39]
可憐타 維霖惕露ㅣ 父子二人이 手上에 堅利흔 器械가 沒有ㅎ고
다만 奪來흔 木棍 二枝가 有흔지라 엇지 後來親兵 比較ㅎ리오.[40]

앞의 인용문은 瑞士가 망한 뒤 국민이 당하는 고초를 작가 자신이
슬프다[悲來]한 것이고, 뒤의 것은 維霖惕露 父子가 倪士勒이 걸어 둔

---

37) Ibid., p.7.
38) Ibid., p.23.
39) Ibid, p.2.
40) Ibid, p.29.

모자를 부셔버리고 체포되었을 때 느낌이다. 이런 감정의 개입이 독자의 감정이나 흥을 돋우어 주는 것이 아니라 오히려 반감시켜 준다.

그 다음으로 감정적 개입이 있는 경우는 주석적 논평이나 해설적 논평을 들 수 있다.

> ㉠ 自言自答ᄒ고 擧酒暢飮ᄒ야 自己의 好計謀的 胸懷를 自壯ᄒ니 千古奸雄이 往往如라 所以로 曹操가 對酒當歌에 人生幾何的 說話가 有ᄒ니라[41]
> ㉡這等 婦人의 愛國說話는 當今 世上에 鬚眉와 壯氣를 具有ᄒ 男子가 能及其萬一者ㅣ 幾人고[42]
> ㉢果然 物極則反이라, 瑞士 國民이 盡皆死心이 撊地치 아니홈으로 皇天이 一位同種의 大英雄 大豪傑을 誕生ᄒ사 其塗炭을 拯拔케 ᄒ신지라.[43]

㉠의 경우 예사륵이 구국운동을 하려는 瑞士人을 잡아 없애기 위해 나무를 세우고 모자를 건 뒤 위반하는 자를 의법 처리하는 방법을 생각해 낸 자신의 장한 생각과 瑞士人을 비웃으며 자문자답하는 것을 작가는 '千古의 영웅이 往往이와 같다'고 하면서 그 예로 曹操를 들어 비유했다. ㉡은 維霖惕露의 아내의 애국심에 대한 것으로 이 부인보다 壯氣를 갖추고 있는 남자가 몇일까라고 반문할 정도로 애국심이 강한 사람으로 해설하고 있다. ㉢도 또한 瑞士 국민이 독립을 얻고 국가를 이룩한 결론을 먼저 제시한 것으로 작가가 미리 단정적 해설적 논평을 가한 것이다.

이와 같은 해설적 논평은 서술자가 작품 속의 인물과 독자 사이에

---

41) Ibid, p.28.
42) Ibid, p.6.
43) Ibid, p.2.

개입해서 구체적으로 설명하고 있다. 독자 자신이 인물이나 사건을 통해 작품의 내용을 추적해 나가다 이런 해설적인 논평을 대하게 되면, 독자는 강요된 공감과 결론에서 저항감이나 지루함을 느끼게 된다. 이 작품은 처음부터 이런 해설적인 논평으로 시작된다. 국가 흥망과 국민과의 관계를 설명한 이 글은 계몽적 의도를 내포하고 있음을 간과해서는 안 된다.

이런 논평은 작가가 작품을 통해 국민의 구국적 역할에 대하여 분발을 촉구하려는 강한 의도를 그대로 드러내는 과정에서 나타나고 있다. 이런 경우의 논리는 위태로운 시기에는 英雄과 好漢이 반드시 나타날 필연성을 가지고 있다는 데서 출발한다. 따라서 이 작품 같은 경우, 위에 지적한 예문들을 통해서 영웅의 일대기적인 면을 보여 주고, 그 실천을 촉구한 것으로 인식될 수 있다.

작품 속에서 인용문은 詩·연설문·편지 등으로 나누어 볼 수 있는데 이것들은 대체로 작가가 작품을 전개함에 내용을 전달하고 감동을 상승시키는 보조적 장치로 사용할 수 있다. 이 작품의 특이한 구성은 章의 앞부분에 그 章의 내용을 압축한 소제목이 있고 그 章의 내용을 요약한 詩가 있다는 점이다.

우선 漢詩의 경우, 내용을 要約했을 뿐 아니라, 그 시 자체를 읽는 사람이 감동할 수 있도록 유도했는데 그 전부와 곡조를 보이면 다음과 같다.

第一回 興亡自古憑民氣 天地何尤 人也何尤
木落風狂滿眼秋 何時一擧民權復
生也自由 死也自由
國也巍然立五洲
右調는 采桑子라.

62

第二回 無邊壓力掣群生 國將傾 恨難平
　　　攬轡戲歒范滂欲澄淸 共奮神州恢復志
　　　凡有志 竟能成 右調ᄂᆞᆫ 江城子라.

第三回 淚如泉 問皇天 中興故國在何年 誰揚租逖鞭
　　　鑿我井 耕我田 自耕自食也晏然 林泉養志堅
　　　右調는 雙紅荳라.

第四回 馬牛奴隷何時了 壯士强哉矯 扁舟一葉大洋中
　　　冒驗輕生破浪與乘風 野蠻虐政呻吟久 難堪懸河口
　　　合群恢復舊山河 同心一德齊唱自由歌
　　　右調는 虞美人이라.

第五回 俠士驚天動地 仁者捨生取義 一片愛國心
　　　雖死當爲厲鬼 壯志壯志 誓不民權放棄
　　　右調는 如夢令이라.

第六回 亡國事堪悲 身世何從托 自古英雄困阨多 民賊心情惡
　　　土地已爲呑 種族頻遭虐 不復深仇勢不休 竊以身殉國
　　　右調는 白尺橋라.

第七回 眞堪愛 破家救國英雄輩 百端挫折 偏遭凶害
　　　冥冥自有安排在 桃僵竟使李來代 李來代乘機脫難
　　　逍遙事外
　　　右調는 玉交枝라.

第八回 畏死原非豪傑 乘機可殺狼官 半塗一躍江干
　　　任彼舟沈棹斷 賊以殺人爲計 我非殺賊難安
　　　試看一剪滅貔犴 統緖從茲再續
　　　右調는 白蘋香이라.

第九回 義黨揭竿同擧事 國仇不復終難止 靑天霹靂一聲雷
　　　故土得爭回 合群憤與强隣鬪 一皷而擒皆授首
　　　事成全國盡忻歡 將樂且將安
　　　右調는 慶功成이라.

第十回 慘澹經營 新國令 事未成時擧動坑窄 無恨動心和忍性
　　　能創立文明政 一 擧功成安百姓 建國興邦額手 同稱慶
　　　死亦如生咸愛敬 偉人萬古爲賢聖
　　　右調는 鳳樓梧라.

특별한 형식에 의존하지 않은 이 노래는 가사에 맞는 곡조가 지정되어 있으며, 내용이 직설적이고 영탄조로 되어 있다. 이 漢詩들은 소제목과 함께 내용이 요약되었을 뿐만 아니라 사건 전개를 암시하는 역할을 하면서, 실제로 작가의 의도인 구국·독립을 고취시키기 위한 장치인 것이다.

둘째, 삽입시가 두 편이 있다. 한 수는 '愛國歌'이고, 또 한 수는 '同盟恢復歌'인데 모두 과장된 감정이 과잉 분출된 것을 볼 수 있다.

애국가의 경우 그 내용을 보면, 과거의 조국·현재의 상황·현재의 연장선으로의 미래에 대한 恨歎, 그리고 작가의 세계관이 나타나 있다. 그 다음에 영웅적인 심리를 유발시켜 감격적인 상태로 만든 다음 봉기를 촉구하도록 하였다. 그리하여 궁극적인 목표는 '共和立政地久天長 民樂自由邦獨立 此時强盛百世名揚'에 있는 것이다.

同盟恢復歌는 나라가 빼앗긴 현 상태를 먼저 쓰고 '我聞大丈夫 下受人箝制'인데 부끄럽다고 하여 '我今擧義旗' 하려 하니 모두 發憤해 줄 것을 촉구했다. 그래서 '一擧事不成'이면 '國民流血永相繼' 하여 배수의 진을 친 뒤 '仁者殺身成仁'이라 했다. 이 노래도 愛國歌와 마찬가지로 궁극의 목표를 '他日正體立共和應將勃勃民權貴'에 두고 있다. 결국 삽입시도 작가의 의지를 전달하기 위한 보조적 장치라고 할 수 있다.

셋째, 그 외에 檄文·便紙·祭文 등이 있다. 그중 檄文인 '恢復瑞士檄'과 華祿他가 亞魯拿에게 써 준 편지는 구국·독립에 참가하라는 위의 시와 다름이 없지만 維霖惕露가 죽은 뒤에 쓴 祭文의 인용은 감동의 여운을 오래 남기도록 한 듯하다. 우선 형식이 전형적인 祭文의 형식을 갖추고 있다.

　　維紀元　千三百四十三年　月　日　瑞士國民等謹具犧牲酒恭致尊于
救國偉人維霖惕露之墓　前曰……[中略]……公如有知兮鑑此馨香嗚
呼痛哉　尙饗

　위와 같이 쓰인 이 제문은 살신성인에 의한 '流芳百世'를 至高의
목표로 삼은 것이다.

　이 작품이 이와 같은 기법을 써서 보여 준 것은 瑞士의 국가 위기
가 우리와 비슷하다는 데서 비록 과거의 역사라 할지라도 그것이 우
리 현실에 응용될 수 있으리라는 기대치에서 나온 것이라고 볼 수
있다.44)

　지금까지 「瑞士建國誌」의 구조를 분석한 결과 기법상으로 고대소
설적 요소가 아직 많이 남아 있음을 보았다. 그리고 이 소설의 특이
성은 첫째, 프롤로그와 에필로그의 구성법이 액자소설에 가까운 형
태로 나타나며, 둘째, 과장적 서술형태가 많았고, 셋째, 독자가 무리
없이 접근하도록 하기 위해 고대소설 형태인 回章體 小說의 구조를
이용했다는 것이다.

　특히 白巖은 救國 獨立의 근본이 될 수 있는 국민정신을 배양하기
위해 기법상 작위적인 요소를 첨가시켜서, 내용을 현실적인 안목에
서 수긍이 갈 수 있도록 우의적 수법을 썼음을 볼 수 있다. 또 지나
친 서술자 개입은 비단 이 작품에 한한 것은 아니고 이 시대 대부분
나타난 특징이다. 역사가로서 민족 주체의식을 가지고 역사를 서술
했던 그는 서술자 개입을 통해 그의 사상과 주관이 强辯되도록 하였
다. 또한 서문 속에서 밝힌 그의 소설에 대한 견해는 당대적 삶의
시대적 인식으로 높이 평가할 수 있으리라고 본다.

　특히 역술된 것이긴 하지만 그가 소설가가 아니면서도 소설이란

---

44) 成賢子, op. cit., p.61.

장르를 택한 이유는 소설이 그 어느 양식보다도 대중에게 잘 전달될
수 있을 것이라는 원리를 터득한 때문이며, 작품을 「瑞士建國誌」로
택한 것은 瑞士의 국가 위기의 양상이 우리와 흡사하다는 데서 비록
다른 나라의 과거 역사라 할지라도 우리 현실에 충분히 응용될 수
있으리라는 기대에서 비롯된 작품이라고 볼 수 있다.

(2) 「乙支文德」

「乙支文德」45)은 原題名이 「大東四千載第一大偉人 乙支文德」으로 1908
년(隆熙 2년) 5월 30일 廣學書舖에 의해 발간되었다.

申采浩는 이 작품을 처음부터 일종의 傳記小說로 쓰려고 했음을 뚜
렷하게 밝혔다.

> 元將 范文虎가 日本을 侵홀 時에 風浪에 舟가 覆ㅎ야 登陸者
> 가 三萬에 不過ㅎ얏스니 日本의 勝利를 獲홈이 亦何足奇이오마
> 는 彼乃 數百年來로 歷史에 頌之ㅎ며 小說로 傳之ㅎ야 歌之歎之
> 에 永世 不忘ㅎ는디 若我國은 一手로 獨立山河를 整頓ㅎ며 一劍
> 으로 百萬 强敵을 殺退혼 眞英雄의 大戰跡도 如此 抹殺ㅎ니 兩
> 國後來 强弱의 異點이 엇지 此에 不在타 ㅎ리오. 過去의 英雄을
> 寫ㅎ야 未來의 英雄을 招ㅎ노라46)〈띄어쓰기는 筆者〉

---

45) 이 작품의 서지적 자료는 다음과 같다.
「乙支文德」('大東四千載第一大偉人 乙支文德' 목차에 있는 제목
임), 申采浩著, 卞榮晩校閱, 廣學書舖 發行, 隆熙 2年(1908) 5월 3
일 발행, 序文 10p(卞榮晩: 3p, 李基燦: 3p, 安昌浩: 4p), 凡例 2p,
目次 2p, 本文 79p, 국한문 혼용.
46) 申采浩, 「乙支文德」, (廣學書舖, 1908). pp.6~7(이하 「乙支文德」으로 줄
임).

日本이 元나라의 范文虎와의 싸움에서 승리한 것이 戰史에 빛나는
공이 아님에도 불구하고 이 승리를 소설로 전하는 것을 보고 申采浩
는 일본의 戰勝보다 수십 배가 넘는 乙支文德의 공적을 써 보고 싶
었던 것이다. 그래서 乙支文德의 위대성을 드러내고 또한 乙支文德
과 같은 영웅을 기대해 보자는 것이다.

1) 創作意圖

소설 구성형식을 보면 「乙支文德」은 실상 역사소설로 보기 어렵다.
그러나 서사문학의 형식적 한계로 말미암은 취약점이 있음에도 불구
하고, 구성이나 서술적인 면에서 오히려 근대적인 진전을 보이고 있는
같은 시대의 신소설보다 긍정적으로 이해되고 있는 이유는 이 작품을
삶의 역사적 인식으로 파악하고 있기 때문이다. 당시의 시대적 삶의
진실 자체를 왜곡해서는 안 되기 때문이다. 이에 관해서 洪一植은,

> 그의 역사 전기류 소설은, 近代小說的 要素가 배제된, 오히려
> 歷史論文에 가까운 글이라고 평하기는 하지만, 그렇기 때문에 오
> 히려 開化期 抵抗文學을 대표할 만한 歷史小說이라고 볼 수 있
> 는 것이다. 이는…… 당시 韓國的 特殊性에 근저하는 까닭과 동
> 일하다.47)

라고 하여 오히려 개화기 저항문학으로 간주했다. 따라서 우리는 申
采浩가 민족주의적인 입장에서 역사를 살피고 또 외세에 대한 항쟁
적인 역사기록에다 초점을 두고 있는 것을 중요시해야 할 것이다.48)

---

47) 洪一植, op. cit., p.156.
48) 李在銑譯, 『애국부인전 · 乙支文德 · 瑞士建國誌』, (한국일보사, 1975)
   p.188.

이와 같은 申采浩의 태도가 나타나는 것을 「伊太利建國三傑傳」에서
볼 수 있다.

　　無涯生이 曰 我國 二千萬口가 繁衍至二千億二千兆도 非我所祝
　이라 我所祝者는 只是我國에 有愛國者며 我國三千里地가 廷長至
　三萬里三億里도 非我所欲이라. 我所欲者는 只是我國에 有愛國者
　며, 鑿處黃金이 湧出如水도 非我所願이오, 到處五穀이 紅腐如土
　도 非我所求라. 我所願而所求는 只是我國에 愛國者ㅣ로니, 嗚呼
　라. 雖無量의 人口, 無量의 土地, 無量의 寶貨, 無量의 産業이 有
　홀지라도 愛國者가 無ㅎ면, 虎吻耽耽에 皮肉이 鑠盡ㅎ고 屠刀霍
　霍에 苦痛이 滋甚ㅎ리니 其誰保之며 其誰求之리오.[49]

　위 글은 愛國者가 나타나 국가를 위기에서 구해 주기를 바라는 간
절함이 표현되었다. 1905년, 日帝가 우리나라와 保護條約을 강제로
체결하자 조선의 봉건체제에 대하여 나타났던 민중의 분노는 反日
抵抗으로 바뀌어졌다. 국가의 자주권을 상실케 되자 민중들은 국권
수호와 구국투쟁을 전개했다. 뿐만 아니라 武力鬪爭과 동시에 애국
적 언론단체들을 중심으로 교육과 산업진흥을 통해 국권회복에 힘썼
다. 따라서 안으로는 봉건적 사회제도를 개혁하여 새로운 근대민주
사회를 건설하고 밖으로는 외세의 침략을 물리쳐 자주독립국가를 이
룩해야 했던 당시 시대의지는 강렬한 민족의식과 반일저항의식을 요
청하게 되었고, 이에 부응할 새로운 역사의식을 필요로 하게 되었다.
　이런 상황에서 1900년대에 발행된 대부분의 역사·전기문학은 민
족적 위기를 극복하기 위한 의식의 표현으로 볼 수 있다. 「中東戰記」,
「美國獨立史」, 「普法戰記」, 「法國革新戰史」, 「比律賓戰史」 등 각국의
戰史와 「乙支文德」, 「比斯麥傳」, 「싸뷔일트전」, 「라란부인전」, 「彼得大

---

49) 申采浩, 「伊太利建國三條傳」, (光學書舖, 1907) 서론 p.1.

68

帝」, 「拿破崙史」 등의 영웅들의 구국투쟁사를 창작 혹은 번역 출간한
것은 당시 위기에 처한 우리 민족의 역사적 현실과 비슷한 것을 주체
적으로 수용한 것이라 볼 수 있다. 따라서 이런 정신적 배경을 가지고
있었던 編譯者들은 근대소설과는 다른 소설관을 보이고 있다.

夫小說子는 感人이 最易ᄒ고 人人이 最深ᄒ야 風俗階級과 敎
化程度에 關係가 甚鉅ᄒ지라…… 小說의 善本으로써 匹夫匹婦의
警鍾과 獨立自由의 代表를 作ᄒ고 東洋의 日本도 維新之時에 一
般學士가 皆於小說에 汲汲用力ᄒ야 國性을 培養ᄒ고 民智를 開
導ᄒ얏스니 其爲功也ㅣ顧不偉哉아 我韓은 由來 小說의 善本이
無ᄒ야 國人所著는 九雲夢과 南征記 數種에 不過ᄒ고 自支那而
來者는 西廂記와 玉麟夢과 剪燈新話와 水滸誌 等이오, 國文小說
은 所謂 蘇大成傳이니 蘇學士傳이니 張風雲傳이니 淑英娘子傳이
니 ᄒ는 種類가 閭巷之間에 盛行ᄒ야 匹夫匹婦의 菽粟茶飯을 供
ᄒ니 是는 皆荒誕無稽ᄒ고 謠靡不經ᄒ야 適足히 人心을 蕩了ᄒ
고 風俗을 壞了ᄒ야 政敎와 世道에 關ᄒ야 爲害不淺ᄒ지라.50)

간관은 청설ᄒ시오. 아한 국문의 편리가 흔문보담 긴요ᄒ며 민
지를 발달하기 쉬우되 이왕 여념의 성남ᄒ는 쇼셜이 부탄허무ᄒ
야 부녀와 목동의 담소ᄒ는 ᄌ료가 될 따름이오. 지식과 경륜에
는 일호 유익이 업슬뿐더러 원대ᄒ 식견에 방해가 불무인고로
백수촌옹이 야인을 강심ᄒ고 헌헌장부가 우맹을 면치못ᄒ니 어
찌 기탄치 아니ᄒ리오 그러므로 본인이 각국 서적을 편람ᄒ다가
제무국 회복ᄒ던 영웅준걸의 위국혈성을 감동ᄒ야 경국미담 신
쇼셜을 번역ᄒ되 고루의 부허지설은 일절 불용ᄒ오니 구람ᄒ시
는 첨군자는 고인의 사적을 보아 애국심을 일후라도 몸소 당홀
지의를 생각ᄒ시오51)

50) 「瑞士建國誌」, 서문, p.1.
51) 玄公廉 譯述, 「經國美談」, (出版社 未詳, 1908) p.1.

위의 장황한 인용문에서 영웅을 모델로 한 전기문학의 출현이 당대에 있어서 얼마나 중요한 의미를 띄었으며, 바람직했는가 하는 것을 알 수 있고, 또 상당히 설득력이 있음을 알 수 있다. 이러한 소설관은 梁啓超의 소설관에서 볼 수 있다. 그는 사회를 개량하려면 반드시 소설계의 혁신으로 시작해야 하고 국민을 일신하려면 반드시 소설을 새롭게 해야 한다52)고 했다. 이런 견해는 곧 당시의 민족주의자들에게 영향을 미쳤으리라고 본다. 따라서 영웅의 작품화를 시도하는 것은 영웅의 개인적인 위대성을 기리는 데 있는 것이 아니고, 反外勢的인 국민적 저항이란 측면에서 국민의 의지를 하나로 모을 수 있는 求心體라는 데서 비롯된다.

그러나 이들 영웅들은 조선조의 영웅소설과는 다르다. 즉 조선조의 영웅들은 부귀공명이나 입신양명을 성취하는 가공적인 영웅들이다. 그러나 개화기의 전기문학에서 영웅들은 개인적 운명에 지배되는 것이 아닌 국가의 운명과 직결되는 인물이 따라서 실제의 인물들이 역사적 알레고리의 방법으로 등장한다.

그러므로 申采浩는 '과거의 영웅을 그려 미래의 영웅의 出現을 기대한다'는 목적으로 작품을 씀으로써 예술적으로 승화시키지는 못했지만 우리의 역사를 작품화하여 현실에 처해 있는 일제의 압제에 대한 저항정신을 고취하고자 했다는 점에서 중요한 의미를 지닌다.

2) 非小說的 構造

「乙支文德」은 역사소설로 보기에 어려운 점이 있다.

첫째, 역사소설이 가져야 될 역사적 상상력(historical imagination)을 갖추고 있지 못하다. 오히려 역사논문 같은 또는 修史(historiography)

52) 今日 欲改良群治 必自小說界革命始, 欲新民必自新小說始.

70

의 인상을 주고 있다. 우선 구성의 골격을 이루는 목차를 보이면 다음과
같다.

諸論
第一章 乙支文德以前의 韓漢關係
第二章 乙支文德時代의 麗隋形勢
第三章 乙支文德時代의 列國狀態
第四章 乙支文德의 毅魄
第五章 乙支文德의 雄略
第六章 乙支文德의 外交
第七章 乙支文德의 武備
第八章 乙支文德의 手腕下에 敵國
第九章 隋寇의 聲勢와 乙支文德
第十章 龍變虎化의 乙支文德
第十一章 薩水大風雲의 乙支文德
第十二章 成功 後의 乙支文德
第十三章 舊史家管孔의 乙支文德
第十四章 乙支文德의 人格
第十五章 無始無終의 乙支文德
……

서론, 본론, 결론 3단 구성이 완벽한 논문 구성형식을 갖추고 있다.
이러한 목차와 소제목의 설정은 비단 이 작품뿐만 아니라 「李舜臣傳」·
「崔都統傳」 등과 朴殷植의 「泉蓋蘇文傳」에 이르기까지 창작전기에 두
루 발견된다. 뿐만 아니라 본문 속에 注를 달아 논증하고 있다.
둘째, 서사구조가 역사소설이나 전기의 형식을 갖추고 있지 못하
다. 목차에서 보듯이 乙支文德의 武勇譚을 주로 썼을 뿐이다.
셋째, 敍述視點의 유동이 심하고, 話者의 논평이나 간섭이 지나치
며, 이를 편승한 많은 감정의 분출을 보게 된다. 이런 면은 고대소설

에서 흔히 보는 예이지만, 申采浩의 경우는 두드러지게 나타나는데
다음과 같은 예문을 보자.

　　史記를 讀ᄒ다가 此에 至ᄒ민 一笑罵를 不覺홀지나 但 彼時 隋
國의 氣勢를 觀ᄒ민 此一句의 慢語를 發홈이 足怪홀비 無ᄒ도
다.53)
　　公갓흔 者는 眞我先民中의 第一模範的 人物이며 第一模範的
人物인져54)
　　旁觀者도 高句麗를 爲ᄒ야 戱歆ᄒ는디55)
　　舊代의 史家가 能히 隻眼을 具ᄒ야 乙支文德의 眞價値를 發現
흔 者ㅣ 無ᄒ나 往往 其管窺의 議論으로 全貌를 推知홀 處가 有
ᄒ기 今 其 大略을 撮錄ᄒ고 其外 雜錄文獻에 散現흔 乙支文德
도 此에 附ᄒ노라.56)

　이런 논평은 의도적으로 乙支文德의 위대성을 강조하는 데 쓰이고
있다. 전편에 걸쳐 광범위하게 나타나는 서술자의 간섭이나 논평이
아주 두드러지게 나타나는 곳은 '第13章 舊史家管孔의 乙支文德'이다.
옛 사가들이 乙支文德에 대하여 논평을 한 것을 부분적으로 인용했
다. 「三國史」・「東史綱目」・「東國名將傳」・「輿地勝覽」 등에서 인용
하고, 文人들의 詩까지 일부 소개했다. 표현은 주로 과장법을 이용하
여 개인을 미화하였다. 고대소설에서 보이는 상투적 어휘들이 乙支
文德의 인물묘사나 행동에 그대로 사용되었다. 서술시점은 필자의
느낌이나 논평은 1인칭 주인공 시점에서 '余'・'吾' 등이 쓰이는데 경
우에 따라서는 자신을 객관화시켜, '無涯生'이라는 자신의 호를 사용

---

53) Ibid., p.41.
54) Ibid., p.69.
55) Ibid., p.46.
56) Ibid., pp.62~63.

했으며, 乙支文德에 대한 서술은 전지적 작가 시점으로 되어 있어 유동이 심함을 볼 수 있다.

작가의 감정개입에 지나치게 나타나고 있다. 어두에 '哀哉라'·'惜哉라'·'悲夫라'·'噫라' 등과 같은 상투적 어휘들이 썼고, 어말에는 '一哭이 可흐도다'·'可惜이 莫甚이리오' 등이 보인다.

3) 의도된 상황의 알레고리

작가는 극히 특수한 경우를 제외하고는 현실을 生硬한 그대로 내어 놓기를 싫어한다. 자기 나름대로 인식할 수 있는 프리즘을 통해 굴절 시키되 비유적인 수법을 통해 드러낸다. 이런 태도는 그 작가가 처한 사회 상황과 밀접한 관계를 유지한다. 즉 그 사회의 상황과 작품에 나타나는 비유적 수법은 함수관계를 가지고 있다고 할 수 있다. 이 비유적 수법 가운데 가장 많이 이용되는 것이 알레고리이다. 흔히 '확대되어진 은유(extended metaphor)', '확장된 비유' 등으로 간략히 설명되는 이 비유법은 표면적으로는 인물과 행위와 배경 등 통상적인 이야기의 요소들을 다 갖추고 있는 이야기인 동시에, 그 이야기 배후에 정신적, 도덕적 또는 역사적 의미가 전개되는 뚜렷한 이중구조를 가지고 있다.[57] 그래서 구체적인 이미지의 전개와 동시에 추상적인 의미의 층이 그 배후에 동반되는 것이 의식되도록 되어진다.

개화기에도 이런 알레고리에 의해 이루어진 작품들이 있었다는 것은 그 시대적인 상황으로 보아 충분히 납득할 수 있다. 기법이 미숙하고 불완전할지라도 개화기의 서사문학으로서 의미는 우의적 표현이라는 데서 찾을 수 있다. 개화기에 알레고리의 의해 이루어진 소설형식으로는 安國善의 「禽獸會議錄」으로 대표되는 동물을 매개로

---

57) 李商燮, 『文學批評用語事典』, (民音社, 1975) p.109.

한 動物寓話小說이며, 또 하나는 張志淵, 申采浩, 朴殷植 등의 작품으로 역사적 우의법을 채택한 역사·전기소설로 예를 들 수 있다.

따라서 개화기의 이러한 역사·전기류는 다분히 의도된 상황의 알레고리로서 파악되어야 한다. 그것은 시간과 공간의 소설적 확산이며 당시의 시대적 특성으로 보아 時宜的인 문학행위로 평가되어야 한다[58]는 진술은 상당히 설득력을 얻게 된다. 민족이 위기에 처한 상황에서 時代意志의 실현을 위한 典範으로서의 영웅의 출현을 기대하는 것은 당연하고 자연스러운 일이기 때문이다.

이처럼 현 정세를 암시하는 역사적 사건기록이나 전기의 저술은 그것이 곧 애국계몽운동의 일환이라 할 수 있다. 특히 이러한 전기류의 한국적 양상은 구국자강이라는 시대정신의 소산으로서 교화와 鑑戒의 의도가 성실하게 내포되어 있는 것이 특징이다.[59] 따라서 개화기의 역사·전기문학은 단순히 회고적이거나 講史的인 의미 이상의 뜻이 있다. 즉 다시 말하면 역사의 해석에 있어서 주인공이나 사건을 단순히 그것이 거기에 있다는 식으로 처리한 것이 아니라, 인물과 사건이 인류의 위대한 역사적 이념의 발현과정에서 필연적일 수밖에 없다는 인식을 토대로 하고 있는 것이다. 뿐만 아니라 당시 우리나라에서 출간된 위인전이나 역사물이 단순히 서구적인 지식을 받아들이는 데 만족하고 있는 것이 아니라 현실의 필연적인 변혁을 의식하고 그것의 準據를 역사 속에서 찾으려 한 것이었다. 말하자면 역사적 상상력에 의한 寓意의 방법이었다.[60] 이 항에서는 「乙支文德」에서 申采浩가 제시한 상황과 그 결과인 암시적 교훈을 살펴보고자 한다.

상황의 제시는 작가가 작품을 전개해 나가는 데 있어서 현실인식

58) 洪一植, op. cit., pp.145～146.
59) Ibid, p.146.
60) 李在銑譯. op. cit., p.178.

의 한 가설로서 존재한다.

　　悲夫라 我韓數百年來 對外의 歷史여. 東方의 一流寇만 入ᄒ야
　도 擧國이 蒼黃ᄒ고 西隣에 一噴言만 來ᄒ야도 盈庭이 瞠惶ᄒ야
　依違苟活에 恥辱이 紛加ᄒ니 我民族의 劣弱은 果天性이라, 不可
　變歟아. 無涯生이 曰 否否라 不然ᄒ다.[61]

　이것이 申采浩가 인식한 자아의 바탕이다. 이런 자아의 바탕에 그
가 제시한 상황은 작가의 역사의식으로 간주할 수 있다. 그는 현재
의 상황을 작품내용의 당시 상황으로 置換시켜 놓았던 것이다. 그가
인식한 당시는 첫째로 국가가 存亡의 위기에 處해 있다는 것이다.
어느 시대보다 국가의 안보가 절대적으로 우선 되었던 시기라고 본
것이었다. 즉 隋의 수차의 침입으로 인한 두려움으로부터의 해방을
위한 방법이 거론될 수밖에 없었던 것이다. 당시에 고구려가 평화만
을 希求했다면 전쟁을 하지 않을 수도 있었다. 그러나 乙支文德은
불명예스러운 평화를 거부했다.

　　或曰 高句麗 此時에 戰爭을 捨하고 平和에 就ᄒ랴면 其道가
　亦有ᄒ가? 曰有ᄒ니 割土獻邑ᄒ야 壑慾에 供ᄒ이 其一이오. 卑辭
　厚幣ᄒ야 前事를 謝ᄒ이 其一니라.[62]

　전쟁을 배격하고 평화만을 추구하려면, 영토를 빼앗기고 머리를
조아리는 굴욕을 감수해야 하기 때문에 타협을 거부하고 희생을 각
오하여 전쟁에 임해야 했다. 명예를 걸고 싸울 수밖에 없는 절박한
이유를 또 이렇게 썼다.

---

61) 「乙支文德」, p.1.
62) Ibid., p.20.

噫라. 不然ᄒ다. 千里畏人은 古人의 所譏오 不戰自屈은 志士의
所慟이라. 萬若 一時의 姑息을 甘ᄒ야 卑劣의 政策을 用ᄒ면 淺
見者ᄂ 必曰 外面의 小恥辱이 實際權利上에야 何損이 有ᄒ리요
ᄒ지나 國家의 名譽를 墮ᄒ고 國民의 天職을 侮ᄒ면 駁駁然 下
劣魔가 其肺腑에 入ᄒ야 萬劫不復의 地獄으로 誘陷ᄒᄂ니.[63]

이렇게 해서 생긴 위기는 隋와의 정면충돌로 나타난다. 당시의 隋
는 江南(陳)과 江北(周)을 통일하여 국토와 군사력이 중국 역사상
최대의 수준이어서 '加之百姓이 豊富ᄒ고 國庫가 充溢ᄒ야 強悍으로
有名하던 匈奴 突厥의 遺種도 稽顙入朝ᄒ며 聲氣가 不通ᄒ던 高昌室
韋의 遠人도 接踵款塞ᄒ여'[64] 수나라의 황제는 기염이 대단했다. 이
에 양곡을 비축하고 군사를 증강하여 전쟁에 대비했다.
　그러나 일제하에 당시는 주권이 상실된 위기였다.

　　從今風雲이 愈幻ᄒ고 苦痛이 日加ᄒ야 危急存亡이 一髮에 迫
ᄒ니[65]
　　然이나 今則 一幅山河가 支離破碎ᄒ야 檀君以後 四千載 傳來ᄒ
던 中心基址도 人에게 拱讓ᄒ야 我家兄弟ᄂ 立足地가 全無ᄒ니[66]

이와 같이 위기의 내용과 사정이 조금씩 달랐지만 국가가 위태롭
다는 점에서 두 시대는 동질성을 띄게 된다. 두 시대는 영웅을 필요
로 한 시기이다. 영웅에 의해 국난의 위기를 극복하느냐 굴욕스러운
생활을 하느냐 하는 문제를 제기하였다. 고구려는 외침으로 말미암
아 국난의 위기를 막아 줄 영웅이 필요하였고, 일제하에서는 독립을

---

63) Ibid., p.21.
64) Ibid., p.12.
65) Ibid., p.73.
66) Ibid., p.76.

이룩할 수 있는 영웅이 필요하였던 것이다. 고구려 때는 乙支文德이 있어 위기에 직면하였을 때를 대비하여, '穀을 儲ᄒ며 兵을 養ᄒ야 戰爭을 準備ᄒ'67)였으나 日帝下에서는 전혀 준비가 없는 처지에서 乙支文德이 있었던 때를 아쉬워하고 있다.

　　故로 我權이 未墜어던 劍과 血로 此를 保護ᄒᆯ 而已며 我權이 已墜어던 劍과 血로 此를 索還ᄒᆯ 而已오. 又或慘澹荊棘에 日暮道 遠ᄒ야 會稽의 恥를 不得不 暫忍ᄒᆯ 境遇이면 日日臥薪ᄒ며 時時 嘗胆ᄒ야 劍과 血로 全國人을 喚起ᄒᆯ 而已어늘 彼卑劣一派는 每 日 雍容緩步ᄒ야 幸福을 求ᄒ라 ᄒ며 溫柔服從ᄒ야 機會를 待ᄒ 라 ᄒᄂ니 此ᄂ 我의 銳氣를 自滅ᄒ고 良心을 自欺홈이니 天下 蒼生을 禍ᄒᆯ 者ㅣ 엇지 此言이 아닌가? 噫라 何以ᄒ면 乙支文德 其人者가 復出ᄒ야 此輩를 廓淸ᄒᆯ고.68)

영웅이 절대적으로 필요하던 시기임을 천명하고 그 나라 국민의 용맹성은 국민 전체에 의해 나타나는 것이 아니고 한두 명의 先覺英 雄에 의해 나타나는 것이라고 했다.

　　吾ㅣ 今也에 乃知커라 其國 國民의 勇愢憂劣은 專혀 其國의 一二 先覺 英雄 何를 視ᄒ야 進退ᄒᄂ 바로다.69)

이와 같은 결론을 짓게 된 이유는 국민 전체가 개화될 수 없는 시 기에 革命的 氣質을 가지고 탁월한 영도력에 의해 국난을 극복하자 는 것인데 당시 사정으로 보아 국민 전부가 '하나의 힘'으로 작용할 수 없으므로 개별적으로 애국심을 고취시키려 한 의도가 강하게 드

67) Ibid., p.13.
68) Ibid., pp.25~26.
69) Ibid, p.79.

러난다.

이 작품에서 나타나는 암시적 교훈은 위인인 乙支文德을 드러냄으로써 이루어진다. 전기문학에서 교훈은 직접 서술되어지는 것이 아니라 암시적으로 나타나야 된다. 이에 대해 앙드레 모로아는,

　　내가 믿고자 하는 것은 傳記 以外의 如何한 책에서도 우리는 그처럼 有益한 道德的 教訓을 받을 수 없다는 것이다. 그러나 道德的 教訓은 暗示的 程度로 그쳐야 한다. 教訓的인 册은 藝術的 作品이 아니다. 藝術的 作品이 人間에게 주는 效果는 道德的인 如何한 이야기가 주는 그것보다 크고 훌륭하다. 偉大한 傳記作品도 매우 道德的인 것이나, 그것은 作家가 道德을 羅列했기 때문이 아니라 偉人의 生涯 自體가 하나의 美이기 때문이다.[70]

라고 하여 위인을 통한 교훈 전달의 방법을 제시하였다. 申采浩의 경우도 문학작품의 교훈적 기능을 그가 발표한 많은 논설에도 강력하게 드러내고 있다.

작품에서 볼 수 있는 암시적 교훈은 위인됨을 드러냄으로써 나타난다. 乙支文德의 위대한 점, 즉 영웅으로서의 면모를 찬양하는 데서 끝낸 것이 아니라 乙支文德과 같은 영웅을 갈망하는 미래지향적인 것으로 표현된다. 구국의 전형적인 영웅의 모델을 乙支文德으로 삼았던 것이다.

　　然則 伊時大勢가 隋强만 如彼홀쑨더러 則 旁近各國이 莫非助桀爲虐者인듸 我絶對偉人乙支文德이 其間에 特立ㅎ야 國家의 威嚴을 不墜ㅎ니 嗚乎라. 拿坡崙時代에 全歐가 慴服ㅎᄂ듸 其能獨

_____

70) A. Maurois, 「歷史的 人物에 生命을」, F. Brown, *Highlights of modern Literature*」, 金洙暎 外 共譯, 『20世紀文學評論』, (大文出版社, 1970) p.292.

力으로 前後對抗호 者는 惟英吉利一國而已며 隋煬帝 時代에 東
球가 震慄호는딕 其獨力으로 始終抵制호 者는 惟高句麗 一國而
已라. 二千年前의 高句麗는 卽 十八世紀의 英吉利러니라.[71]

영웅과 더불어 영국에 비유된 고구려의 저항정신, 이것이 작가가
그 당시에 가장 긴요한 것이라고 파악한 인식의 내용이다. 그래서
그는 병력과 국력이 나라를 강하게 만드는 것이 아니라고 다음과 같
이 적고 있다.

噫라, 國家의 強弱은 英雄有無에 在호고 將卒衆寡에 不在호
도다.[72]

결국 申采浩는 암담한 현실의 상황을 공시적인 측면에서 이해하고
그 극복의 방법을 영웅의 출현에 기대하게 된 것이다.

從今風雲이 愈幻호고 苦痛이 日加호야 危急存亡이 一髮에 迫
호니 我는 想컨딕 必也乙支公 不昧의 靈魂이 數千年塚 中에셔
躍出호야 當年의 鞍을 再據호고 丈夫의 劍을 一試호야 大彼得,
華盛頓과 六洲에 齊駈호며 蕭利孫, 俾斯麥과 千秋에 爭先호야 獨
立基礎를 整頓홀 日이 不遠호거놀[73]

피이터大帝나, 워싱턴, 넬슨, 비스마르크 등과 比肩되는 乙支文德,
그가 무덤을 박차고 일어나 말안장을 다시 채우고 장부의 칼을 잡고
독립의 基盤을 정돈할 날이 멀지 않았다고 믿었다. 그래서 고구려의
雄渾性의 상징으로서 乙支文德과 이외에 영웅이라 불릴 수 있는 「崔

---

71) 「乙支文德」, pp.18~19.

72) Ibid., p.45.

73) Ibid., p.73.

都統傳」·「李舜臣傳」 등의 영웅의 일대기를 썼던 것이다. 이 작품들의 주인공은 바로 식민지화 될 위기에 처한 현재를 구제할 수 있는 선구자적인 모델이다. 이 모델은 암시적 교훈을 통해 제시되어졌다고 볼 수 있다.

4) 근대 역사소설의 초기적 양상

「乙支文德」은 개화기에 처음 단행본으로 간행된 창작 전기이다. 앞에서 검토한 대로 修史(historiography)에 가까운 이 작품은 우리 민족의 영웅인 乙支文德이 생애를 통해 작가의 민족주의적 사관을 선명하게 형상화하였다. 작가는 傳의 양식을 쓰려고 했으나 극심한 사료의 제약[72]과 작가의 교훈적 의도가 과도하게 나타난 변체의 傳[73]이라고 할 수 있는 것을 쓴 것이다. 역사적 사건을 소재로 한 서사문학은 傳 외에도 군담소설이나 야담 등을 들 수 있다. 근대적인 소설 양식에 미처 접하지 못했거나 익숙하지 못했던 작가들이 전대의 서사문학 양식의 일부를 차용하여 자신의 의도를 표현하려 했으나 표현 양식과 주제의식 간의 괴리로 충분한 예술적 형상화에 이르지는 못하였다.

'개화기'라고 하는 특수한 과도기에 대부분의 문학이 다 그렇듯이 전래의 우리 문학의 일체의 것과 '개화'라는 명분과 함께 유입된 서구의 문학 일체가 충돌된 결과가 우리의 근대문학의 지평을 열었다고 볼 수 있다. 개화기의 역사전기문학을 서사문학의 한 양식으로

---

72) 傳은 본문이 家系·姓名·出身鄕里·姓格·生滅 등으로 연대기적 기술을 하는데, 이 「乙支文德」은 본문 중 제8장에서 12장에 이르는 5장만 주인공의 생애가 기술되어 있고, 나머지는 당시의 정치적 상황·인물 됨됨이·업적의 분석·후세 사가의 평가 등을 기록했다.

73) 姜玲珠, 「韓國近代 歷史小說硏究」, (서울大大學院, 1986) p.36.

간주할 수 있으리라고 본다.

특정한 시기에 일어나는 문학은 그 시대의 삶의 모습을 되돌아 볼 수 있는 의식의 발달과 함께 당대의 총체적인 삶의 모습을 그림으로써 생겨난다.[74] 개화기의 경우, 개화기라는 사실을 인식하는 의식의 발달이 선행되고 나서 비로소 그 시대의 총체적인 삶의 모습이 나타날 수가 있다. 따라서 작가의 사회에 대한 인식은 개인적인 삶과 사회와의 복합적인 관계에서 나타난다. 그러나 개화기에는 개화기 특유의 소설관이 확립되었다고 보기는 어렵다. 다만 문학의 기능적인 면에서 功利的인 측면이 강조되고 있을 뿐이다.

> 藝術主義의 文藝라 하면 現朝鮮을 그리는 藝術이 되어야 할 것이며, 人道가 되어야 할 것이니 지금에 民衆에 관계가 없이 다만 간접의 해만 끼치는 社會의 모든 運動을 消滅하는 文藝는 우리의 취할 바가 아니다.[75]

위에서 인용한 글에서 문학의 폐해에 관한 견해라든가 기능과 역할에 관한 것을 볼 수 있다. 이것은 개화기 "소설 자체의 독자적 가치의 인정이란 소설에다 한 가치를 부여하는 程度"[76]이기 때문이다. 따라서 이전에 권선징악의 윤리적 가치기준에 의거한 소설관에 비하면 教化의 代用通路로 求한 功利的 小說觀이란 趣向은 공통적이긴 하지만 하나의 教化 內容의 轉移나 變貌는 있다[77]고 볼 수 있다. 그래서 우리 역사에서 특수한 시기인 개화기의 文學을 평가하는 데는

---

74) 金禹昌, 「궁핍한 시대의 시인」, (民音社, 1977) p.80.
75) 申采浩, 「浪客의 新年漫筆」, 『丹齋 申采浩全集』(下), (螢雪出版社, 1977) p.33.
76) 李在銑, op. cit., p.153.
77) Loc. cit.

표출된 사실보다도 이 사실 뒤에 숨겨져 있는 삶의 진실을 찾아내기에 주목해야 한다.[78)

申采浩는 「乙支文德」을 씀으로써 위난에 처한 민족을 지킨 구국영웅을 발굴소개하고, 위난을 극복한 슬기와 민족적 긍지를 갖게 함으로써 일제에 의해 침식된 민족과 국가를 구해 내려고 했다. 이렇게 하기 위한 방법으로 작품으로 저항의식을 고취하였고 현실적인 투쟁까지 하도록 권유하였다. 이렇게 하는 것이 당시 우리나라가 自主自強을 지향하는 최선의 방책이었다.

> 懷遠鎭講和에 失名氏의 弩가 되야 楊家驕童隋煬帝가 其 胸을 傷ᄒ며 安市城 戰役에 楊萬春의 矢가 되야 唐代 英主 李世民이 其 目을 失ᄒ고 尹瓘의 馬가 되야 滿洲野를 蹴踏ᄒ며 姜邯贊의 劍이 되야 女眞亂을 討平ᄒ고 數十艘의 倭艦을 燒却ᄒ던 鄭地의 火藥도 되며 豊臣秀吉의 强兵을 鏖退ᄒ던 李舜臣의 鐵甲船도 되야 山崩海竭ᄒ야도 公의 願力은 天磨며 天翻地復ᄒ야도 公의 氣魄은 不壞ᄒ노니.[79)

민족의 자부심과 위대성을 알려 주어 사대주의에서 벗어나 자강에 이르도록 하기 위한 것이다. 즉 민족정기로써 민족의 자주독립의 바탕을 마련코자 했던 것이다. 뿐만 아니라 민족의 각성을 촉구했는데 '自强大者가 有ᄒ면 其國强大'해지기 때문에 민족 모두에게 지강해지길 요구했다.

> 所以로 乙支文德主義는 敵이 大ᄒ야도 我必進ᄒ며 一步를 退홈에 其汗이 背에 沾ᄒ며, 一毫를 讓홈에 其血이 腔에 沸ᄒ야 此

---

78) 洪一植, op. cit., p.151.
79) 「乙支文德」, pp.71~72.

82

로 自身을 勵ᄒ며 此로 同僚를 鼓ᄒ며 此로 全國民을 作興ᄒ야
其生을 朝鮮으로 以ᄒ며 其死를 朝鮮으로 以ᄒ며 其一息一飽를
朝鮮으로 以흔 結果에 女眞 部落이 皆是我의 植民地를 作ᄒ고
支那天子를 幾乎我手로 生擒케 되얏스니, 嗚乎라, 土地의 大로
其國이 大흠이 아니며 兵民의 衆으로 其國이 强흠이 아니라 惟
自强自大者가 有ᄒ면 其國이 强大ᄒᄂ니 賢哉라, 乙支文德主義
여80)

이러한 强辯은 독자에게 신소설과 함께 그 당시 사회환경에 의해
읽힐 수밖에 없었던 근거를 마련해 준 것이라고 볼 수 있다. 앞에서
지적한 바와 같이 논설보다 소설이 더 많은 독자를 갖고 있었으며
감동을 줄 수 있었다고 본 申采浩는 그러나 소설보다 역사에 더 가
까운「乙支文德」을 썼다. 이것은 역사적 사실 속에서, 역사의 원동력
이 되었던 위대한 인물의 삶이 허구보다 더 효용성이 크다고 생각했
기 때문일 것이다.

이「乙支文德」도 역사전기문학인 이상엔 작품에 나타난 史實的 要
素를 그 당대의 시대정신이나 역사의식에 의해 재구했어야 했다.
1900년대에 출간된 역사전기문학은 역사소설의 초기적 모습으로 보
는 것이 타당할 듯하다. 왜냐하면 문학의 관심은 삶의 구체적이고
직접적인 진실과 거기로부터 출발한 자연스런 변화과정에 있는 것81)
처럼 보이기 때문이다. 즉 개화기의 삶의 구체적이고 직접적인 진실
을 자주독립과 자강에서 인식한 申采浩의 일련의 이런 작품의 창작
은 당연한 귀결이라고 본다.

역사전기문학도 하나의 문학인 이상, 작품론에서 제기될 수 있는
문제들을 검토해야 한다. 형태나 기법, 형식 등의 면에서 제기될 수

80) Ibid, pp.30~31.
81) 金禹昌, op. cit., p.83.

있는 모든 문제를 검토해야 한다. 그러나 개화기의 역사·전기문학
이 이와는 다른 각도인 사상 면에서의 강조로 일관되어 있는 느낌을
갖게 한다. 이것은 작가의 기법이 내용을 표현해 낼 수 있는 수준에
이르지 못한 까닭이다.

　역사소설의 초기적 모습으로 전통적인 우리의 문학 양식과 서구적
문학 양식의 충격에서 정착되어 가는 과정이기 때문에 사상적인 면만
을 논의하게 되는 것을 이해할 수 있으리라고 본다.

　지금까지 개화기 역사전기문학으로 첫 창작인 「乙支文德」을 살펴
서술구조상의 특이성과 저항문학으로서의 특징을 검토하였다. 첫째,
개화기에 쓰인 역사전기문학은 그 시대의 情諸로서 체험적 성격을
띠고 있어 형식이나 내용·표현·형성과정이 공통된 특징을 가진 일
군의 작품으로 그 장르 개념을 규정지을 수 있다.

　둘째로 「乙支文德」은 修史(historiography)的인 성격을 띤 非小說
的 構造로 철저한 민족주의적 사상을 표출한 작품이다. 또 이 작품
은 개화기의 대표적 저항문학으로 간주할 수 있다.

　작가는 「乙支文德」을 통해 과거의 영웅을 그려 미래의 영웅을 기
다리고자 했다. 그래서 무력항쟁이, 자강이 자주독립의 捷徑임을 강
조했다. 그러나 이 작품은 논리적인 구성과 심한 서술시점의 유동,
거칠게 나타나는 注 등으로 인한 결함을 지니고 있다. 이러한 결함
은 이 작품을 소설로 규정지을 수 있겠는가 하는 의문을 제기하게
한다. 이런 취약점을 극복하면서까지 가치를 부여한다면 그것은 당
대의 삶을 인식하고 그 지향점을 역사에서 찾아 제시했다는 데 있다.
그래서 개화기 역사전기문학에 나타나는 영웅들은 개인의 운명에 의
해 지배되는 인물이 아니라 국가의 운명과 직결된 민중적 인물이다.

「乙支文德」은 당대의 특성으로 보아 時宜的인 문학행위로 평가될
수 있으며, 근대 역사소설의 초기적 모습으로 간주할 수 있다.

(3) 역사전기문학의 특징

이제 앞에서 살펴본 작품을 근거로 이 시대 역사전기문학의 특징
과 그 한계성을 규명해 보려 한다.

첫째, 역사전기문학의 범위를 설정하는 문제이다. 우선 창작과 번역
으로 나눌 수 있는데 창작은 국내의 역사적 인물로 申采浩의 「乙支文
德」・「李舜臣傳」・「崔都統傳」과 禹基善의 「姜邯贊」, 朴殷植의 「泉蓋
蘇文傳」 등이 있을 뿐이며, 나머지가 변역작품인데 이들은 대체로 중
국이나 일본의 것을 번역하거나 중역한 역사류와 전기류로 구분할 수
있다. 역사류의 경우는 교육을 위한 순수한 역사서도 볼 수 있는데 이
들은 일단 제외해야 되리라고 본다. 구국이나 애국이라는 교훈적 충동
을 목적으로 한 것과 지식의 전달과는 구분해야 되기 때문이다. 전기
류는 비스마르크・나폴레옹・피터대제 등 서양의 국가적 영웅을 번역
한 것과 쟌다르크・빌 헬름 텔・마찌니 등 유럽 약소국의 민간 영웅
을 번역・변안한 것, 그리고 우리 민족의 영웅들에 대한 창작 등으로
나눌 수 있다.[82] 그리고 서양의 위인전이 국내의 것보다 먼저 번역 소
개되었는데 이는 단순한 서구에 대한 지적 갈망이라기보다는, 당시의
시대적 갈망의 하나였던 영웅 숭배와 영웅의 출현을 기대하던 시대적
요망의 소산이라는 점과 서양위인전에 굴절시킨 작가나 역자의 국난
극복 의지가 결합된 결과라고 할 수 있다.

둘째, 작가층에 대한 검토가 있어야겠다. 이 시대 대부분의 작가는

---

82) 姜玲珠, op. cit., pp.13~15.

漢學에 조예가 깊은 지식계층이었다. 각성된 지식 계층이, 한문 해독
이 가능한 독자층을 상대로 소극적인 저항을 촉구했던 것이다. 이 애
국적 선각 지식인들은 서구의 영웅들의 이야기를 전달하려고만 했던
것은 아니고, 그들 나름대로의 소설관을 가지고 있었다는 데에도 주목
할 필요가 있다.[83] 주로 소설의 사회적 기능에 경도되어 있었지만 이
것이 當代的 삶의 역사적 진실이라는 측면에서 이해해야 되리라고 본
다. 그러나 이들의 현실인식에 한계도 또한 감안해야 한다. 즉 이 애국
계몽사상이 구체적인 실천성을 갖춘 사상으로까지 성숙되지 못한 것
이며 역사현실을 파악하는 시각이 的確하지 못했다.[84]

셋째, 이 시기의 역사·전기는 역사소설의 초기적 형태로 볼 수
있다. 구조시학적 측면에서 보면 치졸성과 한계성을 가지고 있지만,
영웅의 일대기를 형상화 하였고, 역사의식과 민족의식에 근거를 둔
애국계몽사상을 주제로 하여 독자에게 나름대로의 감동을 주었다는
점에서 문학적 성과를 획득했다고 볼 수 있다.

넷째, 우의적으로 표현된 저항의 문학이었다. 창작이든 번역이든 그
작가나 역술자는 당대를 똑같이 위기로 파악했다. 그리고 그 위기를
극복할 수 있는 방법은 영웅이 출현하여 국난을 해결해 주는 것이라
고 인식했다. 따라서 작품은 침략자에 대한 필연적인 반항을 성공적으
로 수행할 수 있는 영웅을 주인공으로 삼았다. 이 같은 우의적 수법의
계몽은 소극적이긴 해도 장기적인 안목으로 본다면 일제에 대한 투쟁
을 지속할 수 있는 한 방법이기도 했다.

다섯째, 고대소설의 형식을 그대로 유지하고 있다. 이 시대의 역
사·전기의 작자는 서두나 말미에 창작 혹은 역술 동기를 구체적으

83) 葉乾坤, op. cit., p.161.
84) 金泰永, 「開化思想家 및 愛國啓蒙思想家들의 史觀」, 『韓國의 歷史
認識』(下), 創作과 批評社. 1976. p.420.

로 밝혀 소설의 기능적인 면을 강조했으나 기법은 별로 주목하지 않았다. 이들 작품은 列傳이나 영웅소설적인 구성을 그대로 가지고 있고 回章體 소설과 같은 구성도 보이며, 장면 전환에 쓰였던 상투적 어휘인 '話說·却說·此說' 등을 그대로 가지고 있다. 그리고 인물묘사는 고대소설에서 볼 수 있는 상투적이고 추상적이며 개념적으로 이루어졌음을 볼 수 있다.

여섯째, 國漢文混用體가 그대로 쓰였다. 신소설이 한글전용이었으나 역사·전기문학은 그렇지 않았다. 이것은 작가층이나 독자층의 신분을 알 수 있는 단서가 된다. 즉 한학에 조예가 깊은 민족주의 사학자들인 작자 혹은 역자가 독자를 한문해독자 이상으로 삼았다는 것이 된다. 自保와 自强을 주장했던 애국계몽 소설가들이 그 대상을 한문해독자인 지식층으로 제한했다고 볼 수 있다. 그러나 후기에는 점차 한글본이 나타났는데 이는 초기의 지식층 중심에서 일반 대중으로 확산했음을 말해 주는 것이다.

그리고 대부분의 경우 수사법은 과장법과 직유법이 비교적 많이 쓰였다.

일곱째, 사건 전개는 시간 추이에 따른 추보식으로 되어 있으며, 서술이 요약적이고, 작가의 감정개입이 많다. 이것은 신소설이 역전적 구성을 썼음을 감안한다면 기교적인 면이 덜했음을 알 수 있다.

여덟째, 작품들이 기법상으로 고대소설에 가깝게 접근해 있지만 고대소설에서 근대소설로 이행되는 한 과정으로 보이며, 신소설과 함께 개화기 서사문학의 지주임을 알 수 있다. 어느 민족이건 그 민족의 영웅들이 투쟁한 것을 수용하고 찬양한 이 작품들은 역사를 이해하는 매개체 이상의 의미를 가지고 있다. 심미적인 측면에서는 크게 평가할 수 없지만 민족의식을 고취하기 위한 自保 自强의 우의적 형식이란 점은 문학사에서 주목해야 되리라고 본다.

아홉째, 이 시기의 번역·번안 작품은 잘 번역되었거나 잘못 번역되었거나 또는 의역이거나 축역임을 막론하고 우리 개화기 문학에 큰 영향을 미쳤으며, 이것은 신소설이 외세에 영합한 친일문학이었음에[85] 비해 자주독립과 민권을 위한 자보적 민족주의의 문학이기도 하다.

작가들이 창작전기를 쓰기 전에 번역이나 번안 전기를 썼던 것으로 미루어 보아, 번역·번안 전기는 연대상 많은 차이가 나는 것은 아니지만 창작전기에 다소간의 영향을 주었을 것으로 보인다.

개화기 역사·전기 문학은 예술성보다 時宣的인 면이 강했던 문학으로써 그 기능을 발휘하고 있어, 사회적 상황의 변화가 있을 때에는 그 의미를 상실하고 만다. 1920년대로 접어들면서 사회적 환경은 개화기와 달라졌고 그로 말미암아 개화기의 역사전기문학은 그 모습을 달리하게 된다.

그리고 1920년대에는 서사문학에 대한 인식이 변화됨에 따라 개화기와는 다른 역사소설이 나타나게 된다.

2. 1920년대의 역사소설

(1) 嘉 實

李光洙에 대한 연구는 한국문학사에서 어느 누구보다도 많다.[1] 작

---

85) 李在銑,「開化期 叙事文學의 두 類型」,『국어국문학』68. 69. 1975. p.310.

 1) 丘仁煥,『李光洙小說研究』(三英社, 1983) 부록에 의하면 약 350여

가론·작품론을 통해 긍정·부정적 견해가 피력된 이러한 연구의 축
적은 작가론·작품론이 포괄적으로 검토되던 것에서 부분적이고 세
밀한 탐색으로 변모했다.

그의 첫 역사소설인 「嘉實」은 '千里 밖의 애인'이란 부제가 붙어 「東
亞日報」에 1923년 2월 12일부터 23일까지 12회에 걸쳐 연재한 것으로
그가 상해에서 돌아와 처음 쓴 단편소설이다.[2]

그러나 그는 자신의 이름을 쓰지 못하고 'Y生'이라고 하는 匿名으
로 발표했다. 기미 독립선언 이후 李光洙의 생활에는 큰 변화가 생
겨 글을 쓸 수 없는 상황이었다. 2·8독립선언에 참여하여 선언문의
영문 초역을 가지고 상해로 탈출한 그는 상해 임시 의정원에서 여러
가지 활약을 했다. 그러던 중 1921년 허영숙이 찾아온 것이 계기가
되어 귀국했다. 귀국 도중 宣川 부근에서 일경에 체포되어 서울에
압송되었으나 불기소 처분을 받고 곧 석방되었다. 이것이 일시적으
로 비난의 표적이 되었다. 곧 이어 허영숙과 결혼하고 당주동에 칩
거하여 두문불출했다. 1922년 『開闢』 主幹인 金起田의 청탁으로 「民
族改造論」을 발표했다. 이것이 큰 물의를 빚어 한창 번성하던 개벽
사가 폭파당하고 김기전은 폭행을 당했다. 한편 동경에서는 '李光洙
埋葬演說會'가 열리기도 했다.[3] 이미 1918년 「新生活論」을 「每日申
報」에 9월 6일부터 10월 19일까지 연재하는 동안 中樞院參議 連名으
로 총독부와 경무총감부·每日申報社·京城日報社 등에 李光洙의 글
을 싣지 말라고 진정서를 내는 물의를 빚은 바[4] 있는 그는 『開闢』

편쯤 된다.
2) 「尹光浩」(『靑春』 13호 1918. 4)를 끝으로 5년 만에 쓴 소설이다.
3) 「多難한 半生의 途程」, 『全集』 14권, p.222. (以下 『全集』은 三中堂
刊 全20卷임).
4) Ibid., p.401.

의 필화사건으로 『開闢』에마저 글을 싣지 못하게 되었다. 이 무렵 그는 『白潮』에 「感謝와 謝罪」란 수필을 써 자신의 심정을 피력하기고 했다. 바로 이러한 상황 아래에서 청탁 없이 틈틈이 쓴 것이 「嘉實」이었다.[5]

1) 당시 현실인식과 문학관

李光洙는 「嘉實」을 씀으로써 「無情」과 같이 자기 자신을 소재로 한 작품을 창작했던 데서 역사적 인물에다 자신의 견해를 주입하는 표면상의 방향 전환을 했다.[6] 따라서 먼저 이때의 그의 현실인식과 문학관을 살펴본다. 이때 쓴 중요 논문은 「子女中心論」[7]·「新生活論」[8]·「少年에게」[9]·「民族改造論」[10] 등이 있다. 이들의 공통점은 민족에 대해 부정적 시각을 가지고 있다는 점이다. 당시의 정치·사회·경제 등 모든 면을 부정적으로 또는 비판적으로 보았다.

> 나는 차라리 조선 民族의 運命을 悲觀하는 者외다. 前에 말한 悲觀論者의 理由하는 바를 모두 眞理라고 생각합니다.[11]

그래서 그는 가부장적 봉건제도의 해체를 요구했고, 부정적인 현실에 대한 반성의 결과로 민족성의 개조를 촉구했다. 그는 이 부정

---

 5) 「첫 번 쓴 것들」, 『朝鮮文壇』, 제6호 1925. 3, 『全集』 제16권 p.267.
 6) 金允植, 『李光洙와 그의 時代』, (한길사, 1986). p.790.
 7) 李光洙, 「子女中心論」, (『靑春』 제15호). 1918. 9.
 8) 李光洙, 「新生活論」, 『每日申報』 1918. 9. 6～10. 17.
 9) 李光洙, 「少年에게」, 『開闢』 1921. 11～1922. 3.
10) 李光洙 「民族改造論」, 『開闢』 1922. 5.
11) 『全集』 제17권, p.215.

90

적 현실을 타개하는 방법으로 다음과 같이 제시했다.

　　그네는 아직도 民族의 改造가 朝鮮民族을 살리는 唯一한 길인
것, 그리함에는 敎育이 根本되는 것, 그리함에는 有爲한 인물과
巨額의 資金을 가진 鞏固한 團結이 必要한 것, 이것이 當時에 부
르짖던 獨立보다도, 帝國보다도, 政權보다도 必要한 것을 아직도
徹底하게 自覺하지 못하였습니다. 만일 그것을 徹底하게 自覺하
였다면 좀 더 緩緩하게 長久한 計劃을 세웠을 것이외다.12)

　　그는 민족의 개조란 개념을 ‘民族의 生活의 進路의 方向 轉換, 卽
그 目的과 計劃의 根本的이고, 組織的인 변경인 것’이라고 규정하고
위와 같이 개조를 주장하면서 8개항의 내용을 제시했다.

　　각 사람으로 하여금,
　　(一) 거짓말과 속이는 行實이 없게,
　　(二) 空想과 空論을 버리고 옳다고 생각하는바, 義務라고 생각
하는 바를 부지런히 實行하게,
　　(三) 表裏不同과 反覆함이 없이 義理와 許諾을 鐵石같이 지키
는 忠誠되고 信義있는 者가 되게,
　　(四) 姑息, 逡巡 等의 怯懦를 버리고 옳은 일, 작정한 일이거
든 萬難을 무릅쓰고 나가는 者가 되게,
　　(五) 個人보다 團體를, 卽 私보다 公을 重히 여겨, 社會에 對
한 奉仕를 生命으로 알게(以上 德育方面),
　　(六) 普通常識을 가지고 一種 以上의 專門 學術이나 技藝를
배워 반드시 一種 以上의 職業을 가지게(以上 知育方面),
　　(七) 勤儉貯蓄을 尙하여 生活의 經濟的 獨立을 가지게(以上
經濟方面),
　　(八) 家屋, 衣食, 道路 等의 淸潔 等, 衛生의 法則에 合致하는 生
活과 一定한 運動으로 健康한 體格을 所要한 者가 되게 함이니.13)

────────────
12) Ibid., p.179.

이렇게 하는 것이 조선민족이 나가야 할 이상이며 목표라고 했다. 그러나 우리 민족이 이와 반대로 나가고 있음을 그는 개탄했다. 이와 같은 부정적 시각에서 비롯된 글들은 유림을 비롯한 기성세대에게서 세찬 반발을 사게 되었다. 특히 「子女中心論」에서 기존 윤리관을 뿌리째 흔들었던 새로운 제안은 완전히 배척을 받았다. 이 부정적 시각은 '개화와 식민지 시대라는 구질서의 붕괴와 외적 요소의 제압을 극복하기 위하여 우선 전근대적인 질서를 부정하는 데'서 비롯된 것이다.14) 이 무렵의 이와 같은 현실인식 방법이 문학관 속에 나타난 것은 「藝術과 人生」(『開闢』 제19호, 1922. 1)·「文士와 修養」(『創造』 제8호, 1921. 1)·「문학에 뜻을 두는 이에게」(『開闢』 제21호, 1922. 3) 등이 있다.

문학에 대한 인식이 극명하게 드러나는 글은 「文士와 修養」이다. 그는 이 글에서 '새로운 文化를 建設할 만한 活氣있는 精神力을 民族에 注入 或은 强烈한 刺激으로써 民族의 精神 中에서 啓發하는 가장 큰 힘은 文藝라 할 수 있다'고 문학에서의 공리적인 측면을 내세웠다. 그의 이런 문학관은 작품으로 나타나 심미주의의 표방보다는 문학을 통한 현실 개량이라는 공리적 효용주의를 드러냈다. 그래서 그는 '文藝가 新文化의 先驅가 되고 母가 된다'고 했다. 또 그는 문학의 최대 목표를 '强烈한 刺激力과 무서운 宣傳力'이라고 했다. 문학을 생산하는 작가는 '牧民의 聖職'을 수행해야 되며, 그러기 위해 작가는 '의사와 같은 준비와 태도를 가지고 있어야 한다'고 강조했다. 이와 같은 문학관은 현실인식과 결부되어 도덕적 이상주의로 확대되어 나타났다. 그는 '道德과 藝術은 하나이니 道德的이 아닌 藝術은 참예술이 아니요, 藝術的이 아닌 도덕은 참도덕이 아니라15)고 하며 예술적

13) Ibid., pp.201~202.

14) 丘仁煥, op. cit., p.243.

15) 「芸術과 人生」, 『開闢』 제19호. 1922. 1. 『全集』 제16권, p.30.

92

개인 생활과 도덕적 사회생활이 조화를 이룰 때 행복한 삶을 누릴 수 있다고 했다. 그의 '慰安의 藝術'이란 이런 측면에서 이해해야 한다. 적극적이고 건설적으로 인생의 행복을 發하게 하는 것은 인생의 예술적 개조임을 분명히 했다. 그의 유토피아적 인생관은 현실을 개조하여 행복한 세계를 이룩하려는 데서 엿볼 수 있는데 이때에 수단은 도덕적인 예술인 것이다. 이 도덕적 예술을 창조해야 하는 예술가의 어려움을 어떻게 극복할 것인가?

> 첫째, 藝術家가 高遠하고 健全한 藝術的 理想을 確立하고, 둘째, 그의 藝術鑑賞者인 朝鮮 民衆의 生活을 徹底하게 理解함이외다. 理想없는 藝術은 藝術이 아니요, 民衆의 心絃에 響鳴하지 않는 藝術도 藝術이 아니외다.[16]

이렇게 함으로써 총명한 조선의 예술가는 조선 민중의 생활에 기초한 신예술을 창작할 수 있다고 보았다.

이와 같은 현실인식이나 문학관에서 똑같이 볼 수 있는 것은 역사를 지나치게 개인적인 노력이나 특수한 계기에 의존하는 跳躍의 속[17]으로 파악한 점이다. 이것은 그가 문사보다 지사이기를 자처했던 것과 같은 맥락에서 이해할 수 있는데 개량주의적인 그의 현실인식이 밑바탕이 되었다. 즉 그는 당시의 우리나라나 우리나라의 문학을 백지상태로 놓고 새롭게 출발하는 선에서 문사의 역할을 역설했던 것이다. 역사에 대한 이와 같은 이해는 과거를 부정적으로 보게 되었고 작품에서의 역사의식은 그 한계성을 드러내고 말았다.

---

16) Ibid., p.42.
17) 金禹昌, 「韓國現代小說의 形成」, 『궁핍한 시대의 詩人』, (民音社, 1977.) p.95.

이상론에 사로잡혀 있는「文士와 修養」에서 그는 민족의 운명과
관련된, 즉 식민지화 된 상태에서 민족문학이 제시해야 할 길을 구
체적으로 언급하지 못하였고, 이상론에 빠졌으며, 그 이상론도 그 자
신이 범접할 수 없는 것임을 스스로 털어 놓았다. 그는 작가가 가져
야 할 태도에 대하여 다음과 같이 썼다.

> 文士는 돈을 벌자는 職業이 아니외다. 장난 삼아 消日거리로
> 하는 職業은 더구나 아니외다. 文士라는 職業은 적게는 一民族
> 을, 크게는 全人類를 導率하는 牧民의 聖職이외다. 原稿紙 위에
> 붓대를 두르는 이는 講壇 위에 聖經을 펴는 이와 같이, 神聖한
> 職務를 同胞에게 行하는 것이외다.[18]

그러나 이와 같은 작가적 태도는 변하고 만다. 梁柱東에 반박하기
위해서[19] 쓴「余의 作家的 態度」를 보면,

> 또 하나 나로 하여금 世間의 是非評論에 沈默을 지키게 한 것
> 이 있으니 그것은 곧 내가 내 一生 生活 中에서 文藝作家의 生
> 活이라는 것을 甚히 輕視한 까닭이다. [中略·引用者 以下같음]
> 가장 重要한 原因은 文學生活의 輕視이다. [中略] 나는 일찍이
> 文士로 自處하기를 즐겨한 일이 없었다. [中略] 그러므로 小說을
> 쓰는 것은 나의 一餘技다. [中略] 이 밖에 나는 나의 文學的 生
> 活에 또 하나 부끄러운 목적을 아니 들 수 없으니, 그것은 곧 原
> 稿料를 爲함이다. [中略] 그중에서 나는 警務局이 許할 만한 材
> 料를 골라서 原稿紙에 적기를 시작하는 것이다.[20]

---

18)「文士와 修養」,『創造』제8호 1921. 1.『全集』제16권 p.27.
19) 梁柱東이『東亞日報』(1931. 1. 1~1. 4)에「回顧·展望·批判 - 文
   壇諸思湖의 從橫觀」을,『朝鮮日報』(1931. 1. 1~1. 6)에「文壇側面
   觀 - 左右派 諸家에게 質問을 각각 썼다.
20)「余의 作家的 態度」,『東光』1931. 4『全集』제16권 pp.191~193.

이 글은 「文士와 修養」보다 10년 뒤에 쓴 것이다. ① 문예작가 생활을 경시했고, ② 소설을 餘技로 썼으며, ③ 원고료를 위해 썼고, ④ 警務局이 허락할 재료만 골라 쓴 것이 그의 소설임을 밝힌 것이다. 그러면 두 글의 차이를 어떻게 이해해야 할 것인가? 10년 뒤에 상황의 변화로 문학관이 변한 것일까? 아니면 表裏不同한 일면을 드러낸 것일까? 이런 의문의 해결은 그가 주장하는 민족주의 문학을 살핌으로써 이루어질 수 있다. 그가 밝힌 창작동기는 '民族意識 · 民族愛의 鼓吹 · 民族運動의 記錄 · 檢閱官이 許하는 限度의 民族運動의 讚美할 수만 있으면 煽動[21]하는 것 등'이다. 그가 문학을 餘技라고 하면서도 앞서의 창작동기를 밝힌 것은 논객이기를 바라는 그의 요구와 작가로서의 오만한 자세의 역설적 표현[22]이라고 볼 수 있다. 그리고 그의 민족주의 문학이라고 하는 것도 일제하에서 체제를 부정하는 데서부터 시작되는 것이 아니라, 일제가 허용하는 테두리 안에서 현실을 비판하는 정도인 것으로 볼 수 있다. 결국 그의 이상주의적인 문학론이나 민족주의 문학론은 유희라고 하는 말과 모순된 것으로 자가당착과 이율배반의 背理에서 방황하고 있는 것이라고 할 수 있다.

「嘉實」을 창작했을 때는 이상주의적인 문학론과 민족주의적 문학론이 강하게 드러나던 시기이며, 논설을 신문이나 잡지에 기고하여 개인적으로 어려움을 겪던 시기였다. 이런 때에 이상적 인물을 鑄出하여 독자에게 모범을 보여 주려했던 것으로 풀이할 수 있다.

2) 서술구조의 분석

이 작품은 12회에 걸쳐 연재되었고 4장으로 이루어져 있다. 연재

---

21) Ibid, p.195.
22) 丘仁煥, op. cit., p.246.

회수와 관계없이 나뉘어져 있고 이것은 구성의 단계로 나눈 듯하다. 이것을 장별 내용을 요약하면,

① 김유신이 한창 드날리던 신라 말. 가을. 가실이 처녀의 집을 방문하여 장작을 패 주고, 처녀는 술과 밥을 대접하며 처녀의 아버지가 전쟁에 나가게 됨을 걱정한다. 이때 원에게 탄원이 거절된 처녀의 아버지가 돌아와 가실에게 처녀를 배필로 삼아 달라고 부탁하고 집안일을 당부한다.

② 이튿날 새벽 출정을 준비하던 부녀 앞에 나타나 대역을 자청한다. 가실은 분황사 앞 영문을 거쳐 20여 일 만에 한양에 다다른다. 서울 군사들이 환영연을 베풀어 주는 동안 고구려 군사들이 침입하여 신라 군사들이 여럿 죽었다.

③ 본대가 한양으로 온 후 전쟁은 3년간 계속된다. 마지막 낭비성 결전에서 화살을 맞고 쓰러졌다가 포로가 되어 어느 늙은 농부의 종으로 팔려 간다. 3년간 열심히 종살이를 하며 뛰어난 재능을 보인다. 주인집 늙은 농부가 사위로 남아주기를 간청하였으나 약혼녀가 있음을 고백하고 떠나도록 해 달라고 간청하여 허락을 받는다.

④ 늙은 농부의 가족과 동리 사람들의 눈물겨운 전송을 받으며 조국을 향해 떠난다.

내용이 위와 같이 되어 있어 구성상 잘 짜여져 있지 않음을 볼 수 있다. 「嘉實」은 연대기적 소설로 산만하고 우연적인 사건이 자주 일어났다.

구성상의 특징은 순행적 구성법을 이용하였고, 시간 변화에 따른 추보식으로 단조롭게 전개되었다. 단편소설은 단일한 사건에 의한 단순구성으로 압축된 긴장이 사건을 극적으로 전개시켜야 되는데 그렇지 못했다. 또 구성의 단계상 결말 부분이 미흡하게 처리되었다.

김동인의 지적대로 마치 끊어진 이야기[23]처럼 되었다. 작가의 의도
가 지나치게 작용하여 한 인간상을 만들었으나 짜임새 있게 전개되
지 못한 것이다. 이와 같이 된 까닭은 단편소설의 기법에 대한 뚜렷
한 자각이 없었던 데서도 그 원인을 찾을 수 있다. 단편이 짧기만
하면 되는 것이 아님은 주지의 사실이다. 당시에 「배따라기」·「감자」
와 같은 단편을 썼던 김동인에 비교한다면 큰 낙차를 볼 수 있다.
다만 「無情」에서 보였던 서술자 개입은 제거되었다.

이 작품의 주인공 '가실'은 李光洙가 흔히 써 왔던 인물들과 별 차이
가 없다. 무지한 사람들을 일깨워 주고, 못하는 일이 없이 모두를 잘
할 수 있으며, 남을 돌보아 주는 희생정신이 강한 인물이다. 조금 차이
가 있다면, 작품의 주인공이 대중을 향해 직설적으로 웅변을 토하던
役에서 묵묵히 행동으로 실천하는 인물로 바뀌었다. 따라서 반봉건적
이고 신문물 유입과 교육을 통한 立國을 역설하며 근대의식을 추구하
는 인물과는 달라진 모습을 볼 수 있다. 이는 연이은 필화 사건으로 말
미암아 도덕적 이상론을 더 이상 펼 수 없게 된 까닭이다.[24]

현실문제에 대한 발언을 가급적 피하기 위해 역사 속에서 잘 알려
져 있지 않은 인물을 택해 작품화했던 것으로 보인다. 이마 앞서 언
급한 대로 'Y生'이라고만 밝히고 연재했던 것과 무관하지 않다. 李光
洙는 현실문제에 관한 자신의 견해가 심한 반대에 부딪치는 상황을

---

23) 金東仁, 「春國研究」 (6) 가실 以下 短篇, 『三千里』 1935. 3.

24) 『三千里』(1935. 8) 특집으로 「最近十年間筆禍·舌禍史」를 꾸몄는
  데, 春國은 「民族改造論」과 「民族的 經綸」에 대하여 다음과 같이
  썼다. "年代順으로 보아 내 身邊에 이러난 筆禍事件 가운데 가장
  컸던 것은 첫째 「開拓者」에 對한 破門事件(敎會에서 쫓겨남－引
  用者注), 「新生活論」에 對한 儒林奮起事件, 「民族改造論」에 對한
  崔麟氏及 開闢社의 被禍와 一般社會의 總攻擊, 「民族的 經綸」에
  對한 所謂 研政會事件으로 東亞日報非買同盟이다."

도외시할 수는 있었겠지만, 개벽사와 崔麟이 당했던 일은 간과할 수
없었을 것이다.

이 작품의 주인공 가실은 묵묵히 행동으로 실천하는 인물로 희생정
신이 강하며 인도주의적 사상을 가지고 務實力行을 힘쓰는 자이다. 특
히 톨스토이에 의해서 종교적 영향, 기독교적 영향을 많이 받았음[25]
은 이미 잘 알려진 일이거니와 務實力行도 도산 안창호의 영향[26]으로
1920년대부터 그에게서 보이는 한 경향이다. 이제 '가실'이라는 주인공
에서 보이는 李光洙의 사상적 편린을 탐색해 보기로 한다.

첫째, '가실'은 희생정신이 강한 사람임을 다음과 같은 인용문에서
확인할 수 있다.

대문 앞에 와서 노인께 절을 하면서
「제가 대신 가겠습니다. 일년이면 돌아온답니다.」
한다. 그 얼굴에는 김이 오른다.
「자네가 어떻게 가나?」
하고 노인은 놀라며 묻는다.
「이제 늙으신 이가 어떻게 전장에를 가셔요」
한다.[27]

---

25) 金泰後, 「춘원 이광수의 예술관」, (『明知語文學』 제4호, 1970.) pp.126
   ～138.
   丘仁煥, op. cit, pp.275ff.
   위의 논문 외에도 자신이 직접 쓴 것으로는 「톨스토이 人生觀」(『
   朝光』 제1호, 1935), 「杜翁과 나」(『朝鮮日報』 1935. 11. 20), 「杜翁
   과 現代」(『朝鮮日報』 1935. 11. 26～27).
26) 이 점에 관해서는 춘원 자신이 쓴 것으로 다음과 같은 것이 있다.
   「島山 安昌浩」(大成文化社, 1947. 5), 「島山에 관한 이 생각 저 생각」
   (『東光』 1932. 5), 「島山의 人格과 無台」, (『三千里』 1932. 12).
27) 『全集』 제13권, p.193.

98

이러한 희생적인 행위는 성경에서부터 형성된 듯하다. 물론 근원 설화인 「薛氏女」자체가 이런 내용으로 되어 있지만 '先許婚'으로 바뀌어져 '先代役 後許婚'보다 더욱 뚜렷이 부각시켰음을 알 수 있다. 인도주의적인 면도 볼 수 있는데,

> 「너희들 나를 죽이지 말아라. 나도 오늘 종일 활을 쏘았으니, 너희 사람도 몇 명 맞아 죽었겠다마는, 내가 죽일 마음이 있어서 죽였니? 활을 주면서 쏘라니 쏘았지. 너희도 그렇지. 너흰들 무슨 까닭으로 괜히 사람을 푹푹 찔러 죽여」
> 하고 곁에 놓인 활을 당기어 꺾어 버리며,
> 「자, 그러면 활 없이 맨 몸으로 너희 나라에 들어 온 사람이 아니냐」하였다. 두 군사는 말없이 서로 마주 보더니,
> 「어떻게, 이 놈을 살려?」
> 「죄다 죽이라고 그러는데……」
> 「살려 주자…… 이 놈의 말이 옳구나.」[28]

가실이 화살에 맞아 쓰러졌을 때, 고구려 군사가 와서 칼로 찌르려다가 "맨몸으로 왔으면 닭 잡고 밥이라도 해 먹이지. 이놈아 왜 칼을 메고 와서 우리 사람들을 죽여" 하고 소리 지르자 위 인용문과 같이 자신이 싸울 의사가 없음을 밝히고 싸움이 개인의 감정에 의한 것이 아니라고 하면서 살려주기를 간청한 것이다. 이와 같이 죽이지 않는 것은 사람의 생명에 존엄성을 자각한 것 때문이 아니라 톨스토이의 종교론에 감격하게 되면서 배운 「마태복음」제5~7장의 내용 때문이었다. 즉 山上寶訓에 있는 '대인의 도'에서 서로 죽이는 전쟁은 否認되어야 한다는 말 때문이다. 李光洙는 反戰에 관한 내용을 '가실'을 통해 국가 간의 문제이고 개인은 전쟁이 아무런 의미가 없는 것임을 밝혔을 뿐, 인류문명의 파괴라든가 인간 생명의 존엄성이나 국

---

28) Ibid., p.101.

가와 개인의 문제 또는 인류의 파멸 등의 문제까지는 살피지 못했다. 단편이라는 제약도 있겠지만, 문답으로 전개된 내용은 유치하고 감상적인 가운데 인도주의적 경향을 보이고 있다. 이것도 물론 초기에 일관되게 보인 기독교 사상에 근거를 둔 인도주의에 의한 것이다.[29] 그리고 앞서도 언급했지만 도산의 영향을 간과할 수 없는데, 톨스토이에게서 기독교적 정신의 진수를 배우고 도산에게서 그의 실천적인 면을 터득하여 務實力行을 그의 문학에 수용했다. 특히 그는 「民族改造論」에서 도산의 영향으로 제시한 務實力行의 실천적인 면을 이 작품에서 간간이 보이고 있다.

> 가실은 잠시도 가만히 있지를 아니하고 무엇이나 일을 하였다. 그래서 그의 집은 깨끗하고, 없는 것이 없었다. 눈이 오기 전에 벌써 산더미같이 나무가 쌓이고 짚신과 미투리도 항상 쌓아 두고 신었다.[30]
> 또 가실이가 부지런한 것이 동네 사람의 모범이 되었고 말이 적으나 한번 말하면 그것은 꼭 참말이요, 꼭 그 말대로 하는 것을 볼 때 동네 사람들은 가실을 믿고 두려워했다.[31]

자기의 직무를 말없이 충실히 행하는 사람, 그 사람이 가장 무섭고 두려운 사람이며 푯대가 되는 사람이란 것이 젊은 청년들에게 지도자로서 춘원의 당부라고 보아도 좋을 것이다.

또 李光洙의 문학사상의 근간을 이루는 것의 하나인 '情의 文學論'[32]이 이 작품에서 예외 없이 드러나고 있음을 볼 수 있다.

---

29) 金泰俊, 「春園의 文藝에 끼친 基督敎의 影響」, 『明大論文集』 제3집, (明知大 出版部, 1970) p.235.

30) 『全集』 제13권, p.102.

31) Ibid., p.103.

가실은 힘이 센 것과 같이 정도 세다. 그러나 정이 센 것과 같
이 의리도 세다. 정이 센지라 주인을 차마 뿌리치지도 못하거니
와. 의리도 센지라 설씨의 딸에게 한번 맺은 약속을 깨뜨리지 못
한다.[33]

李光洙는 이미 '情'에 관한 글을 여러 편 쓰면서 情育의 중요성을
언급했는데 "情이 發한 곳에는 權威가 無하고, 道德, 健康, 名譽, 羞
恥, 死生이 無하나니, 嗚呼라 情의 威요, 情의 力이여 人類의 最上의
權力을 握하였도다"[34] 라고 하였다.
　또한 李光洙는 가실을 務實力行하는 인간으로 만들고, 타고난 善
人일을 더욱 확실히 하였다.

　　가실은 다만 힘만 쓰는 사람이 아니요, 여러 가지 지혜와 재주
도 있었다. 톱과 먹줄과 대패를 만들어다 두고, 여러 가지 기구
도 만들고, 자기가 유숙할 사랑채도 짓고, 노인과 처녀의 나막신
을 파 주었다.……또 농사하는 여가에는 쑥대로 발을 만들고, 밈
통을 만들어 붕어와 잔고기와 게를 잡아오면[35]
　　그의 지혜와 재주는 동네 사람들도 다 탄복하였다. 그래서 가
실은 온 동네에 없을 수 없는 사람이 되어, 무슨 어려운 일이 있
으면 부인네나 아이들까지도 「가실이더러 좀 해달래야」 하게 되
었다.[36]

李光洙는 가실을 '하늘이 낸 사람'으로 완벽하게 만들어 놓았다. 이

32) 丘仁煥. op. cit., pp.224~237.
33) 『全集』 제14권, p.104.
34) 「今日의 我韓靑年과 情育」, 『大韓興學報』 제10호 1910. 2, 『全集』
　　제1권, p.526.
35) 『全集』 제13권. p.102.
36) Ibid, p.103.

런 인물의 설정은 도덕적 이상주의가 작품 속에 投射된 것으로 볼
수 있다.

3) 설화의 수용

「嘉實」은 '完全히 文筆圈에서 逐出당했을 때 三國史를 읽다가 얻
은 感興을 素材로 한 것'이라고 그 자신이 밝혔듯이 『三國史記』卷
第48 列傳 第8 薛氏女條에 나오는 것이다. 그 原文을 보이면 다음과
같다.

　　薛氏女. 栗里民家女子也. 雖寒門單族, 而顏色端正, 志行脩整. 見
者無不歆艷 而不敢犯. 眞平王時, 其父年老, 番當防秋正谷. 女以父
衰病忍遠別. 又恨女身不得侍行 徒自愁悶. 沙染部少年嘉實, 雖貧且
寠, 而其養志貞男子也. 嘗悅美薛氏. 而不敢言. 聞薛氏憂父老而從
軍. 遂請薛氏曰, 僕雖一懦夫, 而嘗以志氣自許. 願以不肖之身. 代嚴
君之役, 薛氏甚喜, 入告於父. 父引見曰, 聞公欲代老人之行, 不勝喜
懼. 思所以報之. 若公不愚陋見棄, 願薦幼女子. 以奉箕箒. 嘉實再拜
曰, 非敢望也. 是所願焉. 於是嘉實退而請期. 薛氏曰, 婚姻人之大倫,
不可以倉猝. 妾旣以心許, 有死無易. 願君赴防 交代而歸, 然後卜日
成禮, 未晚也. 乃取鏡分. 半各執一片云, 此所以爲信, 後日當合之,
嘉實有一馬. 謂薛氏曰, 此天下良馬, 後必有用. 今我徒行, 無人爲養,
請留之以爲用耳, 遂辭而行. 會國有故. 不使人交代 淹六年未還. 父
謂女曰, 始以三年爲期, 今旣踰矣. 可歸于他族矣. 薛氏曰, 向以安親
故. 强與嘉實約, 嘉實信之. 故從軍累年, 飢寒辛苦, 況迫賊境, 手不
釋兵, 如近虎口 恒恐見咥. 而棄信食言. 豈人情乎. 終不敢從父之命,
請無復言. 其父老且耄, 以其女壯而無伉儷. 欲强嫁之, 潛約婚於里
人, 旣定日引其人. 薛氏固拒, 密圖遁去而未果. 至廏見嘉實所留馬,
太息流淚. 於是嘉實代來, 形骸枯槁 衣裳藍縷, 室人不知, 謂爲別人.
嘉實直前, 以破鏡投之, 薛氏得之呼泣. 父及室人失喜. 遂約日相會.
與之偕老.

李光洙가 「嘉實」에서 이 설화를 어떻게 수용, 확대·변이시켰는가 하는 것은 설화와의 대비연구가 있어[37] 變容의 의미만을 살펴본다.

이 작품은 설화의 시대와 무대를 그대로 두고 소설화한 것인데 대강의 경개와 단락의 구성은 거의 유사하다.[38] 다만 몇몇의 변용을 볼 수 있는데 그것은 다음과 같다.

첫째, 주동인물(protagonist)의 교체

설씨녀 설화는 주동인물이 설씨녀로 되어 있으나 「嘉實」은 가실로 되어 있다. 설화는 설씨가 대리로 전쟁에 나간 가실을 기다리는 靜的인 인물로 되어있음에 비해 「嘉實」은 가실이 전쟁터에서 포로로, 노예로, 그리고 사윗감으로 변모되는 動的인 인물로 되어 있다. 이것은 설화의 단순성을 극복하는 기능도 있지만 李光洙의 소설에서 볼 수 있는 도덕적 이상주의의 인물인 주인공의 모습을 드러내는 데는 정적인 설씨녀보다는 동적인 가실이 적합한 인물이기 때문이다. 그는 논문을 쓸 수 없는 상황에서 작품으로 대신하기 위해서 주인공을 바꾼 것으로 보인다. 이것은 다음과 같은 글로 미루어서 짐작할 수 있다.

> 나는 理想的 人物을 鑄出하여 讀者의 模範이 되게 하는 것이 小說家의 意圖가 될 수 있는 것도 容認하지마는 나 自身은 아직 그것을 意圖해 본 일은 없다. 있다면 〈許生傳〉·〈嘉實〉 같은 歷史小說이라고 할까?[39]

독자에게 모범이 될 수 있는 이상적 인물을 주출한 작가의 의도가 드러난 것이 「嘉實」임을 언급한 것이다. 위의 글 이외에도 가실이

---

37) 愼憲縡, 『春園의 「嘉實」攷』 -薛氏女說話와의 對比研究, (『국어교육』 제48호, 1984. 7).

38) Ibid., p.53.

39) 「余의 作家的 態度」, 『全集』 제16권, p.194.

주동인물로 등장하여 근면하고 성실하며 재주와 지혜를 고루 갖춘
건장한 청년이어야 하는 이유를 그 무렵 그가 쓴 시에서도 찾을 수
있다.

　　동무야
　　우는 소리를 그쳐라. 참 듣기가 싫다.
　　주먹을 불끈 쥐고 소리 질러라.
　　「내 손으로, 내 손으로, 내 손으로 하자」고
　　江山이 잘못되었거든 뒤집어 꾸미라.
　　宇宙에 缺이 있거든 뜯어서 고치자.
　　동무야 무엇을 못하랴.
　　기운을 내어라, 우는 소리를 그쳐라!
　　神經衰弱을 버려라.
　　消化不良을 떼어라.
　　해뜨기 前에 일어나 山과 들에 뛰어라.

　　담배를 버리고, 술 먹기를 그쳐라.
　　그리고 健壯한 男子가 되어라. 女子가 되어라.
　　血氣 좋고, 힘 많고, 기운차고,
　　全身에서 후끈후끈하는 健康의 김이
　　火車의 굴뚝 煙氣 같이 솟게 하여라.
　　그러한 사람이 되자, 동무야.40)

　이러한 시에 적합한 인물은 나약하고 정적인 기다림의 여인이 아니
라, '血氣 좋고, 힘 많고 기운찬 健壯한 男子'이어야 했다. 이렇게 혈기
좋고 건장한 청년인 가실은 아버지와 고구려에서 주인 노인이 후사를
부탁할 수 있을 정도로 신뢰감을 얻었고, 설씨녀와 고구려 노인의 딸

40) 「偶感三篇」 중 「기운을 내어라」, 『創造』 제8호, 1921. 1. 『全集』 제
　　15권, pp.65～66.

로부터 사랑을 받게 되었다. 이렇게 주인공을 바꿈으로써 설화에서 설씨녀가 烈과 孝의 인물로 표백되었던 것에서 춘원문학의 特長인 '情과 義理'의 인물로 바꾸는 데 중요한 계기가 된다. 따라서 「嘉實」에서는, 「無情」에서 선형과 영채 사이에서 형식의 갈등과 같은 '情과 義理'의 대립 양상을 볼 수 있다.

둘째, 갈등의 바뀜

이것도 주인공의 교체와 관련되어지는 것이다. 주동인물의 교체로 갈등의 양상이 구성상 설화의 경우는 설씨녀에게 나타나지만 「嘉實」의 경우는 가실에게서 나타난다. 즉 설노인은 6년이 되도록 가실이 돌아오지를 않자 그의 딸에게 혼인할 것을 종용한다. 그의 나이가 90세가 되고, 6년이란 시간이 설씨녀의 외적 갈등의 요인이 된다. 설화에서 가실과의 약속을 지키려는 설씨녀와, 결혼을 시키려는 설노인과의 갈등이 「嘉實」에서는 가실이 약혼한 설씨녀와 현재 고구려에 있는 집 노인의 딸과의 사이에서 야기된다. 이 갈등의 해소는 說話가 가실이 돌아올 때까지 기다린 피동적인 설씨녀가 말과 거울을 맞춤으로 이루어지고, 「嘉實」은 설씨녀와의 약속을 위해 신라로 돌아가는 능동적인 행위에 의해서 이루어진다. 이것은 주인공의 변이와 李光洙의 주제적 지향에 의하여 구조와 갈등의 양상이 바뀐 것이라고 할 수 있다.

셋째, 결말의 변화

대체로 소설에서의 결말은 주인공의 운명이 분명해지고 성패가 결정 되어지는 해결의 단계이다. 이 결말에는 절정으로 끝을 맺어 나머지를 독자의 상상에 맡기는 경우와 지금까지 얽히고설킨 사건을 설명하여 독자가 이해하도록 해주기 위해서 메시지를 전달해 줌으로써 맺는 경우가 있다.

설화의 경우, 설노인이 설씨녀를 강제로라도 혼인을 시키려 하자 몰
래 도망하려다 실패하여 가실이 두고 간 말을 붙잡고 탄식하고 있을
때, 가실이 나타나 극도로 긴장된 분규는 끝이 난다. 따라서 두 사람이
혼인하여 백년해로하는 행복한 결말로 끝이 난다. 그러나 「嘉實」은 고
구려 사람들의 눈물어린 전송을 받으며 – 신라와 고구려의 전쟁은 끝
이 났는지 안 났는지도 모르면서 – 귀국하는 것으로 끝이 났다. 이에
대해 김동인은,

> 그러면, 그는 無事히 新羅까지 돌아갓느냐. 혹은 中途에서 병
> 이라도 나서 죽엇느냐. 中途에서 병이 나서 죽엇스면, 이는 天道
> 가 무심한 것이다. 만약, 無事히 新羅까지 돌아왓다면, 그의 約婚
> 한 處女는 아직 그를 기다리고 잇섯나. 혹은, 소식 업는 낡은 임
> 보다 눈 아페 보이는 새님을 마자 갓나. 前者라면 거기는 感激할
> 人情이 잇고 後者라면 몸서리 칠 無情이 잇다. 이 三者 中의 한
> 가지의 末端을 보여 주지 안흐면 이 소설은 未完이라는 비방을
> 면치 못할지니 事件的으로 보아도 아직 未完일쑨더러 '小說이란
> 한 개 人生을 말하는 것'이라는 見地로 보아도 未完이며 '人生'을
> '不具化'한다는 道德的 見地로 보아도 不完全한 作品이다.
> 이리하여 「嘉實」은 '中途에 끈허진 한 자미잇는 이야기'가 되
> 어 버렷지 그 이상은 올라가지 못하였다.[41]

라고 했으나, 李光洙는 김동인의 지적대로 '3자 중의 하나'로 끝맺을
수 없었다. 왜냐하면 작품 속에서 가실이 전쟁터에 온 지 3년째 되
는 해 봄 '처녀가 어느 양반과 혼인을 한다'는 풍문을 듣고 번민한다.
따라서 처녀가 결혼했을 것이라는 암시를 짙게 풍기고 있기 때문에

41) 金東仁, 「春園研究」(5), (『三千里』, 1935. 3).
　　金治弘 編, 『金東仁評論全集』, (三英社, 1984), p.112. 참고: 金東仁
　　의 「春園研究」 중에서 '(6)가실」이하 단편'은 『三千里』에 발표된
　　이후, 『金東仁全集』, 『春園研究』 등에 모두 누락되어 있다.

다시 이것을 뒤집을 수 없는 까닭에 독자의 상상력에 맡김으로 책임을 회피하고 말았다.

넷째, 情과 信義의 지향

설화의 설씨녀는 가실이 돌아올 때까지 참고 견딘다는 의미로서 '烈과 信義'를 주제로 파악할 수 있다. 이에 비해서 소설「嘉實」은 李光洙가 자주 썼던 '情과 信義'로 볼 수 있다. 이것은 주동인물의 교체로 말미암은 결과로 볼 수 있다.

설화의 주제인 '烈과 信義'를 '情과 信義'로 바꾼 것은 그의 초기 문학론[42]에서 주장했던 '情의 文學論'을 작품으로 실천한 것이라고 볼 수 있다. '情의 문학론'은 그 목적이 '情의 만족'인데, 이것은 종교와 윤리에서 벗어나 인생의 사상과 감정과 생활을 자유스럽고 여실하게 묘사한 문학에서 나타난다고 했다. '烈' 대신에 '情'으로 바꾼 것은 기존의 봉건적 윤리관에서 벗어나 사상이나 감정을 표현하려는 의도에서 비롯된 것이라 할 수 있다. 특히 과거 우리의 문학이 유교적인 도덕을 고취하거나 권선징악을 풍유하는 문학이라고 비판하고, 오늘의 문학이 윤리나 종교의 속박에서 벗어나 문학의 독자성을 확보해야 한다고 주장했던 것을 본다면, 주제를 바꾼 것은 아주 당연한 귀결이라고 할 수 있겠다.

4) 역사소설로서의 문제점

이제까지「嘉實」을 살펴보았다. 그러면 이 작품을 역사소설로 간주해도 좋을까? 그랬을 때의 문제점은 어떤 것이 있을까? 이제 그

---

42) 李光洙의 초기 문학론은「文學의 價値」(大韓興學報 제11호, 1910. 3)과「文學이란 何오」(每日申報 1916. 11. 10~17)에서 찾아볼 수 있다.

몇 가지 제기될 수 있는 의문점을 살펴보도록 한다.

첫째, 단편소설이라는 양식이 역사소설에 적합한가?

단편소설이 잘라서, 줄여진(truncate) 장편소설도 아니고 집필이 완전히 끝나지 않은 장편소설의 일부분도 아니라[43]는 것은 이미 잘 알려진 사실이다. 단편소설은 간략성과 치밀한 짜임새와 변태적 파생으로부터의 자유와 효과의 단일성을 특징으로 한 양식으로 어빙(Irving), 고골리(Gogol), 포오(Poe), 호오돈(N. Hawthorne)의 작품에서 그 기원을 찾는다.[44] 역사가 길지 않은 단편소설은 주로 기교적인 면이 크게 발달되어 있는데[45] 그 이유는 단편소설이 원래 운명의 전환점이라는 절정에 기초를 두고 있어 극적인 특성을 가지게 되고 그로 말미암아 기교적인 면이 발달되었다. 그리고 단편소설의 주인공은 언제나 비범한 것, 특수한 것, 희귀한 것, 또는 경이로운 것을 보여 주기 때문이다.[46] 그래서 리드(Ian Reid)는 단편소설의 필수적인 특질로서 '印象의 統一性'과 '개인적인 위기나 어떤 의미심장한 현시가 일어나는 경우, 등장인물이 인식하는 진실의 순간 같이 독자의 뇌리를 떠나지 않는 것', 그리고 '디자인의 균형'을 들고 있다.[47] 그

---

43) W. Kenney, *How to anlyze fiction.* (New York, Monarch press, 1966.) p.103.

44) Mary Rohrberger, *The short story:* A proposed definition, Hawthorne and the Modern short story, Charles E. May edi., *Short Story Theories,* Ohio Univ. Press 1976. 최상규역, 『단편소설의 이론』, (정음사, 1983) p.126.

45) Ray B. West. J. 는 그의 '*Short story in America*'에서 "20C처럼 미국문학사상 단편작가들이 그들의 기교를 보여 준 일은 일찍이 없었다 해도 過言은 아니다"라고 했다.

46) 李裕榮, 『獨逸文藝學槪論』, (三英社, 1981) p.82.

47) Ian Reid, *The Short Story:* 金鍾云譯, 『短篇小說』, (서울 大學校 출판부, 1979). pp.83~90ff.

리고 대부분의 주인공들 자신이 독자를 매료시키는 것이 아니라 그들이 겪는 비범한 운명을 통해서 매료시킨다.

특히 단편소설은 시간과 공간의 좁은 한계 내에서의 독특한 순간에 포착되며 단순한 플롯으로 이루어졌음은 주지의 사실이다. 이런 면에 비해 장편소설은 전기적 자료와 관념적 자료를 결합시키는 장구하고 고통스러운 발전 과정을 가지며, 현실적인 동시에 추상적이고 내재적인 동시에 초월적인 시간과 공간 속에서 행동한다.[48]

요컨대 단편소설이란 압축성(compression), 집중성(concentration), 강렬성(intensity)과 같은 특성들이 스토오리의 길이(length of the story)와 제시하는 구조적 특성과 관련이 있는 것이다.[49]

이와 같은 장르상의 차이가 역사소설에서 아무런 관련성이 없을까? 적어도 역사소설이 소재개념으로 파악하는 것을 극복한다면 무관하지 않다. 역사소설이 역사적 진실성, 즉 한 시대가 정확히 그런 식으로 존재했을 것이라는 신뢰성을 가장 예술적으로 잘 전달해 주는 것으로 이해한다면, 이는 단편소설에서 성취하기 어려움을 의미한다. 더구나 단편소설 형식이 하나의 진행적이라고 할 수 있는 역사를 포용하기는 어렵다. 역사소설이 공간적 확대 개념과 시간적 유동관념을 포괄하는 어느 한 시대의 총체적인 모습을 드러내는 것이고, 이를 위해 역사소설가는 역사적인 기록이나 증거를 토대로 하여 상상력을 발휘함으로써 역사소설에서 요구되는 역사적 진실성과 예술성을 확보해야 한다는[50] 것이 부정할 수 없는 사실이라면 단편소설로는 불가능함을 알 수 있다. 더구나 바람직한 역사소설이 역사적 사건이나 인물에 대한 묘사가 아니라 역사적 시튜에이션을 遠景으로

---

48) Albert Moravia, 「단편소설과 장편소설」, 『단편소설의 이론』, p.232.
49) W. Kenney. op. cit., p.105.
50) 李英姬, 『春園의 歷史小說考』, (서울大大學院, 석사논문, 1982) p.14.

조명한 인간의 이야기를 사료에 충실여부를 따지지 않고 사관을 충분히 피력한 것이라면 단편소설이 감당할 수 있을까? 역사적 사건을 배경으로 도입하고 단편에서 요구되는 주제를 집중화·단순화 시켜서는 역사소설에서 요구하는 것을 충족시킬 수 없다.[51]

장편소설이 표현하는 대상의 총체성은 인간사회의 역사적 발전 단계의 총체성이고, 이것은 특정한 현실의 한정된 것이 묘사를 통해 환기되는 방식으로 성립되어야 한다. 그러므로 역사소설이 역사적 진실성과 예술성을 드러내기 위해서는 총체성을 지향하는 장편소설이 가장 적합한 양식이라고 볼 수 있다.

「嘉實」은, 분량상으로는 단편이나 내용으로는 장편소설에 가깝다. 이러한 양면적인 것을 일단 절충하여 관례대로 단편소설로 보려 한다. 이 작품은 '신라말기'라는 역사적 배경을 제거해 버리면 어느 시대에 갖다 놓아도 된다. 역사를 배경으로만 사용하고 그 역사가 갖는 어떤 의미를 부여하지 못했기 때문이다. 또 그 시대의 독특한 면도 그려내지 못했기 때문이다.

둘째의 문제는 역사적 사건이 지니고 있는 그 의미를 해석하기보다 주인공의 행적에 치중하고 있다는 점이다. 가실이라는 인물의 비범한 운명을 그려냈을 뿐이다. 金允植은 역사적 소재를 다룬 세 가지 유형을, ① 역사적 인물의 전기를 쓰되 기록된 문헌에 의거하여 그것을 오늘날 읽기 쉽게 윤색하는 유형, ② 역사적 소재를 빌어서 현실비판 혹은 그 드러남의 轉移 방법으로 처리하는 유형, ③ 양식 개념으로서의 소설이 갖는 기본 구조를 갖추고 있는 유형[52]으로 나누었는데 이 「嘉實」은 그 어느 쪽에도 해당되지 않는다. 세계사적

---

51) 宋在英, 「歷史小說에의 問題 提起」, 『現代文學의 擁護』, (文學과 知性社, 1979) p.71.

52) 金允植, 「歷史小說의 樣式槪念攷」, (『文學思想』 제43호, 1976. 4) p.267.

인물보다 영웅에 가까워 질 수 있는 인물을 그렸다.

셋째의 문제점은 작가의 이상이 지나치게 부과되었다는 점이다. 李
光洙는 「嘉實」을 통해서 희생정신이 강하고, 인도주의적 사상과 도산
의 務實力行 등을 역설하며 '타고난 선인'이며 '하늘이 낸 사람'의 이
야기를 피력한 것이다. 이와 같이 역사소설에 등장하는 주인공이 추
상화되거나 작가 개인의 이상이 투사되었을 때, 주인공은 타고난 위
인일 뿐이고, 개성이 결여된 박제된 인간으로 나타나 한 시대를 구체
적으로 보여 줄 수 없다. 그뿐 아니라 그 시대의 역사성을 독자들에게
전달하기 어렵고, 경우에 따라서는 반역사적이거나 역사의 왜곡이 일
어날 가능성도 있으며 그에 따라 리얼리티가 감소되어 버리게 된다.
이 작품도 작가의 주관에 의해 주인공이 도덕적 이상적 인물로 추상
화되어, 그 리얼리티가 감소되었다. 역사소설의 주인공은 사회적 대립
이거나 역사적 경향을 서서히, 중간적 입장에서 폭넓게 연결시켜 줌
으로써 인류의 보편적 가치와 민중의 삶의 일상성을 그대로 보전시켜
주는 인물이어야 하는데[53] 가실은 그렇지가 못하다.

결국 李光洙는 「嘉實」에서 가실을 당시 민중들의 삶의 총체적 모
습을 포괄적으로 제시해 줄 수 있는 인물로 전형화하지 못했으며,
가실은 역사의 흐름 속에서 포착된 인물이 아니라 전적으로 작가의
도덕적 이상이 반영된 인물이며 작가의 주관에 의해 추상화된 인물
일 뿐이다. 이것은 전기적 형식을 띰으로써 특정한 시대의 역사적
진실보다 인물 중심의 작품으로 되고 말았다.

이런 몇 가지 지적에도 불구하고 역사소설로 볼 수 있을 것인가?[54]

---

53) G. Lukacs, *The Historical Novel*, p.45.

54) 이 작품에 대해서 역사소설일 수 없다는 부정적 견해를 보인 것은,
朴桂弘, 『韓國歷史小說史』(대전, 어문연구회, 1963) 趙演玄, 『韓國現
代文學史』(成文閣, 1981) 金宇鐘, 『韓國現代小說史』(宣明文化社,

우리의 근대문학에서 현대문학으로 移行되는 과정에서 장르별로 과도기적 미성숙을 볼 수 있다. 이런 측면에서 이해한다면 다음과 같은 긍정적인 면을 발견할 수 있다.

첫째, 개화기 역사전기문학보다 소설적 요소가 확충되어졌다는 점을 들 수 있다. 물론 1920년 초에 이미 뛰어난 단편소설을 볼 수 있지만「嘉實」이 그렇지 못한 것은 춘원 개인의 문제와도 관련이 있다.

둘째, 주인공이 '세계사적인 주인공'이 아니고 비범한 인물이라는 점이다. 세계사적 주인공이 아니고 무명의 인물을 택할 때의 장점은 작가의 창작 영역이 확대되어 민중의 총체적 삶을 보여준다는 데 있지만, 가실이 무명의 인물로서 그 역할은 다 못했다. 그러나 무명의 인물을 택함으로써 어느 정도 작가의 창작 영역의 자유스러움은 확보했다.

셋째, 주인공이 도덕적이고 이상적 인물로 추상화된 것은 현재의 우의성을 역사에서 수용하려는 시도로 일단 간주해도 좋을 듯하다. 역사를 차용하여 그 역사가 가지는 어떤 의미도 부여하지 못했지만, 우의적 속성을 드러낸 것으로 볼 수 있다.

(2)「목매이는 女子」

月灘 朴鐘和(1901~1981)에 대한 연구는 대체로「白潮」를 중심으로 한 시인으로서의 경우와 백조 이후 일관하다시피 한 역사소설가로서의 경우로 집약된다. 특히 초기의 '감상적 낭만주의'의 시로 말미암아 그의 소설도 낭만주의적 경향을 띤 선구자로 언급되는 경우[55]

1973) 등이 있다.
55) 이러한 견해는 趙演鉉의『韓國現代文學史』(成文閣)와 金宇鐘의『韓國現代小說史』(宣明文化社)가 대표적이다.

가 대부분이다.

이 작품은 「白潮」 제3호(1923. 9)에 수록된 단편소설이다. 모두 6
장으로 구성되어 있으며 朴鐘和가 쓴 최초의 소설이다.[56]

이 작품의 분석을 통해 구성과 인물설정의 문제, 단편소설로서의 역
사소설이 안고 있는 문제점 그리고 역사에 대한 해석의 문제, 특히 그
가 항시 강조하는 민족주의 문학으로서의 역사소설도 살펴보려 한다.

1) 朴鐘和의 역사소설관

역사소설이 어떤 측면에서 쓰여졌느냐에 대해서는 여러 가지 논의
가 있겠지만 대체로 다음과 같이 몇 가지로 나눠 볼 수 있다.

첫째, 현실에 대한 우의적 표현으로, 현실과 유사한 역사를 차용하
는 경우를 들 수 있다. 이 경우는 현실적인 여러 제약으로 표현이
불가능했을 때, 작가가 창조적 상상력을 가지고 현재의 문제를 과거
의 역사 속에서 추출해 내고 그것을 재해석하는 경우다.

둘째는 특정한 시대에 살았던 민중의 총체적인 삶의 모습을 구현
해 내는 경우를 들 수 있다. 이때 주인공이 세계사적인 인물이라기
보다는 작가의 상상력을 확대시킬 수 있는 무명의 인물을 제시하는
것이 좋다.

셋째는 작가가 택한 특정의 시대가 전체의 역사 흐름 속에서 어떤
맥락을 형성하는가를 살피고 그 시대의 독특한 면을 해석하는 경우
를 들 수 있다.

---

56) 그간에 있었던 단편적 연구는 다음과 같다.
　　廉尙燮, 「올해의 소설계」 -今年의 文壇, (『開闢』 제42호, 1923.
　　12. pp.37~38), 朴桂弘, 月灘作 「목매이는 女子」의 意義(『韓國歷史
　　小說史』, 大田, 語文研究會, 1963. pp.12~17), 金宇鐘, 「목매이는
　　女子의 歷史小說的 性格」, 『韓國現代小說史』, pp.169~171).

넷째는 민족의식을 고취한다든가 계몽하기 위해서 역사에서 귀감이
될 인물이나 사건을 취해서 작가가 의도를 드러내는 경우를 들 수 있다.

다섯째, 역사를 배경으로만 사용하고 이상적인 인물을 등장시켜
작가의 의도를 피력하는 경우를 들 수 있다.

논자에 따라 차이가 있겠으나 역사소설로서의 가치는 셋째까지 부
여하고 있다. 그러나 나머지 둘이 제외되어서는 안 되는 어려움이 산
적해 있다.

朴鐘和에게 있어서 역사소설은 곧 민족문학으로 등식화되어 있다.
우선 다음의 그의 진술이 광복 이후의 것이지만, 검토해 본다. 여기
서 보여진 것이 초기의 역사소설관에서 크게 변화된 것으로 보이지
않기 때문이다.

> 歷史小說이 現代小說보다 가장 便宜한 점이 가령 民族魂을 은
> 근히 일으킨다든지 正義感을 부채질해서 現實의 不義를 應懲할
> 때라든지 이런 때 나는 많은 효과를 보았다고 생각합니다. 現代
> 小說로는 도저히 現實의 추악상을 그릴 수가 없습니다. 그것은
> 곧 現代의 權力者의 不義를 선양하므로써 當路의 비위를 거슬리
> 는 때문입니다. 다행히 良心있는 部類라면 이것을 너그럽게 받아
> 들이는 아량도 보여 주는 편도 있읍니다마는 그렇지 않다면 오
> 히려 까닭 없는 觸怒를 받게 되는 때문입니다. 正義作家가 이러
> 한 歷史的 方法을 쓰는 것은 결코 이것은 도피가 아니올시다.[57]
> 壬辰의 史實을 처음으로 읽었을 때 나는 이것을 小說로써 보
> 았으면 하는 動機를 느꼈다. 그러나 日帝下의 일이라 여간 困難
> 하지 않았다. 오히려 不可能했다. 그래서 民族的 受難이란 点에
> 서는 동일한 丙子胡亂을 小說化하기로 해 본 것이 「待春賦」다.
> 丙子胡亂의 커다란 民族的 受難으로 因하야 民族의 運命이 얼마

---

57) 朴鐘和, 「民族文學과 나의 創作 態度」, (尹柄魯, 「月灘 朴鐘和의 歷
史小說論」, 『大東文化』 제10집, 성균관대학교, 1975. p.151. 再引用).

　나 危險한 事態에 直面해 있었는가 하는 것을 통하여 이 事實을
率直하게 民衆에게 알림으로 因해서 民族思想을 鼓吹시켜 보려
고 한 것이 내가 歷史小說을 쓰게 된 動機이다. 例를 들면 「多情
佛心」 같은 것은 얼핏 보면 戀愛小說 같으나 恭愍王을 通한 民
族精神의 鼓吹가 그 소설의 着眼点이었든 것이다.58)

　위의 인용문에서 역사소설에 대한 태도를 볼 수 있는데. 하나는
정의감을 불러 일으켜 불의를 징계하는 방법으로서의 역사소설이다.
이것은 현재의 권력자가 자행하는 것을 우의적으로 쓰는 것이다. 또
하나는 민족혼을 불러일으키는 방법으로 역사소설을 쓴다는 것이다.
민족의 수난을 그려냄으로써 일제하에서 민족혼을 되살려내는 방법
으로 쓴 것이다. 國難克服의 수단으로 민족사상을 고취시킬 수 있는
것으로 역사소설을 택한 것이다. 그러나 문제는 민족문학을 역사소
설로 이룩한다는 것이다. 그가 파악한 민족문학이란 '민족의 존엄성
과 생존 자체가 위협받는 위기에 직면하여 우리 민족에 대한 각성에
서 비롯된 것'이라고 했다. 역사소설이 민족문학임을 주장하는 그는
역사소설의 의의를 이렇게 썼다.

　民族精神을 把握해서 大衆을 民族精神의 正道로 引導하기 위
해서 歷史小說의 意義는 어느 時代나 다름이 없을 것이다. 오늘
과 같이 民族主體勢力이 確立되지 못하고 民族精神이 外來思潮
에 依하여 危機에 處해 있는 現段階에 있어서의 歷史小說은 民
族精神의 發現과 民族的 主體의 確立이란 二重의 重大한 意義를
가지고 있다고 할 수 있다.59)

---

58) 朴鐘和, 「歷史小說은 民族精神 發揚의 母體, (『民衆日報』 1947. 10. 19).
59) Loc. cit.

일단 민족문학에 대한 이러한 태도는 수긍이 된다. 다만 '민족문학이 그때그때의 주어진 역사적 상황에서 민족구성원 다수의 인간적 삶을 최대한으로 실현시켜 주는 민족의식에서 이루어지는 것'[60]이라고 할진대 역사소설만이 거기에 해당하겠는가. 민족정신의 발현과 민족적 주체를 확립시키려는 그의 역사소설의 의의는 역사소설을 민중계몽의 수단으로 파악한 것으로 볼 수 있다. 이러한 견해는 기자와의 인터뷰인 「民族文學의 原理」[61]에서 찾아볼 수 있다. 그는 이 글에서 구체적인 민족문학으로서의 인식을 보이고 있다. 그는 민족의 개념을 설명한 뒤 "저 莊嚴燦爛한 3·1民族運動은 朝鮮民族이 죽엇느냐 살엇느냐 하는 判斷의 分水嶺이요, 이 政治的 또는 民族的 現實을 前後로 하야 일어난 우리의 新文芸運動은 民族文芸樹立의 根幹이 됐든 것"이라고 하고 우리의 언어, 우리의 역사를 일깨우는 것이 민족문학을 의한 노력이었다고 했다. 민족문학이란 민족정신을 드높이는 것으로만 이해한 것이다. 그래서 3·1운동과 그 무렵에 일어난 신문예운동이 민족정신을 드높이는 민족문학의 뿌리라고 보았다. 좀 더 구체적으로 민족문학을 이룩하기 위한 방법이 제시되어야 했다. 이를테면 식민통치 아래에서 의식적 무의식적으로 야합했던 세력을 식별하고 비판한다든가, 자기 스스로의 심령 속에서 봉건정신과 매판의식을 가려내고 이겨내는 고도의 지적·정서적 단련이 요구되었어야 했다.[62] 朴鐘和는 결국 민족문학은 곧 역사소설이라는 등식관계로 이해하는 데 그쳤다.

---

60) 白樂晴, 「民族文學 槪念의 定立을 위해」, 『民族文學과 世界文學』, (創作과 批評社, 1978). p.127.

61) 朴鐘和, 「民族文學의 原理」. (『京鄕新聞』 1946. 12. 5).

62) 白樂晴, op. cit., p.135.

　　解放後 오늘날의 朝鮮의 狀態는 어떠한가? 逼逼히 내가 다시
말하지 않드라도 朝鮮民族의 한 사람이곤 가슴을 치지 않을 사
람이 없으리라. 가장 民族意識을 高潮해야 할 이때이다. 우리의
二世에게 「忠武公」의 소설을 지어 읽혀 주자. 우리 딸에게 「論介」
로 戲曲을 써서 읽혀 주자. 吳達濟・尹集・洪翼漢 三學士의 百折
不屈의 義氣를 詩를 지어 들려주자.63)

　　이와 같은 견해는, 스코트나 발자크가 역사적 문맥의 의미를 파악
하고 그것의 문학적 방법으로 역사상의 큰 인물 대신 상상적인 소시
민을 통해 근대 서민의식을 투영했던 것과는 큰 격차가 있음을 발견
하게 된다. 朴鐘和의 이런 역사소설에 대한 의식은 개화기의 역사
전기소설을 창작하거나 번역・번안했던 민족주의 작가들과 큰 차이
가 없음을 볼 수 있다. 그래서 그는 "역사소설만이 민족문학 수립에
유일한 길이라는 迷妄에서 깨어나지 못한 채 여전히 그것을 주장하
고 있는 듯하다"64)고 비판을 받게 된다. 물론 훌륭한 역사소설이 민
족문학의 일환이 될 수 있지만 월탄의 역사소설이 민족문학이란 이
름에 값할 만한 것인가는 남는 문제이다. 이제까지 朴鐘和의 역사소
설관을 살핀 바, 그는 역사소설을 민족문학의 개념으로 등식화하였
음을 보았다. 앞으로 그의 후기에 이르는 작품들까지 집중 연구하면
그에 대한 평가가 좀 더 분명해 질 수 있으리라고 생각한다.

　2) 敍述構造의 分析

　　역사소설에서의 주인공은 역사적 인물-루카치식으로 한다면 '세

---

63) 朴鐘和, 「民族文學의 原理」, (京鄕新聞, 1946. 12. 5).
64) 宋在英, 「歷史小說의 問題點」, 『現代文學의 擁護』, (文學과 知性社,
　　1979). p.63.

계사적 개인'-인 경우와 한 시대의 무명의 대중적 인물로 나누어
볼 수 있다. 역사적 인물인 경우는 많은 독자들에게 이미 드러나 있
어 작가가 표현에 제약을 받게 되며, 인물의 운명이 결정되어 있어
작품이 전개되는 과정에서 작가의 능력을 제한하기 쉽다. 그러나 한
시대의 무명의 대중적인 인물은 역사적인 사건이나 한 시대의 사회
와 민족의 운명을 드러낼 때 자유로울 수 있다. 다시 말하면, 삶의
총체적인 모습이나 민중의 삶을 포괄할 수 있는 전형적 인물이 역사
소설에 알맞은 인물일 것이다. 이것은 역사소설이 어느 특정 시기의
역사를 총체적으로 드러낼 때 세계사적인 인물은 그가 처해 있는 사
회적 지위나 성격으로 제약을 받아 포괄적인 역사의 총체성을 형상
화하는 데 적절하지 못하기 때문이다. 그래서 루카치는 역사소설의
주인공이 역사상 중요한 인물을 주인공으로 하기보다는 중간적 인물
로 설정하는 것이 더 적합하다고 말했다.65)

　역사소설의 주인공은 중간자적 입장에서 사회적 대립이나 경향을
폭넓게 연결시켜 주는 역할을 해야 되며, 이렇게 함으로써 인류의 보
편적 가치와 민중적 삶의 일상성을 그대로 보전시켜 줄 수 있다. 루카
치가 스코트의 역사소설을 극찬한 이유가 여기에 있다. 스코트는 역
사소설의 주인공을 역사상의 유명한 인물이 아니라 민중으로부터 나
온 중간적 인물로써 이들 주인공을 통해 역사상한 시기의 사회적인
여러 세력이나 계층을 연결시켜 줌으로써 민중적 삶의 전체적 모습이
나 역사적 총체성을 폭넓게 형상화하는 데 성공했다고 보는 것이다.

　이 작품에서 주인공은 신숙주이고 부수적 인물로 부인 윤씨가 등
장한다.

　문종이 병상에서 문장과 재기가 높던 申叔舟·成三問·朴彭年 등을

---

65) G. Lukacs, *The Historical Novel*, p.45.

불러 술을 따라주며 "과인이 세상을 버린 뒤에 그대들은 모름직이 힘을 다하여 이 어린세자를 도와 冥府로 돌아갈 나의 마음을 저윽이 편케하라"고 했을 때, 신숙주를 비롯한 학사들은 "백골이 진토가 되옵드라도 삼가 명을 받들겠나이다"라고 맹세를 했다. 그러나 여덟이나 되는 자식을 죽이겠다고 위협한 세조에게 신숙주는 두 번 절하고 만다. 자기 부인에게 "사람은 절개가 가장 중요한 것이오. 사나희나 녀자가 목숨보다 더 중요한 것은 절개란 것이오. 사나희로서 두 님검을 섬기는 것은 마치 녀자로서 두 사나희를 섬기는 것이나 마찬가지오"라고 말한 그가 자식들 때문에 절개를 지키지 못하는 의지가 나약한 인물로 설정되었다. 따라서 그는 세조가 협박할 때 자식들이 죽는 환상에 빠지고, 부인에게 변절한 사실을 말하려고 머뭇거리다 말며, 곧 이어 변절을 후회하고 만다. 성삼문 등이 국문을 당하면서도 기를 굽히지 않으며, 오히려 왕의 곁에 있던 신숙주에게 성삼문이 '개만도 못한 놈아'라고 대갈일성을 할 때 신숙주는 어쩔 줄 모르고 발끝만 보고 있다가 피하는, 의지가 약한 인물로 설정되어 있다.

　朴鐘和는 신숙주의 변절 과정을 심리적으로 잘 묘사하려 하였으나 지나치게 피상적이며 변절을 변명하기에 급급한 편파적인 입장에서 직접 서술했다. 물론 義와 자식에 대한 사랑의 갈등은 있을 수 있는 것이나 의를 포기하는 과정에서 개연성이 없는 인물이 되었다. 반면에 그의 부인 윤씨는 신숙주와 마찬가지로 평면적 인물로 묘사되었으나 이성적이고 지극히 건전한 인물로 되어있다. 평소에 마시지 않던 독한 술을 마신 남편을 보고 죽음을 선택했으리라고 예측하여 그 자신도 '실 한 올애기를 격한 듯한 죽음과 삶 그 사이에 세운 자긔 집 왼 가족의 운명을 생각하는' 인물로 되었다. 신숙주가 義와 자식 사이에서 고민하다 義를 포기했을 때 그 부인은 자식을 포기하고 죽

음을 기다렸고, 사육신이 죽음의 형장으로 간다는 전갈을 듣고 남편
의 소식을 기다리며, 의례 남편도 죽을 줄로 알고 죽음을 위해 자신
을 정리했던 인물이었다. 또 윤씨는 죽지 않고 軺軒을 타고 남편이
돌아오자 그 다음날 대들보에 목을 매고 죽어 버렸다. 이런 인물의
설정은 작품 구조상 큰 결함으로 작용한다. 부수적인 혹은 보조적인
인물인 윤씨는 주인공과 충돌하든지, 아니면 주인공의 내면적 갈등
을 돕든가 해야 되는데 그렇지 못했다. 중도적 인물로 윤씨를 등장
시켜 신숙주의 고민을 극대화시켰어야 했다. 인물 중심으로 이 작품
을 썼기 때문에 역사는 사건의 동기를 제시하기 위한 배경으로 존재
할 뿐 작가의 역사관은 노출되지 않고 하나의 사건을 이야기한 것으
로 끝나고 말았다.

　구성은 주제를 드러내기 위한 사건의 배열이다. 시간 순서에 따른
것이 아니라 인과관계에 따른 배열을 의미한다. 따라서 이 구성은
사건의 핵심이 되는 주인공의 행동에 의해서 엮어진다. 이렇게 짜여
진 것은 그럴듯하게 되어져야 한다.66) 이 작품에서 朴鐘和는 우선
이 그럴듯함(plausibility)에 실패했다. 이 점은 이 작품의 끝에서 보
이는 놀람(suprise)에서 보인다. 이에 대해 염상섭은 이미 다음과 같
이 지적한 바 있다.

　　그러나 申叔舟 夫人 尹氏가 自殺한 데 對하야는 疑問이 만타.
事實이라든지 傳說의 如何는 姑捨하고 尹氏가 죽엇다는 것은 現
代人의 見地로서 論議하지 안트라도 無意味한 일이 아닌가? [中
略·引用者] 아모리 道德의 典型이라 할지라도 尹氏가 自己의
死로써 男便이 忠臣이 될 理도 업슬 것이요. 八兄弟 子息에 대한
愛着이 男便에 지지 안을 것은 分明한 일이 안인가?67)

66) W. Kenney. op. cit., pp.19~20.
67) 廉尙燮, op. cit., p.37.

이렇게 지적한 이유는 朴鐘和는 신숙주에게만 지나치게 몰두하여 심경변화의 추이를 확대 강조하였고, 다른 인물에 대하여는 피상적으로 흘렸기 때문이다. 다시 바꾸어 말하면, 신숙주의 변절의 논리에만 초점을 맞추었기 때문이다.

신숙주의 변절의 논리는 이와 같다. 신숙주의 평소의 지론은 '사나희나 녀자나 목숨보다 더 중한 것은 절개란 것이오. 사나희로서 두 님검을 섬기는 것은 마치 녀자로서 두 사나희를 섬기는 것이나 마찬가지'라는 것이다. 不事二君의 유교적 규범을 어느 누구보다도 잘 알고 있다. 이러한 그가 변절하게 된 것은 여덟의 자식 때문이었다. 그는 세조 앞에 불려가 협박당하고 고민하게 된다.

숙주는 눈을 감엇다. 그의 눈에는 지금 곳 이 자리에서 무사가 시퍼런 서리 가튼 칼을 가지고 자긔의 목을 향하여 네리치는 모양이 보인다. 눈이 부시도록 처참한 칼날이 번개불 가티 번적할 째에 휘-ㄱ 하고 찬 바람이 돌며 자식의 목은 쑥 썰어져 싸위로 듸굴듸굴 굴럿다. 목에서 쑥 썰어져 흐르는 싯뻘언 더운 피는 쓸에 깔린 하얀 모래를 石榴알가티 샛밝아케 물들여 노핫다. 이째에 세상에 잇는 모든 사람과 백성들은 다 자기를 칭찬하얏다. 「아-참 신숙주는 충신이다.」, 「거룩한 양반이다.」, 「참, 만고의 충신이로다.」……中略……숙주는 저윽이 미소하랴 할 째에 그의 눈에는 총명하고 어여쁜 자긔의 여듧 아들의 얼굴이 보인다……中略……여듧 아들들이 심히 부르지즐스록 번적어리는 칼들을 든 여러 흉악한 놈들은 우악한 주먹과 발로 연약한 여듧 아들을 싸리고 찻다. 나중에 그 흉악한 놈들은 일시에 칼을 휘둘러 여듧 아들의 목을 베엿다.……中略……아모것도 모르고 다만 무서움에 고사리 가튼 손을 허우적어리며 「엄마-」를 슯히 불러우는 칠룡이와 팔룡이의 어린 목도 베어져 연붉은 피가 한 방울 한 방울으로 숨여든다. 숙주는 몸이 옷슥해지며 정신이 앗득하얏다.[68]

68) 朴鐘和, 「목매이는 女子」, (『白潮』 제3호, 1923. 9). p.30.

세조가 신숙주의 반응이 없을 때 '어린 자식들의 잔인한 죽음이 보고 십흐냐'고 협박하자, 신숙주는 위의 긴 인용문과 같은 환상에 사로잡힌다. 어떤 대상에 대하여 지나치게 미화했던 월탄의 기법은 여기서 과장된 설명을 장황하게 늘어놓은 이때부터 길들여진 듯하다.

위 인용문의 환상은 신숙주가 변절하게 되는 직접적인 동기가 된다. 세조의 회유와 협박에 의한 심경변화는 "마치 어린 아이를 매로써 위협하고 사랑으로써 달래임가터 그를 달래게 된 결과"라고 했다. 결국 朴鐘和는 그 자신의 이와 같은 진술대로 신숙주를 '어린 아이'로 만들어 놓고 만 것이다.

신숙주는 드디어 '자긔 한 사람만이 의아닌 사람, 고약한 놈이 되면 여듧이나 되는 사람의 목숨을 살릴 수가 잇구나' 하고 결단을 내렸다. 이와 같은 신숙주의 심경변화와 변절의 논리는 그를 변호 변명하는 것이 아니라 오히려 또 다른 추악한 일면을 드러내는 꼴이 되고 말았다. 더구나 그의 부인은 신숙주의 행위를 보고 죽기까지 했다. 자식에 대한 사랑이 모성애의 전부인데 오히려 부인이 아들을 포기했다. 작품이 윤씨 부인의 절개를 주제로 삼았다면 몰라도, 개인이 부딪쳐야 되는 역사적 사건에 있을 수 있는 자기변호라면 윤씨보다 못한 추잡한 인물이 된 것이다.

분규는 갈등이 절정으로 향해 가는 사이를 말한다.[69] 소설에서 분규의 중요함은 케니(W. Kenney)의 지적대로 아무리 과대평가되어도 지나치지 않는다. 그래서 위대한 작가의 천재성은 '분규에 대한 창조력과 조정력(invential and control of complication)'에 있다고 한다.

처음 쓴 소설에서 朴鐘和는 이 분규에서 상당한 혼란을 일으키고

---

69) W. Kenney. op. cit., p.18.

있다. 전부를 6장으로 나눈 이 작품에서 朴鐘和는 역순행적 구성법을 쓰기는 했으나 단편이 가지고 있어야 할 치밀한 구성은 보여주고 있지 못했다. 이 작품을 시간 순서대로 놓으면, 제1장 세조에서 순종할 것을 승낙하고 집에 돌아온 뒤의 이야기, 제4장에서는 순종을 약속하고 돌아온 것에 대해 밤새 괴로워하다 아침에 윤씨에게, 세조에게 승낙한 것을 말하려다 그냥 입조했고, 제5장은 성삼문을 비롯한 사육신이 문초 후 형장으로 가는 이야기, 제6장은 윤씨가 신숙주가 죽은 줄 알고 자신도 죽음에 대비하다가 승진된 신숙주가 돌아오자 그날 밤 죽는다. 제2장은 문종이 총애하는 신하들에게 후사를 부탁한다는 것, 제3장은 세조가 신하가 되기를 강요한 것으로 각각 서술되어 있다.

신숙주의 갈등은 세조의 신하가 되느냐 아들들과 함께 죽음을 택하느냐에서 변절에 대한 자책감으로 변한다. 그리고 이에 대한 내면적 갈등은, 성삼문이 국문을 당하다 '개만도 못한 놈'이라고 한 모욕적인 말을 듣고, 그리고 대신이 되어 들어 왔을 때, 부인이 '웨 영감은 죽지 않고 돌아오셔요'라고 하자 얼굴이 벌게지는 곳에서 극대화된다. 이때 내면적 갈등이 최고조에 달한다. 그러나 결말은 전혀 다른 곳에서 이루어지고 있다. 즉 주인공의 운명이 분명해지고 성패가 결정되어지는 해결이 신숙주에게서 이루어지는 것이 아니라 관찰자와 같은 보조적 인물인 그의 부인에게서 이루어지고 만다. 물론 외면적 갈등이 부인과의 사이에서 있었다면 가능하겠지만 고백하려다 그만둔 상태로 끝난 것이다. 그러나 피상적이며 개괄적인 갈등의 암시는 있다. 즉 도덕적 규범이 골격을 이룬 이상과 개인의 이해관계가 근거가 된 현실인식에서 비롯된 갈등이 있다. 이것을 도식화하면 그 계보는 다음과 같다.

　　理想→理想的→道德的 規範→名分→集團의 삶→절개→善→尹氏
　　現實→感性的→個人의 理解→實利→個人의 삶→변절→惡→申叔舟

　　이러한 단순논리가 이 작품의 근간을 이루는 것으로 갈등은 이 둘 관계에서 유지되고 해소된다. 분규의 혼란은 이 둘의 대립 또는 충돌이 이루어지지 않고 평행을 긋는 데서 귀결된 것으로 신숙주의 변명에 대한 이해와, 윤씨에 대한 아름다운 이야기를 복합적으로 구성하려는 데서 기인한 것으로 보인다.

　　그리고 또 문제는 이 작품에서 분규가 해소되는 과정이 이성적·논리적 관계를 유지하지 못한 채 감정적이고 비이성적인 상태에서 이루어졌다는 데서도 찾을 수 있다. 개인의 삶이 다분히 감정적이지만 지향하는 바가 이성적인 것이라면 朴鐘和가 그린 신숙주는 기회주의자며 절개나 의리가 없는 아이보다 못한 인물이라는 것에서 한 발자국도 더 못 나간다. 그렇다면 朴鐘和는 어째서 이렇게 치졸한 인물로 만들어 놓았겠는가? 이에 대해 金宇鐘은,

　　月灘은 이 작품에서 혈연적 애정에 대한 진실성과 사회적 정의에 대한 진실성 중 어느 길을 택할 것인가 하는 비극적 씨츄에이션을 만들어 놓았다. 具體的으로 말하자면 그 뛰어난 학문적 재능을 탐내고 幹部 臣下로서 기용하려던 世祖의 권고를 叔舟는 감히 거절한다. 죽음을 각오한 이 항거는 叔舟의 사회적 정의에 대한 진실성을 말하는 것이다. 그런데 다음에 자식들까지 죽이겠다고 위협하자 叔舟는 자식들에 대한 애정 때문에 굴복하고 마침내 「變節者」가 된다. 이리하여 叔舟는 사가들의 기록과 그 평가대로 변절자로 표현되고 말지만 그가 그렇게 되기까지의 인간적인 고민은 아무도 그를 미워할 수 없게 만들고 있다.[70]

---

70) 金宇鐘, op. cit., p.171.

124

라고 쓰고 있다. 만일 위와 같은 진술 중에서 인간적 고민이 어린 아이의 수준 정도라도 좋을 것인가? 그리고 결말을 변절자의 비굴한 모습대로, 인간적 고뇌에 의한 변절의 논리대로 궁색한 변명도 똑똑히 못하고 부인 윤씨를 죽게 한 것은 무슨 이유일까? 성삼문 등 사육신의 인간적 고뇌와 신숙주의 인간적 고뇌의 차이는 무엇일까? 비교가 불가능한 것일까? 변절의 변명은 오히려 더욱 이기주의적인 인물로 끝이 나게 하고 말았다. 결국 구성이 치밀하지 못하고 기교가 미숙한 때문이라고 이해할 수밖에 없다.

3) 사회적 규범과 개인의 삶

「목매이는 女子」도 李光洙의 「嘉實」과 같이 단편소설이다. 「嘉實」은 구성이 단편소설로서의 압축성·집중성·강렬성이 결여되어 있어 단일한 효과를 내기가 어려웠다. 그러나 이 「목매이는 女子」는 주제를 선명하게 부각시켜 주지 못한 구성상의 문제를 제외하면 단편으로는 큰 문제는 없다. 사건을 압축하여 한곳으로 집중시켜 강렬한 인상을 주도록 노력했다. 그럼에도 불구하고 단편역사소설인 이 작품이 안고 있는 한계는 무엇일까? 그것은 두말할 것 없이 역사성의 문제이다. 崔載瑞는,

　　한 스토오리를 중심하여 그에 부수된 모든 사건을 취급하고 또 그 주요한 人物들로 하여금 그 성격을 충분히 전개시키기 위하여서 그것은 긴 스페이스를 요구한다. 다시 말하자면 小說이 歷史性을 획득하자는 것이니, 歷史性을 가지는 데서 長篇小說은 그 본질을 나타낸다.[71]

71) 崔載瑞,「長篇小說과 短篇小說」,『崔載瑞評論集』,(靑雲出版社, 1961). p.337.

　장편소설이 역사성을 획득하기 위한 양식이라면, 역사소설은 반드
시 장편소설이어야 한다. 만일 단편역사소설을 쓴다면 역사적 진행
을 다루는 데 있어서 그 원인과 결과를 독자의 예비지식에 의탁함으
로써 그것의 묘사를 어떻게 간략하게 하며 그러면서도 역사적 배경
이 충분히 인식되도록 구성해야 할 것인가 하는 난점을 극복해야 한
다. 그러나 장편일 경우는 역사적 진행상황을 소상하게 묘사할 수
있다. 더구나 단편역사소설에서는 주제의 단순화·집중화가 구체
적·역사적 상황에 근거하여야 된다는 전제조건을 어떻게 해결해야
할 것이냐 하는 어려움이 있다. 특히 단편 양식의 장점이 정적인 상
태에서 실재성을 쉽게 이해시키려는 것에 있음에 비해, 장편의 장점
은, 실재성을 정확히 포착하기 위해서는 충분한 시간 가운데 역사적
으로 전개시켜야 되는데 이러한 데서 파악되는 역사성에 바로 놓여
있다.[72] 그래서 최재서는 가족사 소설의 등장이 역사적 관심의 표현
이라고 했다.
　이와 같이 단편역사소설이 갖는 문제점은 역사소설의 본질에 접근
할 수 없다는 데 있다. 이미 이와 같은 문제점은 「嘉實」에서 언급했음
으로 줄인다. 다만 이 소설이 갖고 있는 문제점만 살펴보고자 한다.
　역사소설은 작가의 역사에 대한 해석에서 출발한다. 작가가 특정
한 시대를 어떻게 인식했는가 하는 역사관이 역사소설의 존재를 가
능케 하는 이유 중에 하나다. 따라서 사관의 차이로 말미암아 같은
사건에 대해 몇 편의 역사소설이 쓰여질 수 있게 되는 것이다.
　이 「목매이는 女子」의 경우 단편소설이므로 시대적 배경을 구현하
는 데 필요한 구성적 공간도 없고, 그 시대를 독특하게 드러낼 수
있는 인물도 설정되어 있지 않다. 단지 사건과 인물이 중심이 되어

---

72) Loc. cit.

있을 뿐 역사는 시간적 배경에 그치고 말았다. 사건에 대처하는 인물의 행동과 심리적 갈등이 노출되었다. 그것은 유교적 윤리관의 테두리 속에서 지고의 선을 추구하는 이상적이고 모범적인 인물로 구현되었다. 이러한 역사의 차용은 그 시대가 지니고 있는 역사상의 맥락과도 연계되어 있지 않고, 그 시대 민중의 총체적인 삶의 모습도 보여줄 수가 없었다. 그뿐 아니라, 현재의 문제를 과거의 역사 속에서 추출해서 재해석할 수 있는 우의성도 없다. 이렇게 본다면 진정한 의미의 역사소설이라고 보기 어렵고, 역사물로의 도피이며, 대중 취향에 영합하려는 재미있는 이야기에 지나지 못할 것이다. 더구나 작가가 자기시대에 대해 철저한 인식과 이를 바탕으로 한 시대정신마저 없이 복고적 취향에 빠진다면 작가는 대중에게 기호품을 공급해 주는 그 이상의 의미를 지닐 수 없게 되는 것이다.

이 작품은 당시의 유교적 윤리관이 신숙주의 변명 – 변절하기까지의 심경변화에 대한 – 을 허락할 수 없는 상황에서 부인 윤씨가 자살하는 것으로 종결되어 진다. 사회적인 규범과 개인의 삶의 문제가 조화되지 못하고 어떤 파국이 초래될 수밖에 없었을 때, 변절한 신숙주는 사회적 규범인 유교적 윤리관으로 말미암아 지탄을 받게 되고 윤씨는 개인의 삶을 포기하고 사회적 규범을 따라 추앙의 대상이 된 것이다. 결국 윤씨의 죽음이 사실이야 어떻든 도덕적 규범을 따르는 것이 마땅하다는 당위론에 입각한 작가의 상상력의 결과라고 볼 수 있다. 그러나 이 윤리관은 그의 상상력을 제한한 것이고 작가적 역량을 보일 수 있는 부분은 신숙주의 변절행위에 대한 필연적 이유를 부여한 것과 부인의 죽음에 대한 것뿐이다.

더구나 이 작품은 문종 즉위에서 단종·세조로 이어지는 1450～1460까지 10여년의 역사의 흐름을 독특한 작가의 사관에 의해 해석

된 것이 아니고, 특히 단종복위사건에 대한 나름대로의 해석이 전혀
없이 세조의 신하가 된 원인을 변명하는 것으로 되어 있다. 이렇게
역사에 대한 뚜렷한 관점이 없이 변절한 신숙주와, 절개를 지켜 죽
은 윤씨를 대비시켜 놓고 나머지 해석을 독자에게 밀어 버린 꼴이
되었다. 경우에 따라서는 절개를 지킨 윤씨에 초점을 맞추어야 되리
라고도 본다. 이것은 충의관을 기준으로 삶의 태도를 가름한 가치관
에 근거한 것이다. 朴鐘和는 이 작품에서 단종복위사건 자체에 나름
대로 어떤 역사적 안목을 제시하지 않은 채 정사적 입장에서 긍정하
고 난 뒤 개인 문제로서 신숙주가 겪는 갈등을 피력했다. 이것은 이
광수나 김동인이 「端宗哀史」와 「大首陽」에서 자신들의 견해를 제시
했던 것[73]과는 큰 차이가 있다. 朴鐘和는 이와 같이 역사를 素材槪
念 그 이상으로 취급하지 않았다. 그 뒤에도 이와 같은 창작태도를
견지했음을 다음과 같은 인터뷰기사에서 확인할 수 있다.

　　- 그러면 歷史小說에 있어서의 芸術性과 政治性, 或은 歷史小
　　說에 있어서의 史實性과 虛構性 같은 것은 어떠케 보십니까?
　　- 歷史小說에 있어서 政治性이라든지 史實上은 事件을 展開시
　　켜 가는 한 「푸로트」에 지나지 못한다. 歷史小說도 現代小說과
　　마찬가지로 芸術性에 依해서 作品이 史定('決定'의 오식인 듯-
　　引用者 注) 되여지는 것이다. 歷史的 事實에 充實하기 위해서 小
　　說의 虛構性이나 芸術性을 否定하지는 못할 것이다. 小說은 어디
　　까지던지 小說이요 正史가 아니기 때문에 歷史小說도 역사에서
　　取材한 한 개의 文學作品인 것이다.[74]

역사소설을 역사를 소재로 한 작품으로 파악하고 있음을 볼 수 있

73) 趙鎭基, 「作家와 歷史解釋」, 『韓國現代小說研究』, (學文社, 1984).
　　pp.272~274.
74) 「朴鐘和 訪問記」, 『民衆日報』 1947. 10. 19.

다. 이와 같은 역사소설관은 역사소설이 역사를 해석하는 것이 본령임을 터득하지 못한 데 있다. 그러나 역사소설이 역사를 재구해 놓은 것이 아닌, 허구와 예술성에 의해 표현된 것임을 분명히 한 것은 비록 이 글이 광복 후의 글이라 해도 주목할 만하다. 다만 역사해석보다 허구성과 예술성을 전제로 역사의 재구는 통속화의 가능성을 항상 지니게 되며 거기다 역사를 꿰뚫어 볼 수 있는 통찰력이 결여되었을 경우, 역사의 私用化가 문제될 수 있을 것이다. 그리고 작가가 史料에 대해 충분히 검토하지 않고 正史에 의존한다면, 작가는 역사적 통찰력을 스스로 포기하게 되며 역사소설은 야담류로 전락하게 될 우려도 있다.

「목매이는 女子」에서 朴鐘和는 신숙주의 변절과정을 正史的 입장을 긍정했던 것과는 달리 尹氏는 朝鮮朝實錄을 근거로 하지 않았다. 실록에 기록된 대로 창작했다면 이 작품이 변절한 신숙주와 대조되어 극적 효과를 가미시킨 義로운 윤씨의 表揚은 불가능했기 때문에 실록의 내용을 근거로 하지 않았던 것이다. 세조 2년 정월을 기록한 世祖實錄에 수록된 윤씨의 사망 기록을 보면 다음과 같다.

>   上聞 大提學申叔舟妻尹氏病劇, 命其兄同副承旨尹子雲, 賫藥往救俄以訃聞, 上驚悼遽撤膳, 御札示承院曰, 申大提學非他例功臣 而又在萬里之外, 且諸子皆幼, 予之哀側, 莫能盡述政院布置, 官爲斂葬, 其官致祭等事 詳悉以啓[75]

위의 글대로라면 윤씨는 正月에 병사했고 신숙주는 만 리 밖에 출타해 있었다. 그리고 단종복위사건으로 사육신이 죽임을 당한 것은 같은 해(1456) 6월 8일로 되어 있어 작품과 사건이 뒤바뀌어 있음을

---

75) 『世祖實錄』 卷三, 二年 丙子 正月 癸巳條, (國史編纂委員會編, 제7권). p.111.

알 수 있다. 윤씨의 죽음과 단종복위사건으로 인한 사육신의 죽음과는 아무런 관련이 없다.

비슷한 시기 일어난 두 사건-윤씨의 병사와 사육신의 순절-을 중심으로 朴鍾和는, 충의에 대한 번민에 쌓여 있는 신숙주와 의를 위해 죽음을 각오한 체념의 자세를 취한 윤씨를 도덕적·유교적 윤리관으로 부각시켰다. 더구나 단편소설로 씀으로 말미암아 폭넓은 사건을 수용하지 못하고 그 결과로 15세기 중엽에 있었던 역사의 흐름을 보지 못했고 따라서 그 당시의 역사적 맥락을 이해할 수 없었다. 이런 까닭으로 朴鍾和는 역사를 化石化되어진 진공상태로 만들고 말았다.

4) 창작기법의 전환

이 작품에 대한 문학사적인 평가는 대개의 경우 최초의 역사소설로 꼽는 것으로 되어 있다.[76] 그 이유는 역사적 인물과 역사적 사건이 전개되어 있기 때문이라고 했다. 특히 金宇鍾은,

> 그는 주인공 叔舟를 사가들의 평가대로 '變節者'로 그려 갔다. 首陽大君을 어디까지나 잔인한 학살자요, 成三問·朴彭年 등을 어디까지나 忠臣으로 그린 것도 마찬가지다.
> 「목매이는 女子」는 이처럼 역사적 사실이나 그에 대한 일반적인 사가들의 평가를 왜곡하지 않으면서도 그 인물의 내면적인 세계를 파고 들어가 특유한 새로운 평가의 세계를 시험한 것이다. 즉 월탄은 申叔舟가 변절자라는 사실을 그대로 시인해 놓고 그가 그렇게 되기까지의 심리적인 변천과정을 그려나갔다.[77]

76) 이러한 견해는 앞서의 朴桂弘·趙演鉉·金宇鍾 등의 글에서 발견된다.

77) 金宇鍾, op. cit., p.170.

130

역사에 새로운 해석이 없이 다만 주인공의 심리적 변천을 그렸다
고 하는 것을 높이 평가했다. 그래서 그는 비록 '文章 기타에 未熟性
이 있었다 하더라도 역사소설의 방법으로서는 실패가 없었다'고 했
다. 그러나 이러한 견해에 비해 安百憲의 지적이 오히려 설득력이
있다. 즉,

> 역사적 사실, 그 자체만 충실하고자 한 月灘의 歷史小說觀은
> 王權中心社會의 宮中悲史 내지는 과거 歷史의 한 부분을 充實하
> 게 復元할 수는 있어도 歷史 속에 살아 숨쉬는 생생한 인간의
> 이야기가 되지 못한 결함을 갖게 된다.[78]

고 하여 부정적 견해를 보였다. 이런 선행 작업을 토대로 몇 가지를
점검해 볼 수 있다.

우선 역사상의 사건과 인물을 소재로 취한 것을 역사소설이란 이
름을 붙였던 것을 앞서의 논문에서 볼 수 있다. 그러나 이 작품은
사건과 인물을 중심으로 하여 하나의 이야깃거리는 제공해 주었지만,
거대한 역사의 흐름 속에서의 인간의 운명이라든가 역사의 법칙성
같은 것을 보여 주지 못했다. 특히 당대 사회적 문맥과 관련성을 찾
기 힘들며, 또 주인공이 속해 있던 시대가 그 전후의 역사와 어떤
관련을 맺고 있으며 그 시대의 독특한 사회적 분위기를 포함한 총체
적인 삶의 모습은 더욱 찾아볼 수 없다. 단지 事實에 크게 어긋남이
없이 큰 사건에 관련된 부수적 인물의 이야기를 그려낸 것이다.

그리고 역사를 대하는 그의 태도도 새로운 면이 없었다. 李光洙가
「端宗哀史」에서 흑백논리로 단종을 비롯한 김종서·이양·사육신을
긍정적 인물, 선의 인물, 정의의 인물로 그렸고, 수양대군을 비롯한

---

78) 宋百憲, op. cit., p.176.

정인지·신숙주를 부정적 인물, 악의 인물, 불의의 인물로 만들었다. 이에 대해 김동인은 그 반대의 입장에 섰다.

朴鐘和는 그 어느 쪽에도 직접적인 해석을 유보한 채, 李光洙의『端宗哀史』에서 평가된 인물을 그대로 두고 그중에 신숙주를 택해, 신숙주가 변절하게 된 원인 규명에 몰두한 것에 불과하다. 이 과정에서 朴鐘和는 유교적 윤리관을 강조하였고, 신숙주가 자식을 사랑하기 때문에 불가피했던 변절의 논리를 朴鐘和의 독특한 과장의 표현으로 보여 주었다.

또 그는 사건을 폭넓게 다루어야 함에도 단편소설의 장르상 한계로 역사의 흐름을 표현하지 못했다.

이와 같은 부정적 요소가 많음에도 1920년 우리나라의 상황을 감안한다면, 하나의 업적으로 평가해도 좋으리라고 본다. 특히 朴鐘和는 신숙주나 윤씨가 처해 있던 사회적 구조나 상황을 총체적으로 묘사하지 못했을지라도 연대기적 서술에서 벗어났고, 작품 구성력이 개화기보다 뛰어남을 볼 수 있다. 문체의 호흡이 지나치게 빠르다고 느껴질 정도의 간결체로 되어져 있음은 당시에 신선미를 배가시켰을 것이다.

따라서 이 작품은 개화기의 역사전기문학에 비해 역사소설의 새로운 면을 보여준 작품이라고 할 수 있다.

(3)『端宗哀史』

李光洙는『端宗哀史』가 연재되는 동안,『無情』연재 당시와 같은 환호와 갈채를 받았다. 이 작품을 '春園文學의 白眉'[79]라고 하는 까닭은

---

79) 朴鐘和,「解說」,『李光洙全集』제5권(三中堂, 1963). p.550. (이하『李光洙全集』은『全集』으로 줄임).

여기에 있다. 「端宗哀史」는 「先導者」・「許生傳」・「金十子架」(未完)・「再生」・「一說春香傳」・「麻衣太子」 등에 이어 역시 「東亞日報」에 연재되었다.[80]

1) 통념적 역사의 소설화의 문제

李光洙는 역사소설이 역사를 그대로 재현하는 것이라고 본 것이다. 이 문제는 李光洙의 역사소설이 가지고 있는 한계라고도 볼 수 있다. 이것은 역사소설이 역사적 진실성과 예술성을 드러내는 독특한 소설 양식임을 인식하지 못한 데 기인한다. 그가 「端宗哀史」 연재 도중 「三千里」에 발표한 「端宗哀史에 대하여」란 글 중에서 이런 대목을 볼 수 있다.

> 이런 그 분의 史記는 朝廷에서 編纂힌 國史 속에 그렇게 소상하지 못하나, 野史로 내려오는 것에는 正確한 것이 많습니다. 지금 내가 쓰는 根據는 그 正史와 野史의 두 가지인데, 그러기에 아무쪼록 作者의 幻像을 빼고 歷史上에 나오는 事件 그대로, 또 實存人物 그대로 文學上에 再現시키기에 애쓰는 터이외다.[81]

또, 같은 「三千里」(1930. 5)의 『「革命家의 아내」 某家庭』이란 글 속에는 이렇게 쓰고 있다.

> 그리고 史實에 忠實한 것으로는 〈端宗哀史〉를 들겠다. 〈端宗哀史〉 속에 나오는 人物은 그때 朝廷과 民間에 起居하던 人物이었고, 史實도 宮廷祕史에 忠實한 바가 많았었다.[82]

---

80) 「端宗哀史」는 「東亞日報」에 1928년 11월 30일부터 싣기 시작하여 11번 휴재를 거듭한 끝에 1929년 12월 11일에 217회로 끝냈다.
81) 『全集』 제16권. p.273.

여기서 '작자의 환상을 빼고 역사상에 나오는 사건 그대로' 또 '실재인물 그대로 문학상에 재현시키기에 애썼'다는 말에 주목할 필요가 있다. 작가의 능력은 역사적인 사실에 근거하여 살만 덧붙일 뿐, 작가의 창조적 역량을 드러내지 못하고 만 것이다. 따라서 과거에 있었던 민족의 참된 모습을 파악할 수 없을 뿐더러, 당시의 평민들의 사회상은 찾아볼 수 없다. 물론 李光洙의 이런 것이 역사소설의 本領이 아님은 두말할 필요도 없다. 바로 이런 안목에서 쓰여졌기 때문에 김동인의 「春園研究」에서 혹평을 받게 된다.

李光洙는 과연 현재 역사의 구체적 전신으로 단종사건을 어떻게 파악하여 재현시켰는가? 이것은 이 작품 전체에서 어떻게 그 모습을 드러냈는가? 그러나 유감스럽게 이 점은 김동인의 지적대로,

> 소설 구성에 있어서 몰각할 수 없는 이런 여러 가지의 문제를 도외시하고 단지 「어린 몸으로 마음에 없이 禪位를 하고 마지막에 가련한 최후까지 보았으니」 하여 소년왕이니 불쌍하다는 단순한 견해로 결말을 지었는지라 이것은 인생의 일면도 아니요, 당년의 사회상의 검토도 아니요, 단지 소년왕의 一代記에 지나지 못한다.[83]

라고 본 것으로 秋江 南孝溫의 「六臣傳」을 그대로 敷衍한 것에 지나지 않다는 것이다. 생육신의 하나인 남효온의 입장에서 조명된 이 사건의 기록을 그대로 답습한 것이다. 그 자신이 언급한 대로 '인정과 의리'[84] 이것이 이 작품의 전부일 뿐 그 나름의 史觀이나 역사의

---

82) Ibid., p.277.

83) 金東仁, 「春園研究」, 『東仁全集』 제8권(弘字出版社, 1967), pp.554~555. (以下 「全集」으로 줄임)

84) 『全集』 제16권, p.273. 춘원은 「작자의 말」에서 '인정과 의리'가 이

식은 표현의 대상으로 삼지 않았다. 결국 李光洙는 김동인의 말대로 史話의 기록자라는 書記役에서 '史實의 再生'이라는 소설가 역으로 躍上할 노력을 포기한데 이 「端宗哀史」의 치명상이 있는 것이다.

더구나 역사를 한낱 교훈적인 측면에서 고려의 대상으로 삼았던 李光洙는 역사는 모든 사실을 증명한다는 식의 靜的인 면만을 보아 진보의 개념이 빠져있어 무역사성의 세계에 놓여 있다. 카(Carr)가 '역사는 본질상의 변화요, 운동이요, ─만일 여러분이 낡아빠진 말이 라고 탓하지 않는다면─進步입니다.'[85]라고 한 것과는 대단한 차이가 있다. 그가 인식한 역사는 다음과 같은 글에서 파악할 수 있다.

풀과 나무들의 본성은 가을 서리 내릴 때를 당하여서야 분명히 알게 된다. 갈대는 말라버리고 참대는 더욱 푸르다. 돌피는 태워버 리고 벼 알갱이는 걷어 들인다. 서리치는 모진 바람이 밤을 새어 냅다 불 때에는 떨어질 잎은 다 떨어지고 소나무, 잣나무만 까딱 없이 청청하다. 이리하여 가을철은 천지의 대좌기(大坐起)로 일년 간 지내온 초목에도 마감(磨勘)을 보는 심판 날이 된다.

개인의 일생에도 몇십 년에 한번씩 또는 몇백 년에 한번씩 이 러한 마감 날이 온다. 평상시에는 다 비슷비슷하여 별로 차별이 없는 듯하던 이들(개인이나 민족이나)도 이날 우뢰 같은 운명의 호령과 형문, 곤장 같은 자작얼(自作孼)의 아픈 매가 벗은 몸뚱 이를 후려갈길 때는 지금까지 쓰고 있던 탈바가지도 다 집어던 지고 대번에 개개 실토를 하게 되는 것이다. 이러한 대좌기를 겪 고 난 뒤에야 그가 갈대인지, 참대인지, 무쇠인지, 강철인지가 판 명이 되는 것이다.[86]

소설에서 쓰고자 하는 바임을 역설했다.

85) Carr, E. H. *What is history*, 吉玄模譯, 『역사란 무엇인가』(探究堂, 1966), p.174.

86) 『全集』 제5권, p.219.

앞에서 카(Carr)의 말을 그대로 받아들인다면 이것은 史觀의 미숙이라고 볼 수밖에 없다. 역사를 발전이나 진보의 개념으로 파악하지 않고 도덕적인 것과 비도덕적인 것의 영원한 투쟁으로 파악했다. 그래서 그의 역사소설의 주인공은 사회적 역사적 관련보다는 도덕적 심리적 묘사가 주를 이룬다.[87] 이런 안목에서 창작된 「端宗哀史」는 감상적인 국사 소개가 있고 효과면에서 슬픔이나 눈물을 자아냄으로써 심정적인 충족을 가져올 뿐이다. 따라서 역사의식이나 사관은 따져 볼 필요도 없다. 다만, 단종사건을 두고 어떻게 해석했느냐 하는 물음만 남을 뿐이다.

2) 敍述構造의 分析

李光洙는 이 「端宗哀史」에서, 단종의 슬픔을 극화시키고 수양의 잔혹한 면을 부각시키기 위해서 인물을 대립적 구조로 설정하였다. 다시 말하면 李光洙는 인정과 의리를 드러내기 위해 등장인물을 선과 악 두 편으로 갈라 세웠다. 여기서 선악의 대립에서, 충이나 의에 대립되는 요소는 악으로 나타냄으로 극대화되었다. 그리고 거기서 소년왕의 슬픈 일대기를 그려내려고 했다.

단종을 중심으로 했을 때, 단종의 쪽은 선이고 의이고, 반대 쪽 즉 수양대군 쪽은 악이며 불의였다. 이 점은 작품을 묘사하는 동안 시종 일관했다. 특히 수양대군, 정인지, 신숙주, 한명회 등의 묘사에서 더욱 두드러지게 나타난다. 예를 들면, 수양의 경우,

열여덟 아우님 종에 가장 말썽꾸러기로 부왕께 걱정을 듣는 이는 수양대군과 안평대군 두 분이었다. 수양은 호협하고 안평은

---

87) 李英姬, op. cit., p.67.

> 방탕하였다. 수양은 열네 살에 남의 집 유부녀의 방에서 자다가
> 본서방에게 들키어 발로 뒷벽을 차서 무너뜨리고 달아나기를 십
> 리나 하였고.[88]

라고 썼다. 그 외에 '감았던 눈을 뜰 때마다 피비린내 나는 꾀가 나오
는'[89] 정인지, '얼음같이 차디찬 욕심의 돌로 설레는 양심의 병아리를
꽉 눌러 질식을 시'[90]킬 것 같은 신숙주, '열 달을 못 채우고 지레 낳
을 때에 선악을 가리는 양심을 하나를 잊어버리고는 다른 것은 다
찾아가지고 나온'[91] 한명회 등으로 설정되었다. 李光洙는 등장인물들
의 외모와 성격을 치밀하게 일치시킴으로써 전개될 내용을 암시해
주고 있다. 이런 인물묘사는 앞에서 언급한 대로 史實의 형상화로만
그친 것이 아니라 '인정과 의리가 이 사실의 중심'이 되게 하기 위해
서는 이런 것은 필요 불가결한 것이라고 여겼던 것이다. 그러나 작가
가 역사상의 인물을 통해서 자신의 의도를 표현하려고 할 때, 그 인
물은 주관화되기 쉽고, 그가 속했던 시대의 역사적 환경에서부터 이
탈되기 쉽다는 것을 인식하지 못했다. 李光洙가 선악에 의한 대립관
계를 설정한 것이 사육신의 충렬을 表彰하여 민족의식을 드높이려는
그의 민족주의의 소산이었다 할지라도, 작자의 주관에 의해 역사상의
인물이 도덕적으로 추상화되어졌음을 부인할 수 없다. 이렇게 추상화
되어졌을 때 이야기의 수준을 넘기 어렵다. 그리고 인물이 추상화되
어질 때 그 시대의 독특한 역사성이 독자에게 전달되기 어려우며, 역
사상의 인물에 개인적인 포폄이 부과되면 될수록 역사적 왜곡이 일
어나기 쉽고, 그에 따라서 작품의 리얼리티는 감소된다.

---

88)『全集』제5권, p.11.

89) Ibid., p.172.

90) Ibid., p.195.

91) Ibid., p.63.

李光洙가 이 작품을 써서 그의 이름을 다시 한번 드높였던 것은 사실이지만, 이 소설은 작품으로서 많은 결함을 지니고 있다는 김동인의 지적은 자못 날카롭다. 그에 의하면 李光洙가 史料에 대한 비판도 없이 「六臣傳」에 지나치게 의존하였으며, 그로 인해 史實을 일방적으로 해석하고 이것을 소설화하면서 지극히 과장하였고 고증에 있어서의 오류와 작품의 서술에서의 오류가 있다는 것이다.[92]

이 작품은 연대기적인 흐름에 의존하고 있으나 사건과 사건 사이에는 필연성이 결여된 채, 서술 순서가 뒤바뀌고, 지루한 삽화가 빈번하게 삽입, 사건의 지나친 비약과 암시 등이 보인다.

특히 통일성 없는 인물의 설정은 전체적인 스토리에 영향을 미치며, 사건은 모호해질 위험을 갖게 되는 것을 몇 개의 예문에서 볼 수 있다. 작중인물설정이 앞뒤가 다르게 된 것을 보면, 문종이 등극하기 전 세자로 있을 때, 세자에 대한 세종의 근심을 묘사한 부분을 보면 이렇다.

> 첫째는 세자궁(世子宮)께서 병약하심이다. 세자궁은 이제 삼십 밖에 안 되신 젊으신 몸이시지마는 나면서부터 포류지질(蒲柳之質)이신데다가……[93]

이 부분과 세자가 신부를 맞을 때와 묘사는 서로 다르다.

> 세자는 어려서부터 골격이 장대하시고 동탕하시어 이 어린 신랑 신부는 마치 빚어 놓은 듯이 아름다우시다고 근시하는 사람들이 혀를 찼었다.[94]

---

92) 金東仁, 「春園研究」, 『全集』 제8권, p.544.

93) 李光洙, op. cit., p.10.

94) Ibid., p.17.

세자의 모습에 관한 것으로 포류지질과 골격이 장대하고 동탕한 것은 동궤의 어휘라고 도저히 볼 수 없다. 그 다음 작품 내용 가운데서 앞뒤의 내용이 서로 맞지 않는 것도 보인다.

수양의 살기등등한 모습에 양녕대군이 근심하는 부분에서,

> 그러나 산전수전 다 지낸 양녕대군의 눈은 이 여섯 대군의 속을 꿰뚫어 보는 듯하였다.(임영대군은 이때 벌써 작고하였다.)[95] 〈그러면 누가 수양을 당해 낼꼬?〉 대군의 생각과 눈은 다시 육 대군 위로 돌아간다. 임영(臨瀛)이 덕이 있었으나 불행 조사하고[96]

이 두 글에 의하면 임영대군은 이미 죽고 없는 상태다. 이때는 문종이 승하하려는 때이므로 이 이후에 임영대군의 직접 행위의 묘사는 없어야 될 것이다. 그런데 수양이 세조로 등극하고 난 뒤 단종을 노산군으로 降封하고 영월로 가게 해야 된다고 종친과 백관들이 자꾸 왕에게 졸라댄다.

> 종친 중에는 임영대군(臨瀛大君)이 왕의 편이 되어서 종친이 나서야 할 때에는 항상 앞장을 섰다. 양녕대군(讓寧大君)이 집안 어른이지마는 그는 성삼문 사건을 듣고는 속리산(俗離山)으로 들어가 숨어 버리고 말았다.[97]

죽은 임영대군이 다시 살아났을 리 없다. 또 작품 전개과정상 사건의 순서가 잘못된 것이 있다. 시간의 착오를 가져온 것도 있다. 수

---

95) Ibid., p.48.
96) Ibid., p.49.
97) Ibid., p.329.

양대군이 한명회·권람·홍윤성 등의 무리들을 모아 놓고 김종서를 주살하려고 갑론을박을 벌인다. 이때 소극론으로 기울어지자 수양은 흥분이 극도에 달해 혼자 가겠다고 나서 부인이 입혀 주는 갑옷을 입고 임운(林芸) 하나를 데리고 나간다. 이때 한명회가 홍윤성이를 김종서의 집으로 보낸다. 어찌해서였던지 홍윤성이 먼저 김종서를 만나 술까지 얻어먹고 돌아온다. 그 뒤 김종서는 저녁상을 받는다. 이때 수양대군이 도착한다. 시간상에 착오가 있다.

이외에 인물 묘사에 있어서 수양의 성격이 모호해진 것도 있다. 악의 상징적인 존재인 그가 영의정이 되었을 때 '세종대왕 이후 늘 분요하는 세상이 다시 편안하게 되'었던 것이다. 이것은 수양을 임금을 찬탈한 자로 악의적 표현을 했던 전체적인 분위기와 사뭇 다르다.

이와 같이 된 까닭은, 작가의 창작의도가 강하게 작용하여, 역사적 사건을 전개하는 과정에서 시대의 본질을 역사적인 안목으로 추구하거나 시대의 총체상을 포괄적으로 재구성하기보다는, 역사적인 도덕적 이상을 주관적으로 재정리하는 데 주력했기 때문이다.

3) 충의 사상과 민족의식

李光洙는 「端宗哀史」를 통해 「麻衣太子」나 「李舜臣」 등과 같이 민족의식을 고취하려고 했다. 낭시의 국권상실의 비통한 분위기를 단종이 겪었던 불행한 역사로 치환시켜 민족애로의 상승작용을 일으켜 대중적 인기를 얻기까지 한 것이다. 여기서 민족의식은 李光洙 자신이 피력한 바 있는 인정과 의리를 바탕으로 한 충의사상의 구현이다. 나라를 빼앗긴 상태에서 동족애와 의리를 강조함으로써 작가로서의 역할을 하려 했다.

李光洙는 「端宗哀史」를 쓰는 과정에서 마치 어른이 어린 아이에게 이것은 옳고, 저것은 그르다는 것을 차근차근히 일러 주는 것처럼 志士然한 자세를 가지고 있었던 것이다. 그래서 그는 인물을 선과 악의 대립적 관계로 설정하고 단종을 불쌍히 여기는 쪽은 더할 나위 없이 착하고 어진 사람들의 전형적인 모습이며, 수양의 일파는 의리 없고 사욕만 아는 악인들의 전형적인 모습으로 그렸다. 그래서 가장 전형적이면서 대조적인 인물로 성삼문과 신숙주를 내세웠다. 朴鍾和 는 이 작품을 해설하면서 이렇게 쓰고 있다.

> 善과 惡의 對決이다. 사람은 善에 同情하고 惡에 挑戰한다. 善은 正義가 되고 惡은 不義가 되는 것이다. 善을 사랑하고 惡을 미워 하는 人情은 國境이 없는 것이다. 제 나라 같은 同種이면서도 惡 한 놈은 나쁜 놈이요, 착한 사람, 올바른 사람은 尊敬하는 법이다. 春園은 이 心理를 利用하여 成三問과 申叔舟를 붙잡았다. 惡한 者 는 日本사람을 미워하는 心情과 共通感을 갖게 되는 것이요, 善한 사람은 본받을 만한 우리의 尊敬할 人物들인 것이다.[98]

즉 악한 사람은 일본 사람에 대한 우리의 감정이요, 선한 사람은 우리의 존경할 인물들이라는 것이다. 인물을 선악의 대립으로 각기 나누고 '이것이 朝鮮人에게 읽혀 지어 利益을 주려'[99]고 했던 것이 다. 이런 의도는 역사적인 인물을 통해서 민족의 전형적 인물을 형 식화하려는 것에서 나온 것이다. 그의 말대로 '理想的 人物을 鑄出하 여 讀者의 模範이 되게 하는 것'[100]으로 그는 여타의 다른 소설에서 보다 역사소설에서 이런 전형적 인물의 창조를 시도했다. 특히 계몽 적인 측면은 곳곳에서 强辯으로 나타나고 있다. 그는 『「無情」등 全

---

98) 朴鍾和, op. cit., p.549.
99) 『全集』 제16권, p.192.
100) Ibid., p.194.

作品을 語하다』에서 이렇게 쓰고 있다.

〈端宗哀史〉에 이르러서도 死六臣과 같은 분들이, 그야 或은 君
臣의 情으로 或은 國祿을 타먹는 利害關係로 움직였다고 보는
이도 있을는지 모르나, 나는 거기에 그런 情이나 利에 움직인 것
이 아니고 나야말로 「옳다고」, 이리하는 일이 「하늘에 떳떳한
길」이라고 믿었으니까 이해나 情誼를 超越하여서 그 艱難을 받
으면서, 甚至於 生命을 버리면서까지 義를 위하여 싸운 것이라고
보아요. 이 빛나는 民族的 性格을 그리노라 했지요. 내가 붓이
拙하여 이 뜻을 世上 사람들에게 充分히 알려 드리지 못하였다
면 그는 부끄러운 일이지만.[101]

그러나 그의 민족의식은 忠義의 윤리관에서 비롯된 것이기 때문에
상실된 국가를 회복하기 위한 실천적인 의지가 결여되어 있다. 더욱
이 쫓겨난 왕과 죽임을 당한 사육신만을 그려 피해자의 입장만 강조
되어 있을 뿐이다. 피해의식만이 팽배해진 상태에서 충의는 공허할
뿐이며 실천적인 행동이 수반되지 못한 아주 소극적인 입장으로, 당
시의 우리 민족에게 국권회복의 강한 정신을 고취하기보다는 오히려
자괴심에 함몰을 가져 왔을 것이다. 李光洙에 있어서 민족의식의 고
취는 다반사로 언급된 주제 중의 하나로 「端宗哀史」에서의 의도는
대안이 없는 도피적인 행위로 나타난 것으로 풀이할 수 있다. 그것
은 그의 초기 장편인 「無情」에서 강하게 노출되는 '문명개화', '敎育
立志' 등에서 아주 멀어졌고, 그 대신 다른 설명투 설교의 주제로 아
주 나약한 민족의식을 표방하고 나선 것으로 볼 수 있다. 「新生活論」
과 「民族改造論」으로 겪은 개인적 고통이 전통적 윤리관인 충의를
필연적인 가치관으로 제시케 한 것이다. 그것은 「端宗哀史」 작자의

---

101) Ibid., p.303.

말에서 언급한 바 있는 '우리 민족의 장처와 단처를 밝혀 장처는 계
승하고 단처는 고쳐야 한다'[102]는 말에서 잘 볼 수 있다.

식민지하에서 봉건적인 것들을 타파하고 새로운 가치관을 모색하
고 제시하던 그가 前代의 윤리관이나 민족의식을 고취시키는 수단으
로 소설을 인식하고, 당시의 국권상실로 말미암은 좌절감을 단종의
비극적 상황으로 값싼 동정심을 통해 공감하게 하였던 것으로 풀이
할 수 있다. 그리고 그가 제시한 민족주의란 것은 일본 제국주의자
들이 만들어낸 사상임은 두말할 필요도 없다. 우수한 민족이 그보다
못한 민족을 지배하는 것이 타당하고, 따라서 우리민족도 개조하여
야 한다는 논리다. 그러나 긍정적인 면도 간과할 수 없다. 쫓겨난 왕
을 위해 충성을 다하려는 사육신들과 같이 망한 나라를 위해 충성을
다하라는 의미도 없지 않다. 성삼문과 같은 충신의 애국충절을 바탕
으로 민족의 애국사상을 고취하려 했다. 따라서 저항을 위한 민족주
의는 구체적 역사의 측면에서는 긍정적으로 평가될 수도 있다.

4) 장편역사소설로서의 의미

이제 「端宗哀史」가 역사소설로보다는 이야깃거리로 독자들에게 많
은 호응을 얻은 이것이 어찌해서 역사소설로 성공한 작품이 될 수
없었던가 살펴본다.

루카치(Lukacs)는 그의 『역사소설(The Historical Novel)』 중 역사
를 소재로 쓴 희곡과 역사소설을 이야기한 제2장 「역사소설과 사극
(Historical Novel and Historical Drama)」이란 글에서 희곡(drama)
에서 역사적 진실성(historical authenticity)이란 역사상의 갈등 내지
충돌이 내면적 진실을 그려내는 것이라고 하면서,

---

102) Ibid., p.273.

소설에 있어서 이러한 충돌이란 소설이 마땅히 그려내야 하는
전체 세계의 일부에 지나지 않는 것이다. 소설의 목표는 어떤
특정한 시대의 특정한 사회현실(particular social reality)을 그
시대의 모든 독특하고 구체적인 분위기를 지닌 그대로 나타내
는 일이다. 그 외의 사실들은, 이러한 목표를 위한, 충돌이라든
가 이러한 충돌에 등장하는 世界史的 個人(world historical
individuals) 들이든 간에, 방법에 지나지 않는다. 소설은 대상의
총체(totality of objects)를 묘사하는 것인 만큼 일상생활의 조그
마한 디테일과 사건의 구체적 시대에 들어가서 이 시대의 상세
한 모습을 그러한 모든 디테일의 복잡한 상호작용을 통해 밝혀
내야 한다.[103]

라고 쓰고 있다. 역사소설은 어떤 특정한 시대의 특정한 사회 현실
을 그려내야 하며, 그것은 그 시대의 모든 독특하고 구체적인 분위
기를 그대로 나타내는 일인 것이다. 이런 진술은 김동인의 「春園硏
究」에서 「端宗哀史」를 비판한 다음과 같은 글에서도 볼 수 있다.

　이 世宗의 직후에 생긴 端宗事變을 物語化함에 있어서는 당시
의 사회상이며 왕실과 서민 계급이 관계도 좀 더 밝히어서 世宗
聖孫이 장손으로서의 端宗께 서민은 애모의 염을 바쳤기 때문에
그의 禪位를 통곡하도록 이야기를 구성할 필요도 있었을 것이며,
그런 대사건이 일개 왕족의 야심의 산물이라고 간단히 처리하기
전 「그런 사변이 생길 필연적 원인」이 있을 것을 再考하여 보아
서, 史實에 대한 소설로서의 진실성을 더 굳게 고정시킬 필요도
있고, 정치세력에 대한 투쟁보다도 정치 이데올로기의 투쟁도 살
펴 볼 필요가 있다.[104]

103) C. Lukacs, *The Historical Novel*, (Boston, Beacon Press. 1963).
　　pp.150~151.
104) 金東仁, op. cit., p.554.

역사소설로서 그 의미를 획득하려면 작중의 인물을 사회적 환경의 일부로 파악해야 한다. 그러나 李光洙는 '소년왕이니 불쌍하다'는 단순한 견해로 결말을 지었기 때문에 이 작품은 '인생의 일면도 아니요, 당시의 사회상의 검토도 아니'고 '단지 소년왕의 일대기에 지나지 못한' 것이 되고 말았다. 더욱이 역사소설은 중도적 인물(middle of the road)을 내세워 그들이 사회적 내지 인간적 특성을 드러내야 한다. 따라서 단종이나 수양은 다른 마이너 캐릭터(minor character)를 통해 제시되어야 한다. 그뿐만 아니라 역사소설관도 분명하게 서 있지 않았다. 그리고 '현재의 구체적 前身'으로서의, 즉 현재에 살고 있는 작가와 독자의 현실적 문제를 이루는 역사도 실감되고 있지 못하다. 따라서 이 작품은 가상적인 국사의 소개와 悲憤慷慨가 주류를 이루고 있다.

더구나 자기 나름의 역사에 대한 인식이 확고한 것도 아니다. 이것은 앞에서 언급한대로 「六臣傳」을 대본으로 삼아 썼기 때문이다. 김동인의 지적대로 秋江은 생육신의 한 사람으로 세조의 모든 행위를 옳지 않게 본 사람이라 그가 쓴 「六臣傳」이 세조를 비판적으로 기술한 것은 말할 나위도 없다. 그러나 다만 보편적으로 알려져 있는 사실 위에서 긍정적인 측면으로 쓰여져 있는 것은 위의 秋江의 글이 그대로 많이 전해 온 까닭이다.

특히 인물의 묘사에서나 행동의 묘사에서의 과장은 대작가로서의 필력을 과시했던 것으로 풀이될 수 있다. 이로 말미암아 단종은 우상화되어 나타나고 만 것이다. 더욱이 「血淚編」을 김동인은 한편의 시라고 했지만 '이것 역시 드높은 시의 경지까지 완전히 가 있다고 하기에는 너무 감상적'이며, 이러한 것은 '抒情이 어떤 큰 구조의 일부를 이룰 때에 이루어지는 의미의 확대와 표현의 절제가 모자라기 때문'인 것이다.

루카치의 역사소설론을 근거로 검토한 것은 역사소설의 방향 설정을 위한 시도일 뿐이다. 정작 루카치의 역사소설론을 우리나라 근대 역사소설에 적용했을 때, 한계성을 지니고 있다. 또 루카치의 이론이 모든 역사소설을 평가할 수 있는 척도도 아니다.

이 「端宗哀史」는, 작품 소재만 과거일 뿐이고 前代 작품의 각색에 불과한 「一說 春香傳」·「許生傳」이나, 줄거리도 연결되지 않는 구성상 문제점을 안고 있는 「麻衣太子」보다는 장편역사소설로서의 새로운 면을 보여 주었다. 李光洙는 역사소설을 통해서 민족의 역사를 대중에게 전달하고 민중을 계몽하고자 했던 것도 시대적인 형편을 고려한다면 작가의 시대정신으로 볼 수 있다.

또 '1930년대 대중에 기반을 둔 새로운 문학 양상이 출현하게 되었고, 대중에 대한 관심과 대중의 문학적 참여'[105]를 가능케 했다는 것은 높이 평가할 수 있을 것이다.

(4) 20년대 역사소설의 한계

이상에서 1920년대의 역사소설 중 李光洙의 「嘉實」과 「端宗哀史」, 朴鐘和의 「목매이는 여자」를 살펴보았다. 이 작품들은 기법상으로 볼 때 고대소설보다 퇴행한 개화기의 역사전기문학에 비하여 소설적 구조가 잘 갖추어진 작품이다. 그것은 20년대에 작가의 기법이 향상되고 전문화된 것과 관련이 있다.

1920년대 우리의 소설은 단편 중심으로 전개되었고 그것은 리얼리즘을 지향해 왔다.[106] 前代의 소설과 비교했을 때 당대의 사회적 진

---

105) 田英泰, 「大衆文學論考」, (서울大大學院, 1980). p.93.

실을 객관적으로 표현하려는 데 있었다.

한편 국권의 상실로 말미암은 저항은 현실에 대한 거부로 나타났고, 그것의 문학적 표현은 현실 고발과 현실의 부정을 통한 삶의 지표를 제시하는 것으로 표현되었다.

이러한 때에 李光洙가 「嘉實」을 발표했고, 朴鐘和는 「목매이는 女子」를, 그리고 1920년대 말에 李光洙가 「端宗哀史」를 발표했다. 이 작품들의 검토 결과, 첫째, 단편역사소설이 갖는 문제점을 들 수 있다. 위의 단편역사소설은 역사를 배경으로만 사용했을 뿐, 역사의 거대한 흐름의 전모를 해석하는 일이나 역사적 사건이 지니는 의미를 파악해 내지는 못한 것 같다. 다시 말하여 역사적 사건을 배경으로 도입하여, 단편에서 요구되는 주제의 집중화, 구성의 단순화에 의한 통일된 인상을 통해서 역사적 진실성이나 예술성과 함께 보여지는 한 시대가 갖는 의미를 보여 주지 못한 것이다. 「嘉實」이나 「목매이는 女子」는 말할 것도 없지만 장편인 「端宗哀史」도 역시 역사가 배경 이상의 의미를 지니지 못한 것 같다.

같은 단편역사소설일지라도 「嘉實」과 「목매이는 女子」는 약간의 차이를 드러내 보여주는 것을 발견할 수 있는데, 「嘉實」은 역사를 배경 이상 어떤 의미가 전혀 없는 반면에, 「목매이는 女子」는 역사적 사건에 대한 기존해석에 의거하여 인물에 대한 해명을 시도하고 있는 것 같다. 다시 말하면 「嘉實」은 역사가 배경제시로 사용되었다고 한다면 「목매이는 여자」는 상황제시로 쓰였던 것으로, 「목매이는 女子」가 역사해석의 새로운 국면에 근접하려 했음을 볼 수 있다.

그리고 李光洙가 「嘉實」 이후 역사소설을 장편으로 쓴 것은 단편 양식이 역사소설로 부적합한 양식임을 이해했기 때문이라고는 볼 수

---

106) 尹弘老, 『韓國近代小說硏究』, (一潮閣, 1980). p.36.

없지만, 이 시대의 문학적 양상이 단편소설이 완성된 시기이면서 장
편으로 넘어가던 때이던 때문이 아닐까 생각된다.

둘째, 주제가 忠義를 중심으로 한 유교적 가치관에 놓여 있음을
볼 수 있다. 이미 八峰이 이 무렵의 작품들이 忠節이나 信義・友
愛・孝行으로 주제의 주류를 이루고 있는 것은 작가들이 이런 도덕
률이 그 시대의 사회적 관계에서 나온 것이 아니고 개인적인 사실의
문제라고 지적한 바[107]도 있다. 「嘉實」에서는 義로운 사람으로 가실
을 제시했고, 「목매이는 女子」에서는 忠과 義 가운데서 고민하다 현
실의 利를 취한 신숙주를 보여주었고, 「端宗哀史」에서는 불의의 수
양대군과 그와 대조적 인물을 통해 情과 의리를 그렸다고 李光洙 자
신이 고백했다. 李光洙는 고뇌하는 인간의 편모를 그려, 있을 수 있
는 변명을 통해 충의를 강조했다고 볼 수 있다. 이것은 개화기에 우
국 또는 애국과 부국강병, 독립에 집중되었던 것에서 변화된 것이다.
이 변화는 사회적 여건의 변모와 구국적 민족적 신념이 강했던 민족
주의 사학자인 개화기 작가에 의해 나타난 것과 그러한 의식이 없거
나 약화된 20년대 작가의 의식의 차이에서 온 결과라고 할 수 있을
것이다.

셋째, 세련된 기법의 완결미를 들 수 있다. 개화기 역사전기문학이
신소설보다 기법상의 미숙성을 보여주었던 것에 비하여 어느 정도
완결미를 보여주고 있는 것이 20년대 역사소설이다. 이것은 1920대
가 근대소설 발달과정상 단편소설의 완성기[108]라는 시대적 여건과
관련이 있으리라고 보여진다. 특히 「목매이는 女子」는 申叔舟나 尹
氏가 처해 있던 사회적 구조와 상황이 총체적으로 묘사되지는 못하

---

107) 金基鎭, 「朝鮮文學의 現在 水準」, 『新東亞』 1934. 1. p.49.
108) 張德順, 『韓國文學史』, (同和文化社, 1982). p.376.

였을지라도 역사처럼 시간적 구조가 연속적으로 묘사되지 않고 때로는 역행적으로 또는 단속적으로 설명되어지고 있다. 그리고 역사와 달리 서술되어지는 범위가 역사적인 어떤 사실에 대하여 균등하게 설명되어지는 것이 아니고 작가의 구상과 의도에 따라 부분적으로 섬세하고 집중적인 묘사가 감상적이고 극적으로 전개되기도 했다.

넷째, 표현의 문제로 순 한글로 쓴 것을 들 수 있다. 이것은 이 무렵 소설이 거의 다 한글로 쓰인 것과 같은 이유다. 다만 개화기 역사전기 문학이 식자층을 중심으로 했던 까닭으로 국한문 혼용체가 많았던 것에 비하여, 이 시기의 역사소설 뿐만이 아니라 소설의 태반이 순 한글로 쓰여져 독자의 전면 확대를 꾀했던 것으로 해석할 수 있다. 이것은 당시의 역사소설이 교양으로서의 역사를 보급한다는 효용적인 면이 고려되기 때문이라고 본다.

다섯째, 사건과 인물 중심의 소설임을 지적할 수 있다. 이것은 역사소설에 대한 이해가 뚜렷하지 못했던 작가들이 인물을 통해 독자들에게 무엇인가를 보여주려고 했던 데서 그 원인을 찾을 수도 있다. 설화에서 정적인 인물이었던 설씨녀를 동적인 인물로 변용시켰으며, 가실을 志士的인 주인공이 되게 하기도 하였고, 정과 의리에 의해 얽히고설킨 「端宗哀史」의 인물들과, 충의를 저버린 신숙주 등을 제시하여 도덕적 교훈을 강조하기도 했다. 그러나 李光洙가 「端宗哀史」에서 인물을 흑백으로 갈라 권선징악적인 면을 강조했으나, 朴鐘和는 「목매이는 女子」에서 正史에서 이미 해석되어진 인물에 대하여 새로운 의미를 부여하지 못하고 변명하는 신숙주를 그려냈다.

그리고 세 작품 모두 주인공을 개성적인 인물이 아니라 작가 주관에 의해 추상화된 인물로 만들었다. 따라서 주인공은 역사적·사회적 관련성에서 묘사하기보다는 도덕적 심리적 묘사에 집중되고 만 것 같다. 이리하여 주인공이 처해 있던 사회적 환경은 드러나지 못하고 만 것 같다.

여섯째, 20년대 말에 쓰인 「端宗哀史」는 역사소설의 붐을 일으키는 데 선도적 역할을 했다. 같은 시기에 연재된 「林巨正」은 중단되었지만, 「端宗哀史」는 李光洙의 명성을 「無情」 연재 당시보다 훨씬 더 높였다. 그것은 신문사에서 독후감을 대대적으로 모집하여 특별란에 게재하여 열기를 더했던 것으로 확인할 수 있다.[109] 이러한 경향은 1930년대까지 계속되어 역사소설이 왕성하게 쓰여지는 시대를 맞이하는 원인이 되기도 했다.

1930년대는 역사소설의 시대를 방불케 되었다. 李光洙는 「李舜臣」(1931)・「異次頓의 死」(1935)・「恭愍王」(1937) 등을, 金東仁은 「젊은 그들」(1931)을 필두로 「雲峴宮의 봄」(1933)과 「端宗哀史」를 비평한 대안인 「大首陽」(1941) 등을 발표했다. 朴鐘和도 「錦衫의 피」(1933)를 발표한 뒤 「待春賦」(1937), 「名妓黃眞伊」(1936) 등을 발표하였고, 30년대에 처음 창작하기 시작한 尹白南도 「大盜傳」(1930)・「項羽」(1933)・「烽火」(1933)・「黑頭巾」(1934) 등을 잇달아 발표하였다. 玄鎭健도 「無影塔」(1938)을 쓰면서 역사소설 창작에 몰두했으나 「黑齒常之」(1939), 「善花公主」(1941) 등은 未完으로 끝나고 말았다.

이러한 1930년대의 초석은 1920년대에 이루어졌으며, 그 결과 1930년대는 마치 '역사소설 시대'처럼 보이게 되었다.

---

109) 졸고, 「1930년대 역사소설론 연구(Ⅰ)」, (『명지어문학』 제15호, 1983), p.84.

3. 1930년대의 역사소설

(1)「無影塔」

「無影塔」은 1938년 7월 20일부터 1939년 2월 7일까지 164회에 걸쳐 「東亞日報」에 연재된 것으로 일장기 말소사건 후 오랜 침묵 끝에 쓴 작품이다.

연재가 끝나고 그 해 9월 博文書館에서 단행본으로 발행한 뒤 신간평[1]이 났음에도 연구자들의 관심을 별로 끌지 못했다.

현진건이 1930년대에 쓴 장편의 작품은 거의 다 역사소설로 모두 네 편인데, 「無影塔」만이 완결된 작품이고 나머지 「웃는 褒似」(『新小說』 1930. 9, 『解放』 1930. 12~1931), 「黑齒常之」(『東亞日報』 1939. 10. 25~1940. 1. 16), 「善化公主」(『春秋』1941. 4~9)는 미완성작이다.

이 작품에 대한 논의는 당시 사회의 역사의식을 드러내기 위한 迂回的 手法으로 이해하는 경우[2]와 예술적 감흥과 고결한 사랑을 성공적으로 그렸으나 작가의식이 투철하지 못했다고 보는 견해,[3] 그리고 위의 두 견해를 통합적으로 보려는 경우[4]가 있다.

필자는 이 작품이 1930년대에 있었던 역사소설에 대한 논의의 양

1) 朴進,「玄鎭健著 無影塔」,〈新刊評〉, (『文章』 제11호, 1939. 12). pp.204~205.
2) 申東旭,「玄鎭健 作品論試考」, (『啓明論叢』 5집, 1969).
   申東旭,「玄鎭健의 無影塔」, 『韓國現代文學論』, (博英社, 1972).
   崔元植,「玄眞健 硏究」, (서울大大學院, 1975).
   尹柄魯,「憑虛 玄鎭健論」, 『現代文學』 15호, 1956. 12.
3) 鄭漢淑,「兩面意識의 虛弱性」, (高大 『人文論集』 20호, 1975).
4) 林成雲,「無影塔」의 構造分析」(東國大大學院. 1982).
   宋百憲,『韓國近代歷史小說研究』, (檀國大大學院, 1983).

상이 어떤 측면에서 그 구체적 실천으로 고려될 수 있는가를 살펴보
려고 한다. 다시 바꿔 말하면 1930년대 일제 식민지하에서 저항이라
는 역사적 문맥을 현진건은 어떻게 이 작품에서 드러냈으며, 그것은
1930년대에 발표된 역사소설의 양상과 어떤 함수관계를 가지는가 등
을 탐색하려 한다. 더욱이 이 작품은 1930년대 말에 쓰인 것이기 때
문에 그 어느 시기의 작품보다 1930년대의 모습을 잘 간직하고 있으
리라고 본다.

　논지를 전개하기 위해 작품 분석을 인물구조를 통해 살펴보고, 식
민지하라는 역사의 특수한 상황을 어떻게 표현했는가를 고찰하고 이
작품이 갖는 역사적 의미를 살펴보고자 한다.

1) 대립적 인물구조

　소설을 갈등구조로 이해했을 때, 주동적 인물(protagonist)과 반동
적 인물(antagonist)은 대립관계로 나타난다. 현진건은 이 작품에서
갈등구조를 통해, 표면적으로는 태평성세였으나, 내면적으로는 병든
사회에서, 낡은 삶의 양식을 거부하고 새로운 삶을 사랑과 예술로서
고통스럽게 성취하였던 인물들을 보임으로써 당대 현실을 극복하고
새로운 세계를 지향하는 지표를 제시하였다.[5] 갈등의 양상은 아사달
을 중심으로 한 아사녀와 주만, 주만을 정점으로 한 아사달과 금성,
아사녀를 중심으로 팽개와 그의 친구들로 된 사랑의 갈등과, 민족주
의적이며 전통을 고수하려는 國仙道와 권력 심층부를 자리 잡은 事
黨派의 갈등으로 나누어 볼 수 있다.

　아사달을 주만이 사랑함으로써 파생된 갈등은 사건을 복잡하게 전
개시켰다.

---

5) 玄吉彦, 「玄鎭健 小說硏究」, (漢陽大大學院 博士學位論文, 1984). p.131.

152

첫째는 주만을 중심으로 갈등의 관계를 볼 수 있다. 심한 사랑의 갈등은 아사달-주만-금성에서 생긴다. 아사달은 주만에게서 異性 的인 갈등을 겪고, 주만은 예술적 심미안으로 발견한 아사달을 사랑 하면서 초조해 하고 금성의 구애에 불안을 느낀다. 금성은 주만이 냉담한 반응을 보이자 주만에 대한 사랑을 이루기 위해 아사달을 적 대시한다.

경신-주만-아사달의 관계는 동반자적 관계로 되어졌지만 경신이 약혼녀인 주만을 이해하고, 주만은 자신의 아버지가 정한 약혼자 경 신에게 아사달을 사랑한다고 고백하여 파혼을 얻어내자 그를 존경한 다. 아사달은 금성이 습격했을 때 도와준 사람이 경신인 줄은 모르 지만 이들은 동반적 관계를 유지한다.

또 하나의 갈등의 관계인 경신-주만-금성의 경우는 국선도와 사 당파가 대립되는 직접적 원인으로 나타난다.

따라서 사랑의 갈등은 아사달-주만-금성에서 심하게 노출되며, 작품 전체의 골격을 형성한다.

둘째는 또 하나의 사랑의 이야기를 지탱시켜 준 갈등의 관계이다. 아사녀는 아사달의 아내이고 팽개는 아사달의 친구다. 아사달이 서 라벌로 떠난 뒤 3년이 되도록 돌아오지 않자, 팽개는 아사녀를 돌보 아 주는 척하며 접근한다. 아사녀-팽개-제자들의 관계는 아사녀를 둘러싼 각축전으로 갈등의 양상은 전개된다. 그러나 아사녀가 아사 달을 찾아 부여를 탈출함으로써 해소되어 버린다. 이 둘째의 갈등은 아사녀가 아사달을 찾아가도록 한 복선이기도 하다.

셋째는 숭고한 사랑의 이야기를 중심 스토리로 유지시켜 주는 것 이다. 부여의 천하명공인 아사달, 스승의 딸로서 아내인 아사녀, 國仙 道의 대표적 인물인 伊飡唯宗의 딸 珠曼(구슬아기)이 펼치는 사랑의 이야기는 신분계층을 초월한 것이다. 대공을 이루기 위해 불국사에 온 아사달이 보상을 요구하지 않는 주만의 순결한 사랑을 의식하고 異性的인 갈등을 겪게 된다. 전형화된 인물인 아내로서 남편을 사랑하는 아사녀는 남편을 찾아 모진 고생을 겪게 되고, 아사달은 불국사에서 석가탑을 만드는 일에 몰두함으로써 갈등을 극복하려 한다.

이러한 인물의 대립적 관계에서 가장 중심이 되는 것은 아사달-아사녀-금성의 관계이다. 반응이 없는 아사달, 저돌적으로 접근하는 금성, 이 사이에서 고민하는 아사녀, 이것이 이 소설의 흥미를 배가시키는 요인이기도 하다.

주만에게 수차에 걸쳐 매파를 보냈던 금성이 주만의 냉대에도 포기하지 않는다. 이로 말미암은 사회적인 신분제약과 도덕성으로 극복할 수 없는, 아사달에 대한 계층을 초월한 주만의 사랑은 금성으로 하여금 무분별한 구애의 행동으로 나타나게 한 원인이 되었다.

주만은 금성의 재주와 세도와 의모에 이르기까지 그에 대한 모두를 부정적으로 본다. 이에 금성은 더욱 적극적으로 주만에게 접근하여, 주만이 호감을 갖도록 한다. 당당한 금시중의 아들로서 권세가문이고, 당나라 유학까지 하였을 뿐만 아니라 한림학사가 된 금성은 주만의 마음이 아사달에 있음을 알고 아사달을 습격한다. 이때 아사달을 구한 것이 경신이다. 경신은 주만의 약혼자이며, 주만을 가장 잘 이해하는 인물이다. 그는 특히 주만의 아버지가 신임하는 인물로 무예가 출중하다. 여기서 금성과 경신의 대립은 애정의 삼각관계를 위한 대립이 아니고 國仙과 事唐의 대립을 위한 장치로 보여진다.

아사달에 대한 주만의 사랑은 예술에 대한 감탄과 흠모가 그 창조자에게 전이된 것이다.

154

　　층마다 술밋한 돌병풍이 둘리고 그 병풍 네 귀에 접어 넣은
듯한 돌기둥이 한데 어울러져 탑신을 이루었는데 그 거칠 것 없
이 쭉쭉 뻗은 굵은 선이 어디인지 장중하고 웅경한 풍격을 갖추
어 비록 다보탑과 같이 잔재미는 적을망정 그 수법이 범상치 않
은 것을 일러준다.6)

　이와 같이 석가탑에서 느낀 예술적 감각은 그대로 아사달에게로
옮겨진다.

　　번듯한 이맛전, 쭉 일어선 콧대, 열에 뜬 것 같은 붉은 입술,
더구나 가을 호수를 생각게 하는 맑고 깊숙한 눈자위, 제 아무리
천하명공이라 하더라도 한낱 시골뜨기 석수장이로 이렇게 청수
한 풍채와 씩씩한 품위가 있을 줄은 몰랐다.7)

　이러한 아사달의 모습에서 '주만은 그의 얼굴과 풍골에 다보탑의
공교롭고 아름다운 점과 석가탑의 굵고 빼어난 맛이 쩍말없이 어우
러진 듯이' 느꼈던 것이다. 그러나 주만의 사랑은 신분제약으로 인해
하나의 모험이고 현실적으로는 불가능할 뿐이다. 더구나 아사녀가
있는 아사달의 초연한 자세는 주만의 마음을 더욱 초조하게 만든다.
　한편 아사녀로 말미암은 갈등은 처음에 부석의 제자들 사이에서
야기되나 수제자였던 아사달이 아사녀를 아내로 맞아 일단락되었다.
그러나 아사달이 대공을 이루기 위해 경주로 감으로써 새로운 국면
을 맞았으나 아사녀가 불국사로 떠남으로써 갈등은 소멸되었다.
　그러나 아사녀는 아사달을 만날 수 있는 곳까지 갔으나 만나지 못
하고 끝내 影池에 몸을 던지고 만다. 이 아사녀의 죽음을 宋百憲은,

　6) 玄鎭健,「無影塔」,『韓國文學全集』제4권, (民衆書館, 1958). p.20(以
　　下『全集』으로 줄임).
　7)『全集』p.21.

'당시의 사회를 지탱하고 있던 역사적 힘의 상실을 의미'하고, '지도
층이 사치와 안일에 빠지고 민중의 힘이 소멸될 때 사회는 재생의
힘을 잃어버린 것'8)이라고 했으나 이는 아사녀가 갖는 의미를 확대
해석한 것으로 볼 수 있다. 이보다는 아사녀의 투신과 주만의 火刑
을 해석한 崔元植의 논리가 주목된다.

　　　그는 아사녀의 죽음을 통해 귀족사회가 주는 공포 속에서 파멸
　　되는 평민의 비극을 통찰하고 구슬 아기의 火刑을 통해 귀족 사회
　　의 허위와 타협하기를 거부하는 귀족의 비극을 응시함으로써 진정
　　한 예술가는 사회의 질곡 밑에서 허덕이는 민중 편에서 그들이 겪
　　는 비극을 정직하게 증언해야 된다는 인식에 도달한다.9)

이와 같은 아사녀와 주만의 죽음의 의미는 당시의 사회의 타협이
나 융합이 불가능한 것임을 알 수 있다.
결국 이 사랑의 복합구조는 예술과 사랑과 신분이 사회적 문맥 속
에서 어떤 대응관계를 드러내며 그 한계는 어떻게 귀결되어지는 것
인가를 보여 주고 있다.
한편, 이 작품을 사회적 문맥에서 살폈을 때 대립의 구조는 권력 심
층부에 자리 잡고 있는 事唐派인 시중 금지와 민족주의적이며 전통을
고수하려는, 성품이 곧은 國仙道 伊飧唯宗으로 나누어 볼 수 있다. 이
러한 골격은 그대로 인물의 갈등으로 나타나 금성과 경신의 대립으로
나타난다. 개인 생활의 고립적인 행복추구에 골몰하는 금성과, 사회발
전의 측면을 개인생활로 여기는 경신과 아사달이 대조적으로 보이는
데 이것은 이 소설에서 가장 깊고 중요한 갈등으로 보인다. 빙허는 이

---

8) 宋百憲, op. cit., p.241.
9) 崔元植, op. cit., p.136.

두 세력의 갈등을 대조적으로 표현했다.

> 당당한 금시중의 아들이요. 당나라의 말이나 글을 조금만 알아
> 도 금쪽같이 쓰이어 먹는 오늘날 자기는 당나라 유학까지 하였
> 겠다. 한림학사란 기가 막힌 벼슬 가자까지 얻었겠다. 어느 모를
> 어떻게 뜯어 놓고 보더라도 신라 천지를 통틀어 자기 만한 신랑
> 감은 없을 것이다.[10]

주만을 아내로 삼으려는 금성의 당당한 권력을 묘사한 위의 인용
문은 당시에 당학파가 점유하고 있는 지위를 여실히 드러내 주고 있
다. 한편 경신은 내물왕(奈勿王)의 직계 후손[11]으로 경덕왕이 늦게
라도 왕자를 두지 못했더라면 대통을 이을 집안으로 당학파를 미워
하고 국선도를 숭상하는 사람이었다. 그의 아버지는 '임금에게 당나
라에 아첨하기로 일을 삼는 무리들 하고 한 조정에 어깨를 나란히
하는 것이 치욕이라 하여 伊飡벼슬을 버린 사람이었다. 경신은 마치
개화기의 민족주의의 사학자들과 같은 면을 보이기도 한다.

> 『어보게, 생각을 해보게. 당명황이 안록산에게 쫓기어 멀리 촉
> 나라 두메로 달아났으니 이때를 타서 대군을 거느리고 지쳐 들
> 어갔으면 중원을 다 차지는 못할망정 고구려의 옛 땅이야 다시
> 찾아오지 못하겠나.』[中略]
> 『안 되네, 안 되어. 나도 게까지 생각은 해보았네마는 암만해
> 도 될 성싶지를 않데. 첫째로 그만한 큰일을 하자면 신라 왼 나
> 라의 힘을 기울여야 성사가 되겠거든. 소위 당학파들이 첫뜩 조
> 정을 움켜쥐고 있으니 까닭 잘못하면 역적의 누명이나 쓰고 말
> 거란 말이지. 촉나라까지 쫓겨 난 당명황에게 꾸벅꾸벅 문안 사

---

10) 『全集』 p.57.
11) Ibid., p.103.

신까지 보내는 판이니 그자들에게 정당론(征唐論)을 끄집어내어
보게 천 길 만 길 뛸 것 아닌가?[12]

이와 같은 귀족계층의 두 대조적인 인물이 주만과의 관계로 대립하
게 된다. 이렇게 구성된 것은 현진건의 현실인식이 바탕을 이룬 것으
로 볼 수 있다. 그리고 그는 인물묘사에서 대조적으로 그려내고 있다.

금시중은 얼굴빛이 노리캥캥한데다가 수염도 없이 얼른 보면
고자로 속게 되었는데 이손 유종은 긴 수염이 은사실처럼 늘어
지고 너그러운 두 뺨에 혈색도 좋으니 풍신조차 정반대였다. 하
나는 깐깐하고 앙큼스럽고 하나는 팔팔하고 호방하여 두 성격이
아주 틀렸다.[13]

도식적으로 인물을 美醜로 유형화시켜 善과 惡의 외형적 모습으로
드러내놓고 있다. 초기 단편에서 보여 주었던 사실주의적 기법과는
거리가 멀어 마치 고대 소설에서의 인물묘사처럼 보여주고 있다.

이손 유종 - 경신으로 이어지는 국선도와, 금지 - 금성으로 연계된
당학파는 당시 사회가 내포하고 있었던 대립 갈등의 양상이라고 볼
수 있다.[14]

그러나 당나라에 가서 공부하고 돌아온 한림학사 금성이 경신한테
불국사에서 당하고 주만한테 담 위에 올라앉았다가 야유를 당하는
것은 당시 신라 때 문제이지만 이런 비판과 야유는 이제 저항기에
현실에 집착했던 사대주의자들에 대한 것이라고 볼 수 있다.

위에서 계층 간의 대립구조로서 복합적인 애정의 경우와, 세 력 간

---

12) Ibid., p.182.

13) Ibid., p.94.

14) 鄭漢淑. op. cit., p.287.

158

대립구조로서 사당파와 국선파의 경우를 살폈다. 특히 계층 간의 대립
구조로서 아사달과 주만의 만남에서 대립되는 금성은 정치적 권력과
사회적 명예를 이용한 파행적인 행위를 하는 인물이다. 창조적 능력이
결여되어 있고 사대적인 근성으로 권력의 핵심부에 도사리고 앉아 있
는 그는 타락한 사회의 전형적 인물이다. 반면에 경신은 이손 유종이
선택한 주만의 결혼상대자로서가 아니라, 주만의 사랑을 이해하고 아
사달의 장인의식을 이해하며 또 신라의 지배문화의 극복을 도모하는
인물이다. 그는 사대주의에 빠져 있는 정치적 위기를 극복할 수 있는
정치적 개혁의식을 가지고 있는 인물로서, 또한 타락한 사회풍조를 극
복하는 도덕적 인물로서 총체적인 의미를 갖고 있다.[15]

이런 금성과 경신의 대립은 가치관의 현격한 차이에서 비롯된 것
으로, 비단 평면적인 구조로 선악의 대립 양상을 띠고 있지만 작가
의 의도가 잘 나타나 있는 부분이다. 특히 사당파와 국선파의 대립
은 1930년대 일제하에서 일제에 동조했던 친일적 세력과 일제와의
타협을 거부했던 항일적 민족주의 세력 간의 갈등에 대한 우의적 표
현으로 작가의 통찰력과 관련이 있으리라고 보여진다.

계층 간의 대립구조로 애정의 문제는 아사달과 주만의 경우에서 보
여진다. 이들의 사랑을 鄭漢淑은 예술성과 관련시켜 다음과 같이 쓰고
있다.

「無影塔」의 사랑이란 理想主義的이요, 耽美主義的이었다. 現實
的인 감각으로 注視한다면 주만과 아사달의 사랑이란 있을 수 없
는 空虛한 것으로 지적될지 모르지만 그것은 多寶塔과 釋迦塔의
藝術的 분위기를 共感케 하는 역할에 큰 의의를 지니는 것이다.[16]

15) 玄吉彦. op. cit., p.154.
16) 鄭漢淑. op. cit., pp.285~286.

라고 했다. 그러나 사랑의 문제에 국한시키기보다는 시대인식의 문제를 결부시켜야 되리라고 본다. 아사달의 장인 정신과 주만의 사랑의 선택이 시대적 상황을 초월하는 양식으로 같은 의미를 가지고 있기 때문이다.[17] 그리고 주만의 사랑의 갈등이 개인이나 가족의 차원인 일상적 삶에서가 아니라 사회구조와의 갈등에서 현실적 삶을 초월하는 양식이며 아사달의 장인의식도 개인의 예술적 욕망을 충족시키는 데 그치는 것이 아니라 한 시대의 비패한 삶을 극복하는 양식이란 점에서 이해할 수 있다.

　작품 중의 많은 인물 가운데 특히 이들을 거론하는 이유는 문학작품에서 주역은 진실한 인간성(humanity)을 가진, 그리고 사회 발전의 객관적인 경향을 대표할 수 있는 전형적(type)인 개인으로 묘사되기를 요청하기 때문이다.[18]

　그리고 아사녀와 주만의 수직적 대립도 상고해 볼 필요가 있다. 이들은 직접적인 갈등이 상하 두 계층의 만남으로 사회 발전에 계기가 된다고 볼 수 있다.[19] 아사녀는 참된 가치를 추구하며 도덕적 윤리규범의 테두리를 벗어나지 못하고, 주만은 사회적·도덕적 규범을 해체시켜서라도 그의 이상을 실현하려고 노력하지만 둘 다 패배하고 만다. 따라서 이들의 비극은 단선적인 것이 아니고 사회구조가 가지고 있는 복잡한 내부적 모순이 창출해 낸 비극이다.[20] 아사달을 사랑했기에 화형이라는 비극적 최후를 맞는 주만과, 절망과 허무 속에

---

17) 玄吉彦, op. cit., p.133.
18) Lukacs. G. *Es geht um den Realismus*, Marcuse. H. *The Aesthetic Dimension*, 文學과 社會 研究所譯, 『미학의 차원』, (청하, 1983). p.23. 重引.
19) 申東旭, 「현진건의 無影塔」 p.116.
20) Ibid., p.124.

서, 최후를 맞는 아사녀와의 두 죽음은 각각 두 계층의 비극적 의미를 내포하고 있으며 서로 타협도 융합도 될 수 없었던 신분 사회의 모순을 드러낸 것이라고 할 수 있다.[21] 작품에서 작가의 의도적이고 작위적인 면이 보이지만 작가가 이상을 수용할 수 없는 현실을 죽음으로 그려낸 것은 시대의 한계성을 인식한 것으로 보인다. 이 극복할 수 없는 현실의 한계성은 그가 뛰어넘을 수 없었던 1930년대라고 보아도 좋을 것 같다.

2) 식민지 상황의 轉移

역사소설이 갖는 의미는 역사가 背景的 의미를 넘어 역사에 대한 해석과 시대와 관련한 작가의 통찰력을 통해 소설미학을 완성하는 것이라고 볼 수 있다. 이런 측면에서 1930년대 말 암흑기에 7, 8년 만에 붓을 든 작가는 역사소설인 「無影塔」에서 어떤 주제를 가지고 썼을까? 그는 이 작품의 연재가 끝난 뒤에 쓴 글에서,

> 作者가 主題는 벌써 作定되었으나 現代에 取材하기도 거북한 점이 있다든지 또는 現代로는 그 主題를 살려낼 眞實性을 다칠 念慮가 있다든지 하는 境遇에 그 主題에 適當한 史實을 찾아내어 얽어 놓은 경우입니다.[22]

라고 역사소설을 쓰는 작가의 태도에 대하여 썼다. 이제 그의 말대로, 현대에서 취재하기 거북한 주제를 史實에서 찾아 형상화한 것을 살펴본다.

---

21) 申東旭, 「일제하의 극빈상과 민족 주체성의 드높임」, 『우리 이야기 문학의 아름다움』, (韓國硏究院, 1981). p.199.
22) 玄鎭健, 「歷史小說의 問題」, (『文章』, 1939. 11). pp.128~129.

玄鎭健은 당대의 시대 상황과 그 극복을 역사적 사실에서 추구하여 역사소설의 새로운 면모를 제시하였다. 1930년대 후반 일제에 의해 문단적 활동이 거의 폐쇄되어 가던 상황에서 시대적 배경을 신라 제35대 景德王(AD. 742~764)때로 삼았다. 삼국통일 직후부터 중앙집권화정책의 추진과 아울러 傍系貴族들을 도태시키면서 강화되고 있던 中代 王室의 專制的인 세력도 中代 末期에 이르면서 그 한계점에 도달하게 되었다. 그리하여 景德王은 이러한 한계를 극복하는 방법으로 文武王代부터 시작되었던 귀족세력의 억제를 위한 최후의 시도로써 여러 가지 개혁을 강행하게 되었다.[23] 그러나 景德王 16년(757)에 중앙귀족들이 지방에 대한 지배세력을 억제하기 위하여 폐지했던 祿邑을 귀족들의 반발로 다시 부활시키지 않을 수 없었던 상황이 되었고, 그 결과로 景德王에 이어 惠恭王이 겨우 8세의 어린 나이로 즉위하자 중앙귀족들의 대대적인 반란이 폭발하고 말았다.[24] 이때를 작가는 표면적으로는 태평성대라 했으나, 내면적으로는 불만과 불평이 만연된 사회로 파악했다. 창작 당시 우리나라는 1936년 새로 성립된 일본의 廣田內閣이 본격적으로 파쇼를 강화하고, 1932년 農山漁村經濟更生運動과 같은 것을 전개하여 세계적 경제공항에서 빚어진 농민의 궁핍과 그로 말미암은 불만·불평의 폭발을 미연에 방지하고 宣撫工作을 폈던 때였다. 1937년경에 이르면서 식민지

---

23) 崔炳憲, 「新羅下代社會의 動搖」, (국사편찬위원회, 『한국사』 3권, 탐구당, 1978. 8. p.427 ff)에 의하면 景德王代 改革은, ① 景德王 6년(747) 國學에 諸業博士와 助敎를 두어 儒敎敎育을 강화하였고, ② 7년 偵察員을 설치하여 官吏에 對한 감독을 강화하였고, ③ 18년 官制改革을 단행하여 왕은 貴族會議政治體制를 떠나 專制的인 지배를 쉽게 하기 위한 새로운 체제를 만들었으며, ④ 주·군·현 간의 영속관계를 체계적으로 정비하였다.

24) Loc. cit.

수탈체제가 구축되었고, 皇國臣民化敎育을 전개하였다. 이러한 상황에서 작가는 작품을 통해 낡은 양식을 거부하고 새로운 삶을 사랑과 예술로서 고통스럽게 성취하였던 인물들을 통하여 현실을 극복하고 새로운 세계로 지향하는 길을 제시하였던 것이다.25)

이 작품에서 정치적 상황은 사망파와 국선파의 대립으로 나타난다. 伊飡唯宗과 侍中金旨의 대립은 전통적 사상을 고수하려는 쪽의 외래 사상이나 힘을 의지하려는 쪽이 충돌로 나타난다. 여기서 작자는 외래문화 또는 외세에 의존하는 것은 민족의 분열을 가져오게 되고 결국에는 망하는 지경에 이름을 암시하고 있다. 작가는 대립에서 객관적 입장에 서지 못하고 국선도의 입장에 서서 작품을 전개하여, 금지에 대한 묘사나, 사건을 통해 사당파에 대한 저항감을 그대로 노출시켰다. 국선도는 긍정적이며 지향의 이상으로 표현하였다.

> 신라를 두 어깨에 짊어질 만한 인물, 밀물처럼 밀려들어오는 고리타분한 당학을 한 손으로 막아내고, 지나치게 흥왕하는 불교를 한 손으로 꺾으며 기울어져 가는 화랑도를 바로잡을 인물, 이것이 유종이 꿈꾸는 사윗감이었다.26)
>
> 설령 금성이 출중한 재주와 인물을 갖추었다 하더라도 유종은 이 혼인을 거절할 수밖에 없었으리라. 첫째로 금지는 당학파의 우두머리가 아니냐. 나라를 좀먹게 하는 그들의 소위만 생각해도 뼈가 저리거든 그런 가문에 내 딸을 들여보내다니 될 번이나한 수작인가. 도대체 당학이 무에 그리 좋은고, 그 나라의 바로 전임금인 당명황(唐明皇)만 하더라도 양귀비란 계집에게 미쳐서 정사를 다스리지 않은 탓에 필경 안록산(安祿山)의 난을 빚어내어 오랑캐의 말굽 아래 그네들의 자랑하는 장안이 쑥밭을 이루고 천자란 빈 이름뿐, 촉나라란 두께 속에 오륙년을 갇이어 있지 않았는가?27)

---

25) 玄吉彦. Ibid., p.131.

26) 『全集』, p.98.

이와 같은 외세에 대한 비판은 당나라 혹은 중국에 대한 관점이
아니라 외세에 의존하고 있는 세태를 겨냥한 탄식이라고 볼 수 있다.
이 작품에서 사당파를 일제에 영합하는 친일세력으로 바꾸어 놓고
보면, 국선파는 독립국가를 수호하려는 민족주의 세력으로 볼 수 있
다. 결국 그는 민족혼을 재생시키기 위해 강한 집념을 드러낸 것이
다. 그는 조선혼을 인식해야 됨을 다음과 같이 피력했다.

> 오직 朝鮮魂과 現代精神의 把握! 이것이야말로 다른 아모의
> 것도 아닌 우리 문학의 生命이오 特色일 것이다. 달쓴 氣焰에서
> 고지식한 槪念에서 수고로운 模倣에서 한걸음 쒸어나와 차근차
> 근하게 周圍를 觀照하고 고요하게 제 心臟의 鼓動하는 소리를
> 들을 제 이것이야말로 우리 문학의 운명인 줄 깨달을 수 잇슬
> 것이다.[28]

투철한 민족의식과 올바른 역사의식이 문학의 생명임을 언급한 것
으로 이런 창작태도가 그대로 남아있음을 볼 수 있다. 따라서 玄鎭
健은 당대의 현실을 해석하기 위하여 이와 같은 정치·사회적 배경
을 설정했던 것이다.
이 작품에서 계층의 구분 없이 가치관이 타락해 있음을 보게 된다.
먼저 종교의 부패상을 볼 수 있다. 이 작품의 시작은 초파일 연등행
사를 준비하는 데서 시작된다. 작가는 景德王 때 불교문화를 이렇게
적었다.

> 눌지왕 때부터 몰래몰래 이 나라에 스머들어온 서천 서역국
> 부처님 도는 법흥왕 말엽 이차돈의 순교로 활짝 길이 열리고, 삼

---

27) 『全集』, p.101.
28) 憑虛, 「朝鮮魂과 現代精神의 把握」, (『開闢』 65호, 1926. 2). p.135.

한 통일을 거쳐 성덕·경덕에 이르자 그 찬란한 연꽃은 필대로
피었다.
그 당시 초파일이라면 설·대보름·팔월 한가위보다 더 큰 명
절이었다.[29]

이는 불교의 타락성을 드러내기 위한 복선이다. 찬란한 불교문화
속에 스며드는 타락상이 뒤이어 노출된다. 큰 절인 황룡사·분황
사·백률사 같은 곳에서는 임금의 거동을 맞이할 준비로 쩔쩔맸다.
그 이유는 임금의 한번 거동에 쌀과 금과 은과 피륙이 산더미로 쏟
아지는 까닭이었다. '부처님이 나셨으니 좋고 임금님이 오시니 좋고
그보다 더 좋기는 생기는 것이 많은 것'이었다. 이렇게 '서라벌이 발
칵 뒤집히도록 야단법석을 하는 가운데 오직 불국사만은 다 가무러
진 잿불처럼' 조용했다. 불국사가 어느 절 못지않은 대찰임에도 이런
까닭은 아사달이 석가탑을 완성하지 못했기 때문이다. 이로 말미암
아 불평·불만이 터져 나온다.

금년에도 꼭 공사를 끝내고 낙성겸 굉장하게 파일을 지낼까
했더니 젠장맞을 그 원수엣놈의 탑이⋯⋯[30]

탑은 불교의 상징적 물체임에도 저주의 대상이 되고 말았다. 외형
적으로 보이는 찬란한 불교문화와는 달리 그 이면에는 속화된 모습
을 볼 수 있다. 중들이 道를 닦고 衆生을 제도하는 일에 몰두해야
함에도 대갓집 불공이나 기다린다. 중들의 부패상은 화랑으로 있다
가 입산수도하는 龍氅과 경신의 대화를 통해 여실히 나타난다.

---

29) 『全集』. p.7.
30) Ibid., p.35.

"그중에도 돈냥이나 있는 놈들은 아랫마을로 살살 다니면서 계집질이나 하고 몰래 술들이나 퍼 먹고……"

"그야 많은 중 가운데 그런 자도 더러야 있겠지. 자네는 남의 결점과 단처만 보는 버릇이 있느니……"

"더러가 다 뭐요? 그 놈이 다 그 놈이지 출가란 빈 말뿐이오. 어떻게 무섭게 돈을 아는지 던적맞기 짝이 없다오. 어디 재 한 번, 불공 한 번 더 얻어 걸리겠다고 이건 대가집 아낙네만 얼찐하면 치마꼬리에 매어달리듯 졸졸 쫓아다니고 그 비위를 맞추기에 곱이 끼었으니 그것들을 데리고 내가 무슨 일을 할 수가 있겠단 말씀이오."[31]

속세의 물욕에 탐닉해 있으면서 구도적인 행위를 포기한 승려들의 지탄받을 행위는 불교라는 사회지배이념의 절대성에서 비롯된 것으로 진정한 가치는 감추어진 상태에 있고 가짜의 가치만이 밖으로 나타난 모습으로 볼 수 있다.

이와 같이 작품을 쓴 것은 속화된 중과 藝의 구현을 위해 혼신의 힘을 다하는 장인 아사달을 돋보이게 한 것도 있지만 빙허가 인식한 현실의 일부일 수도 있다.

L. 골드만은 '소설은 작가의 윤리가 작품의 미학적 문제가 되는 유일한 장르'[32]라고 말한 바 있다. 작가가 작품에서 도덕적인 면을 도외시하고 쓰기는 어렵다. 그래서 문학에서 도덕에 대한 문제는 주로 문학의 기능과 관련해서 많은 논란의 정점이 되었다. 따라서 선악의 갈등은 문학의 주제로 많이 이용되었다.

이 작품에서 도덕적 가치관의 붕괴 내지는 타락상을 어떻게 쓰고 있는지 살펴보기로 한다. 이것은 景德王 당시 사회의 재현이란 측면

---

31) Ibid., p.181~182.
32) Goldmann, L., *Pour une sociologie du roman*, 조경숙 역, 『소설사회학을 위하여』, (청하, 1982). p.19.

에서보다는 1930년대 가치관이 轉移된 것이라고 볼 수 있다.

우선 권력의 횡포를 들 수 있다. 금성이 주만을 짝사랑하나 주만이 거들떠도 보지 않자 주만을 집으로 찾아 가지만 봉변만 당하고 온다. 어떻게 해서든지 주만을 아내로 맞으려는 그의 심보는 기회를 엿보다가 주만이 밤에 불국사로 자주 간다는 말을 듣고 길목을 노린다. 주만이 평민이었다면 하인들을 시켜 잡아 왔겠지만, 지체 높은 가문의 딸이므로 쉽지가 않았다. 그는 시중의 아들이고 당나라에서 유학하고 한림학사가 되어온 까닭으로 쉽게 아첨하는 무리들을 포섭하여 불국사를 습격하였다. 실패로 끝나지만 한가위 이틀 전 어전회의에서 왕을 사이에 두고 금지는 유종을 힐난하여 유종과 금지는 논란을 벌인다. 이것은 국가대사를 토론하는 것이 아니고, 금지의 개인감정에서 나온 것으로 권세를 이용하여 수단과 방법을 가리지 않고 자행하는 것을 볼 수 있다.

또 하나는 신의의 타락상을 볼 수 있다. 이것은 아사달이 경주로 떠난 뒤 아사녀를 둘러싼 아사달의 친구·후배들 간의 치열한 다툼으로 제시되었다. 아사달과 주만, 주만을 둘러싼 갈등과 대립이 작품에서 골격을 이루는 것으로 볼 때, 아사녀가 부여로 떠나게 된 원인을 장황하게 쓸 필요가 없었다. 그러나 玄鎭健은 아사달의 친구 팽개를 중심으로 몇몇의 사람들이 아사녀에게 접근하는 것에서부터 아사녀가 부여를 떠날 때까지를 상당부분 할애했다.(모두 164회 중 23회분에 걸쳐 썼음) 이것은 사회적으로 신의가 타락한 양상을 보이기 위한 것이다. 평민들 사이에서 인간관계는 믿음을 전제로 삶이 영위되어야 함에도 자신들의 자그마한 목적을 위해 신의를 헌신짝처럼 버리는 것을 볼 수 있다.

그 다음, 황금 숭배 사상을 볼 수 있다. 작위적 요소가 짙은 부분

이지만 아사녀가 모진 고생을 하여 불국사 근방까지 왔을 때, 그는
모든 기력이 쇠진해 있었다. 그를 구해 준 '콩콩'이라고 하는 노파는
정성을 다하여 회복하도록 도와주고 난 뒤에 아사녀를 이용하여 돈
을 벌려고 했다. 아사녀가 죽자, 노파는 아사녀가 죽을 때까지 투자
한 돈을 찾으려 애를 쓴다. 집요하게 아사달에게 접근하여 받아내려
는 콩콩은 인정이나 죽음에 대한 일말의 슬픔이나 애도의 마음은 전
혀 보이지 않는 돈만을 아는 냉혈인간이었다.

이와 같은 몇 가지는 일제하에 민족이 단합하여 광복을 찾는 데 장
애가 되는 요소들로 민족 간의 분열의 요인이 되는 것이라고 볼 수 있
다. 그리고 이 같은 도덕성의 타락은 황폐화된 식민지 상황의 전이라
고 볼 수 있다. 이것은 간접적인 현실 대응 방식의 하나로 작품에 나
타나 있으며, 작가가 개인의 가치를 추구하는 것으로 볼 수 있다.

3) 통속소설의 극복

玄鎭健의 이 작품을 통속소설로 분류한 것은 金南天에 의해서였다.
그는,

> 우리 長篇小說이 갖고 있는 모든 矛盾, 分裂, 乖離(長篇論議의
> 성과를 總括한 個條中 第三項을 參照하라)에 대하여 苦心하거나
> 超克할 方向에서 努力치 아니하고, 出版機關의 商業主義에 迎合
> 하야, 그대로 安易한 解決方法으로 몸을 던진 것, 그리하야 興味
> 本位, 偶然과 感傷性의 濫用, 構成의 奇想天外, 描寫의 不誠實,
> 人物設定의 類型化, 等等에로 가 버린 것을 「通俗性」이라고 불러
> 볼 수 있을 것 같다.[33]

---

33) 金南天, 「長篇小說界」, 『朝鮮文藝年鑑(昭和 14年度)』, (人文社, 1939),
  pp.13~14.

라고 하면서 '순수한 통속소설은 아니라고, 작자 내지는 일부의 評者, 讀者에 依하여 생각되어 왔음에 불구하고, 長篇小說論議의 分析과 結論에 비추어, 그의 通俗性이 明確히 들어난 것'으로 朴泰遠의 「愚氓」 외의 5편을 골랐다. 이 분류는 주로 기법을 중심으로 한 형식적인 면을 논의의 대상으로 삼고 단정한 것이다. 그러나 그는 '日常性과 時事性의 가운데 浸透하여 大衆의 生活 속에서 批判力과 情緒를 培養해 주고 眞正한 享樂을 누리는 것만이 文學의 本來精神[34])이라고 하며 순수와 통속을 구분하였다. 그에 의하면 통속성은 독자와의 영합하는 데 있는 것을 전제로 한 것이어서 위에서 기법에 대해 지적한 것을 통해 독자와 야합한 것이었음을 알 수 있다. 安懷南도 통속소설이 論理的 必然性 대신에 荒唐無稽한 장면 전환으로 되어서 독자들의 말초신경을 자극하는 것이라고 지적했다.[35)]

이 통속소설에 대한 논의는 1935·6년 장편소설이 소설계에 큰 비중을 차지하면서 시작되었다. 통속소설이 소설계에 큰 비중을 차지하게 된 것은 「密林」·「찔레꽃」 등으로 등장한 金末峰에서부터이다.[36)] 林和에 의하면, 崔獨鵑의 「僧房悲曲」·「亂影」, 沈熏의 「常綠樹」, 咸大勳의 「無風地帶」·「愛情海峽」 등보다 小說史的 意味와 인기를 본다면 金末峰이 뛰어나다고 했다. 林和는 金末峰의 작품이 당시에 심각한 모순이던 성격과 환경의 불일치를 통일했다는 데서 그 의미를 부여하였다. 林和는 통속소설을 묘사 대신 敍述方法을 중시하며 플로트에 역점을 두고, 줄거리와 事實의 논리를 검증하지 않고 안이하게 처리하는 소설이라고 했다.[37)]

34) 金南天, 「昨今의 新聞小說」, 『批判』 제68호, 1938. 12. p.67.
35) 安懷南, 「通俗小說의 理論的 檢討」, 『文章』 2권 9호, 1940. 11. p.153.
36) 林和, 「通俗小說論」, 『文學의 論理』, (학예사, 1940). p.392.
37) Ibid., p.410.

이 통속소설은 순수소설의 독자와 점차 거리가 생기면서 나타났는데, 林和의 로만 개조론은 바로 이런 상황에서 나타난 모색의 하나라고 볼 수 있다.

통속소설의 논의는 기법상의 문제와 내용상의 문제로 나눠 볼 수 있다. 기법상의 논의는 구성의 기상천외, 인물의 유형화, 비논리적 우연성의 개입 등으로 요약될 수 있고, 내용에 대한 논의는 感傷性의 濫用, 흥미본위의 이야기 등을 들 수 있다. 그리고 지탄의 대상이 된 것은 작가의 안이한 창작태도였다.

이제 앞서의 『朝鮮文藝年鑑』에서 분류한 것이 절대적인 것은 아니지만 통속소설이란 분류가 정당한 것인가를 살펴보려 한다. 「無影塔」은 통속소설인가? 그리고 「無影塔」이 갖는 의미는 무엇일까? 이에 대하여 玄吉彦은,

> 「無影塔」은 바로 현실의 지배이념과 현실을 초월하려는 이념 사이의 충돌이 중심을 이루면서, 그 이념의 극복과 초월의 주동 세력으로서, 무명의 藝人 아사달과 귀족 家門의 딸 주만을 설정 하였다는 데 의미가 있다.[38]

여기에 첨언한다면, 이를 통해 1930년대 삶의 양식을 제시해 준 것에서 의미를 찾을 수 있다. 위대한 예술이란 항상 우리에게 삶을 해석해 주고, 그 해석을 통해 우리는 사물의 무질서한 상태에 보다 성공적으로 대처할 수 있으며, 그리고 삶으로부터 보다 나은 즉 보다 설득력 있고 신뢰할 만한 의미를 끌어낼 수 있기 때문이다.[39] 현실을 초월한 사랑과 예술이 낭만적 세계인식의 소산이지만 그러한

---

38) 玄吉彦, op. cit., p.150.
39) Hauser. A., *Methodern moderner Kunstbetrachtung*, 황지우 譯, 『예술사의 철학』, (서울, 돌베개, 1983). p.17.

삶의 태도가 바로 혼란되고 부패한 신라를 구원하는 역사적 의미와
일제 식민지하인 1930년대의 시대상황에 대응하는 삶의 양식으로서
의미를 갖는다. 그러므로 「無影塔」은 한 시대의 리얼리티를 획득하
고 있는 것이다.[40] 이 작품이 由來談이나 전설을 이야기로 확대한
것 그 이상의 의미를 갖는 것은 이 때문이다. 작가자신도 여기에 상
당한 의미를 부여했던 것으로 보인다. 이 작품을 연재하기 직전에
쓴 작가의 말에 의하면,

　　이 소설은 시대를 신라에 잡앗으니 소위 역사소설이라 하겠으
나, 만일 독자 여러분이 이 소설에서 역사적 사실을 찾으신다면
실망하시리라.
　　이 소설의 골자는 몇 줄의 전설에서 출발하엿을뿐이오. 역사적
사실이란 도모지 없다 하여도 과언이 아닌 까닭이다. 기록적 실
화 역사상 사실의 나열만이 역사소설이라 할진대 이 소설은 물
론 그 부류에 속하진 안을 줄 안다.
　　어떤 한 시대, 그 시대의 색체와 정조를 작자로써 어떠케 재현
시키느냐 작자의 의도하는 主題를 그 시대를 통하여 어떠케 살
리느냐, 하는 것이 작자는 역사적 사실보담도 더욱 중요한 줄 믿
는다.[41]

라고 했다. 그는 작가의 의도하는 주제를 어떻게 독자에게 전달하느냐
하는 것에 초점을 맞추었던 것이다. 이와 같이 그가 문학작품을 형식미
에 치중하여 창작했다기보다는 내용전달에 몰두하고 있음을 알 수 있
다. 이러한 그의 태도는 다음과 같은 글에서도 확인할 수 있다.

　　藝術이 藝術되는 所以然은 거긔 藝術的 表現의 有無에 쌀하서

---

40) 玄吉彦, op. cit., p.150.
41) 玄鎭健, 「作者의 말」, (『東亞日報』, 1938. 7. 16).

決定될 것이로되, 그 決定된 藝術이 人生에 對하야 重大한 價値가 잇느냐 업느냐는 오로지 그 作品의 內容的 價値, 生活價値를 쌀 하서 決定된 것이라 생각한다.[42]

이와 같이 '內容的 價値·生活價値'에 의해서 결정되는 것이라고 하여 문학의 기능적인 면을 중시했음을 볼 수 있다. 그러면 그에게 있어서 내용적 가치란 무엇을 의미하는가? 그것은 '朝鮮文學인 다음에야 朝鮮의 쌍을 든든히 듸듸고 서야 될'[43] 것이고 '現代文學'인 다음에야 '現代의 精神을 힘 있게 呼吸해야 될 것'이라 하여 민족문학을 표방하고 있음을 알 수 있다.

이러한 측면에서 본다면 「無影塔」을 애정 문제를 다룬 통속소설이라고 몰아세우기는 어렵다.

그리고 앞의 「작가의 말」에서 그의 창작태도를 읽을 수 있다. '그 시대의 색채와 정조를 재현'시키면서, '주제를 어떻게 살리느냐' 하는 것이다. 이 글은 앞서 인용한 「역사소설의 문제」에서와 같은 맥락에서 이해할 수 있다. 그러면 왜 현재에서 소재를 취하지 않고 과거에서 취했는가? 이 물음에 대해서 그는 다음과 같이 언명하고 있다.

史實을 爲한 小說이 아니오. 小說을 위한 史實인 以上 創作家는 第2의 境遇(注22 인용문)를 더욱 重視하여야 될 줄 믿습니다. 이미 主題를 作定한 다음에야 그 素材를 取하는데 現在와 過去를 가릴 必要가 없는 줄 압니다. 作品上에는 現在라고 더 現實的이고 過去라고 非現實的이란 觀念은 도무지 成立이 되지 않는 줄 믿습니다.…… 過去가 現在에 가지지 못한 求하지 못한 眞實性을 띄었기 때문에 더 現實的이라고 믿습니다.[44]

42) 憑虛, 「이러쿵저러쿵」, (『開闢』 제44호, 1924. 2). p.116.
43) 憑虛, 「朝鮮魂과 時代 精神의 把握」, p.134.

172

　이러한 진술이 역사소설이 갖추어야 할 요건의 전부라고 하기는 어렵다. 그러나 위의 진실대로 한다면 이 「無影塔」은 신라 景德王 시대가 아니어도 좋다. 다만 1930년대라는 시대적 상황을 轉移시킬 수가 있다면 어느 시대가 되어도 좋다는 것이 된다. 따라서 이 작품에서는 역사적 사건을 다보탑과 석가탑이 이룩된 것 이외는 역사적 사건이 개입되어 있지 않았다. 무명의 인물과 시대적 배경이 있을 뿐이다. 그러나 그 무명의 인물이 그 시대의 지배계층과 피지배계층의 면모를 독특하고 폭넓게 제시하지는 못했으며, 역사를 이해하는 사관도 존재하지 않았다.

　이러한 긍정적인 면과 부정적 시각이 있음에도 불구하고 역사소설에 새로운 모습을 보여 주고 있다. 역사소설이 '회고적이며 현실도피적이며 시대정신에 대한 통찰과 비판, 민족의 현실적 요구를 작품화하지 못'했다는 비난과 함께 장편 소설의 타개책이 모색될 때, 그는 역사적 소재를 새롭게 구성하고 의미를 부여하여 민족문학으로 승화시키려 했다. 앞서의 역사소설로서의 부정적 측면이 있기는 하지만, "역사소설가에게 중요한 것은 史實이 아니라, 史實의 결과를 만들어 낸 社會와 人物이 가지고 있는 歷史發展의 힘인 것이다. 發展의 힘은 時代的 環境과 人物 사이 相互關係된 모순과 갈등 속에 있다."[45] 라는 견해도 수긍할 수 있다. 그리고 이 작품은 특히 日常的 人物을 역사의 주체로 파악하여 당대의 참다운 민중상을 정립함으로써 前代의 李光洙나 金東仁의 역사소설의 한계를 뛰어넘었다고 볼 수 있다.

　이와 같이 이 작품을 살폈을 때 이는 통속소설을 극복하고 새로운 역사소설의 새로운 지평을 열었다고 볼 수 있다.

---

44) 玄鎭健, 「歷史小說의 問題」, p.129.
45) 申東旭, 「玄鎭健의 無影塔」, p.113.

(2)「大首陽」

　　김동인의 「大首陽」은 이광수의 「端宗哀史」를 비판했던 그가 代案으로 쓴 것이라고 볼 수 있다. 이 작품은 작가가 단종사건에 관심을 보인 때에『開闢』에 연재하였다가 중단,『朝光』에 다시 연재하였던 것이다.[46] 金東仁은 「端宗哀史」를 秋江 南孝溫의 「六臣傳」을 대본으로 만든 것이라 했다. 남효온은 六臣의 忠誠心을 表揚하기 위하여 「六臣傳」를 지었다. 金東仁은, 端宗을 義帝로 首陽을 秦始皇으로 풍자한 「弔義帝文」을 지었다가 剖棺斬屍 당했던 金宗植의 門弟인 南孝溫의 「六臣傳」이 誤記와 曲筆로 점철되었다고 「春園硏究」에서 지적하고 있다.[47]

　　이제 金東仁의 「大首陽」은 「端宗哀史」와 어떻게 다르며, 달라진 까닭은 무엇인가? 역사의 해석상의 차이는 어떤 의미를 가지고 있는가. 그리고 「大首陽」이 역사소설로서의 문제점은 무엇인가를 살펴보려 한다.

　　「大首陽」의 내용은 世宗 昇遐 몇 년 전 [대략 世宗 30년(1448)]부터 世祖 卽位인 1455년 윤 6월까지이고, 「端宗哀史」는 世宗 23년(1441) 7월 23일부터 世祖 3년(1457) 10월 24일 端宗 賜死까지 그린 소설이다.

1) 조종된 인물

　　작품이 순수한 문학적인 목적이 아니고 다른 목적 아래서 쓰여졌을 때, 작품에 등장하는 사람들의 성격이나 행동이 필연적 연관성이

---

46) 이 작품은 「巨人은 움직이다」란 제목으로『開闢』(2권 1호~3호, 1935. 1~3)에 연재하였던 것으로, 뒤에『朝光』64~74호(1941. 2~42. 3)에 다시 연재하면서 제목을 「大首陽」으로 바꿨다.

47) 金東仁, 「春園硏究」,『東仁全集』제8권, (서울, 弘字出版社, 1968. 10). p.576. (以下『東仁全集』은『全集』으로 줄임).

없이 작가가 의도했던 그 목적을 향해 줄달음질치게 되어, 인물은 단순한 소도구밖에 안 된다. 더구나 당시의 사회적 환경이나 시대적 배경과 긴밀한 관계가 유지되어 있지 않으면 인물묘사가 抽象化를 가져올 뿐이다. 斷片的인 인물묘사는 성격을 誤導하는 결과로 작품 해석에 잘못된 견해를 가져오기 쉽다. 역사소설에서 사건은 작가의 사관에 의해 달리 해석될 수 있고, 따라서 인물에 대한 평가와 이해 도 같은 차원에서 이루어질 수 있다. 다만 反歷史的일 때와 고증의 한계를 넘어섰을 때는 사관과 관계없이 역사소설로서의 가능성을 의 심하게 된다. 김동인은 「端宗哀史」를 비판하고 나서 쓴 이 작품에서 역사에 대한 새로운 해석과 이해를 제시하고, 단종사건에 대한 사회 적 통념을 무시하고 새로운 해석을 시도했다. 그러나 그 자신도 李 光洙가 범했던 愚를 범하고 말았다. 그것은 불쌍한 단종의 편을 드 는 입장에 서 있던 李光洙의 입장에서, 위대한 영웅 수양을 지지하 는 처지로 바뀌어진 상태에서 등장인물들을 역전시키고 있는 것이다.

우선 수양의 영웅화를 살펴보기로 한다.

金東仁이 「端宗哀史」를 '소년왕의 一代記'라고 통박했지만, 「大首陽」 도 '首陽登極記'로 전락되고 말았다. 그는 이 소설의 대부분을 首陽의 英雄化에 바치고 있다. 바로 이점은 李光洙가 '어린 몸으로 마음에 없 이 禪位를 하고 마지막에 가련한 최후까지 보았으니' 하여 '소년왕이니 불쌍하다'는 등의 말을 한 것을 반박이라도 하듯이 수양을 그려 나가고 있는 것이다.

李光洙가 단종을 戲畵化하여 만들었듯이 金東仁은 首陽을 英雄化하 여 또 다른 偶像을 만들었다. 그는 「春園研究」에서 이렇게 쓰고 있다.

　　그러나 아직껏(首陽이 領議政이 되어 兵・政權을 쥐었을 때 –
　引用者) 首陽의 性格과 그 性格에서 우러난 人格을 확립치 못하

리만치 여기서도 독자는 首陽의 本體를 잡기 힘들다.[48]

金東仁은 首陽의 이 모호함을 수차에 걸쳐 지적하고 이것이 '작품 통일을 잃게 하는 과오'라고 꼬집고 있다. 이런 지적에 대하여 본보기라도 내놓은 듯이 「大首陽」 10여 페이지를 넘기기 전에 벌써 그의 신체·성격·인품 등의 묘사가 두드러지게 나타난다.

> 그런데 세자는 한편 쪽만 가졌지 다른 한편 쪽은 못 가졌다. 이것이 마음에 켕기었다.
> (유[珤—首陽의 本名 – 인용자]가 맏으로 태어났으면……)
> 지금 당신이 기르는 장래의 명신들을 거느리고 진평이 이 국가를 요리할 날이 있으면 그때야말로 훌륭한 나라를 이룩할 것이다.[49]

개괄적인 표현이지만, 수양이 文과 武에 다 능함을 암시하는 글이라고 볼 수 있다. '鐵石其弓 霹靂其矢'라는 그의 신체는 '사람을 위압하는 힘이 있었고, 꼭 같은 행동이나 말을 하여도, 어찌 그런지 윗사람의 기품이 보였'[50]다고 서술했다. 그러나 신체적인 면만 그런 것이 아니라 그의 능력도 또한 높이 평가하고 있다. 그래서 그는 수양대군을 '작은 절(節)에 구애될 소인이 아니라, 전하와 넉넉히 어깨를 겨눌 만한 인물이옵니다'라고 하여 조선조 27대 왕 중 가장 뛰어난 임금인 세종에 비견될 인물이라고 추켜세운다.

신체나 인풍을 이같이 영웅화한 그는 성격이 또한 천하의 호걸로 인자하고, 끈기 있고 박력 있는 그러면서도 用意周到하고 大泛한 인

---

48) 『全集』 제8권, p.551
49) 『全集』 제3권, p.9.
50) Ibid., p.8.

176

물로 描寫하는 것도 잊지 않았다.

　사실에 있어서 수양은 맹자(孟子) 한 구절만 따로 바치라 해
도 정확히 바치지 못한다. 뜻만 통할 것 같으면 글자 개개는 얼
마를 고칠지라도 기탄함이 없을 인물이었다. 거기에 반하여 세자
는 뜻을 통하건 말건(수양의 말마따나) 옛날 성현이 무식해서
잘못 쓴 딴 자라도 원문대로 지키려는 사람이었다.51)

　수양의 융통성 있는 성격을 말해 주는 것으로 이것은 춘원이 '유
독 수양대군은 율(律) 한 수 지을 줄 모르고 저 무리가 쬔 듯이 떠
드는 한·당·송(漢唐宋)의 곰팡내 나는 옛 이야기는 알지도 못할
뿐더러 골치만 아파질'52) 뿐이라고 쓴 것과는 좋은 대조가 된다.
　이와 같은 신체와 성격, 인품을 모두 영웅화 시킨 뒤에 그의 행위
에 나타나는 것은 한결같이 타당하고 불가피한 것으로 서술되었다.
이런 것은 이 소설 전반에 걸쳐 전개되는 사건이 「端宗哀史」에서 저
질러졌던 수양의 행위를 변호라도 하는 듯하다. 그러나 수양의 영웅
화는 춘원이 선정한 인물 성격에 대조되는 면을 제시하려는 것에 끝
나지 않고 사관이나 작품내용과 깊은 관련을 갖게 된다. 그것은 수
양이 왕위를 찬탈했다는 악의에 찬 인물 평가에서, 대국적인 견지에
서 국가와 민족을 위해 위태한 시기에 왕위를 선위 받은 긍정적 인
물로 평가하는 경우에도 같다. 따라서 수양의 행위는 왕위에 욕심이
났다거나, 조카가 미워서 그런 것이 아니라 단지 나라를 위한다는
대의명분에서 나온 것으로 그리고 있다. 그래서 김동인은 수양에게
이런 독백을 하게 한다.

---

51) Ibid., p.27.
52) Ibid., p.25.

아아! 이 어리신 조카님 친정(親政) 하시기 전에 이 나라를
어서 완전히 만들어서, 빛나고 튼튼한 국가로 만들어 가지고 조
카님께 드리자.53)
　사직이 안정되면 영화는 조카님께로 ―만약 불행 일에 착오가
생기면 뒷감당은 수양 자기가 ―이렇게 마음먹고……54)

욕심이 없고 오로지 헌신적인 행위만을 하려는 대인의 풍모를 드
러낸다. 이런 면은 李光洙가 「端宗哀史」에서 수양이 '군국대사(軍國
大事)를 한 손에 쥐고 천하를 호령하는 것'55)만을 꿈꾸는 것과는 큰
거리가 있는 것이다.
　결국 李光洙의 결점을 꼬집고 그대로 닮아 간 것이다. 그리고 상
대적으로 등장하는 사람들은 수양 영웅화에 기여하는 들러리로 전락
하였다. 그래서 뒤에 다시 언급되겠지만, 김종서는 '아첨하기를 즐겨
하고 이간질하기를 좋아하는 성품을 다분히 가진'56)사람이고 안평은
'우유부단하여 결단력이 없는 사람'57)으로 묘사되었다. 김동인의 의
도는 역사에 대한 새로운 해석에 대한 강한 설득력을 발휘하는 것이
었지만 통념을 깰 수는 없었다. 결국 他意半 自意半으로 수양은 즉
위하게 된다. 人情으로 봐서는 도저히 용납될 수 없지만 나라와 조
카님[端宗]을 위해서 억지로(?) 왕위에 오른 것이다.
　이상에서 金東仁이 首陽을 영웅화하는 데 얼마나 고심했는가를 보
아 왔다. 그의 지적대로 수양의 인물・성격을 분명히 하기 위한 것
인지는 모르지만, 천부적으로 타고 난 신체에서부터 성격・인품, 그

53) Ibid., p.202.
54) Ibid., p.184.
55) 『李光洙全集』 제5권, p.71.
56) 『全集』 제3권, p.103.
57) Ibid., p.107.

리고 행위에서 완벽한 하나의 이상형의 인물을 만드는 데 주력하고 만 것이다. 그리하여 이렇게 인물을 영웅으로 만듦으로써 수양의 등극이 어떤 역사의 필연성이나 당위성보다는 단순한 역사적 사건으로만 다루는 결과를 가져왔다.

수양대군을 영웅화한 것은 그에 따른 보조적 인물에게도 마찬가지 역할을 하게 했다. 결론부터 말한다면 통념화된 역사적 해석을 새롭게 하였다는 점은 높이 평가 할 수 있으나 뚜렷한 역사인식이 없이는 무의미한 일이다. 적어도 癸酉靖難이 민족사는 그만두고라도 조선 초기에서부터 중기에 이르는 역사의 흐름에 어떤 의미를 지니고 있는가를 밝히고 민중의 삶을 보여주지 못하는 것이라면 무의미한 것이라 하지 않을 수 없다.

부정적으로 평가되었던 보조적 인물들의 모습을 살펴보기로 한다.

우선 신숙주의 경우, 신숙주는 「端宗哀史」에서 기회주의자로 또는 변절자로 되어 있지만 그는 소신 있는 정치인이었기 때문에 그를 칭송까지 했다.

> 일품정승들이 벌벌 떨며 어쩔 줄 모르는 마당에 일개 오품관으로 뛰쳐 들어서 호랑이 같은 자기의 손목을 잡고 눈물로 간하는 모양은 기특하였다.58)
> 수양은 이 길(明나라에 謝禮使로 갈 때, 수양이 正使로 신숙주는 書狀官으로 동행했다. - 인용자)에서 신숙주의 위인에 흠뻑 반하였다.59)

신숙주가 수양의 일에 전폭적으로 동조한 것이 사실이지만 明나라로 가는 인물묘사에 지나치게 작위적이다. 이런 것은 정인지의 경우

---

58) Ibid., p.76.
59) Ibid., p.43.

도 같다.

> 비범한 학식과 비범한 지혜와 함께 또한 비범한 허영심과 비
> 범한 영화욕도 아울러 가진 인지는, 자기의 '위로는 단 한 계단
> 남은 영의정이라는 자리를 바라보고는 은근히 미소하였다.[60]

단지 정인지는 권모술수를 구사할 수 있는 인물임을 암시하고 있
을 뿐이다. 정인지가 李光洙의 묘사에서 크게 逸脫된 것은 없지만,
韓明澮는 수양의 경우 같이 변해 버렸다. 그래서 「大首陽」을 쓰기에
앞서 李光洙의 묘사에 대해, '이 韓明澮를 악의 대표로 만들기 위해
서는 韓의 외모까지도 붓끝이 능히 寫出할 수 있는 최대 능력을 다
하여 흉물로 만들어 놓았'을 뿐만 아니라 '노성한 작가의 붓은 惡策
士로서의 韓을 여지없이 그려내어 大家로서 필력을 자랑하였다'[61]
고 꼬집었다. 그러나 金東仁이 그려낸 한명회는 다음과 같다.

> 한명회는 그 생장이 유문(儒門)이 아니기 때문에 유자의 기풍
> 은 없고 약간 천한 티가 보이나, 충직하기 이를데 없는 인물로,
> 역시 재상 가음에 자리를 더럽히지 않을 인물이었다.[62]

이같이 한명회의 좋은 면만을 그려내 보여 줌으로써 李光洙가 그
려낸 인물에 대하여 좋지 못한 이미지를 바꾸려 노력하였다. 金東仁
은 춘원이 미화시킨 것에 대하여 '惡을 너무 과장하다가 작자는 자
기 함정에 빠진 감이 없지 않다'[63]고 하였지만 그도 역시 변명에 치

---

60) Ibid., p.203.
61) 『東仁全集』 제8권, p.545.
62) 『東仁全集』 제3권, p.202.
63) 『東仁全集』 제8권, p.546.

180

우쳐 그 함정에 빠진 감이 없지 않다. 이 같은 것은 김종서에 대한
묘사에서도 볼 수 있다. 즉 '종서는 아첨하기를 즐겨 하고 이간질하
기를 좋아하는 성품을 다분히 가진 사람이었'[64]기 때문에 太宗이 양
녕을 世子에서 폐하고 충녕(世宗)이 세자에 책봉되었을 때 양녕에게
가지가지의 罪案을 꾸며 씌워 太宗에게 고하고 世宗에게로 참소를
할 뿐 아니라 평생에 노색을 나타내어 본 일이 없다는 당시의 영의
정 황희도 김종서에게 만은 매우 엄하였다고 쓰고 있다. 결국 김종
서는 성격이나 행동도 무력하고 지혜 없는 인물이라는 것이다. 뿐만
아니라 김종서는 端宗이 首陽을 신임하고, 首陽이 政府에 대한 介入
의 폭이 넓어지자 좌의정이라는 자리에 불안을 느껴 反正을 도모하
는 역적으로 매도되고 있다.

김종서뿐 아니라 文宗과 端宗 때의 大臣들을 명군 아래서는 지시
에 의해 어김없이 이행할 줄 알지만, 스스로 해결할 줄 모르는 '모두
무위 무능한 사람뿐이지, 변변한 사람이 없다'[65]는 것이다. 그래서
수양은 세종 '당년에는 그렇게도 명민하던 이 신하들이, 당신(文宗)
재위 이 년간에 무엇을 하였나'[66]고 한탄을 하게 된다. 이것은 김종
서와 그 밑에 신하들을 깎아버린 것으로 끝나는 것이 아니라 수양이
刷新하지 않을 수 없다는 이유를 伏線으로 깔고 있는 것이다. 43章
이 전부 이에 할애되고 있다.

또 金東仁은 死六臣에 대한 이미지 刷新도 빼놓지 않았다. 死六臣
이, 정말 金宗瑞 일당을 죽이고 수양이 왕위에 오름을 정작은 그렇
게 반대하지 않았다고 쓰고 있다. 즉 김종서 처치 후 수양이 영의정
으로 大拜된 것을 축하하는 자리에서 박팽년이 시를 경축의 의미로

64)『東仁全集』 제3권, pp.103~104.
65) Ibid., p.45.
66) Ibid., p.56.

지어 바쳤다[67]든가 수양이 영의정 된 그 밑에서 하위지와 성삼문이 좌우 司諫을 맡고 李塏가 執義가 된 것으로 수양에게 매몰차게 던져 졌던 시선을 바꾸려고 했다.

김동인이 수양에 대해 집요하게 펼친 변론은 결국 李光洙가 「端宗 哀史」에서 씌워졌던 누명을 벗길 뿐만 아니라 새로운 모습으로 미화 했다. 여기에 동원된 인물들은 모두 시대적 배경이나 상황이 극히 일부분만이 노출된 채 분장되었다.

2) 儒敎的 價値觀의 破棄

소설의 시대적 배경이 되는 사회적 규범으로서의 윤리관은 조선 개국의 억불숭유정책에 힘입어 儒가 전부였다. 따라서 儒는 절대적 이었다. 그러나 김동인은 이것을 儒를 위한 儒로 본 것이 아니라 사 람을 위한 儒로 여겼다. 명분보다는 실질을 더 중히 여겼던 것이다. 이런 것은 새로운 윤리관의 모색이라고 볼 수 있다.

김동인이 창조한 수양은 姜仁淑의 지적대로 '전통과 법규마저 때 려 부수고 새로운 질서를 향하여 감연히 일어서는 혁명아'[68]인 것이 다. 결국 수양의 눈에 비친 儒者란 한낱 입만 가지고 탁상공론만 하 는 자들로 보인 것이다. 그래서 그는 유생들로 모든 관리를 대체하 여 '적재적소(積材適所)라는 것이 없고', '유생통재(儒生統裁)'가 몹시 못마땅할 뿐더러 文宗의 행위를 '한심'하게 여겼다.

그러나 유(儒)에 치우친 동궁시대와 및 동궁시대를 지나서 국 왕시대를 통하여, 한결같이 유분을 존귀한 것으로 여기고 다른 학문 기예는 모두 천대하였다. 온갖 과학은 「기(技)」라 일컫고 「

---

67) Ibid., p.198.
68) 姜仁淑, 『韓國現代作家論』, (同和出版社, 1971). p.113.

술(術)」이라 일컬어서 천대하기 짝이 없었고…… 유와 반대되는
학문은 억압하고 박멸시키려 하였다.[69]

　수양의 눈에 비친 儒란 당시 절대적이었던 것이지만 이것을 破棄
하는 것만이 문화의 새로운 황금시대를 연출할 수 있는 것이라고 생
각했던 것이다. 그래서 '집현전 학사요, 따라서 유제자(儒弟子)인' 신
숙주가 '崇唐尊明 사상으로 빚어 놓은 듯한 유생들' 중에 하나지만,
명나라를 비판한 것을 높이 평가한다. 이것은 물론 李光洙에 의해
의리 없고 기회주의자로 낙인이 찍힌 수양의 아부의 무리였던 신숙
주를 두둔하기 위한 것이지만 생활의 테두리를 깨고 나올 수 있다는
데서 전통을 파기할 수 있는 인물로 해석함으로써 「大首陽」이 존재
할 수 있는 교두보인 셈이다.

　孝는 모든 윤리관 중에 가장 으뜸 되는 것으로 절대적이었다. 이것을
수양은 파기하고 인간이 살기 위한 孝라고 하여 상황윤리에 이르게 된
다. 이것은 儒에 지나치게 경도 되어 유교적 윤리를 숭상했던 文宗과의
비교에서 잘 드러난다.[70] 文宗이 世宗의 뒤를 이어 등극한다. 그 당시,
즉 因山 직후는 盛夏였는데 그때 文宗은 '얼음커녕 부채질도 금하게 하
여 의대에는 통 땀이 배고 살이 물커지고' 하였으나, '지하의 선왕께서
는 어떠시랴' 하고 눈물을 흘리곤 하며, 복상 삼 년간 비린내 나는 음식
은 아주 멀리 하였다. 이로 인하여 '영양 부족과 운동 부족으로 왕의 형
색이 나날이 초췌하여 갔다.' 이것을 근심한 수양은,

　　옥체를 보중하오시는 것이 효도올시다. 어버이의 끼치신 옥체
　　를 손상하는 것은 효도가 아니올시다.[71]

---

69) 『東仁全集』 제3권. p.81.
70) Ibid., pp.41~55.

라고 하여 몸을 돌보라고 수차에 걸쳐 권고하지만 문종은 '성현의 가
르치신 바는 못 어기느니'라든가 '고서를 읽었으면 알 것이지마는 자네
는 나를 만고의 죄인이 되란 말인가?'라고 되물어, 화를 내고 '천 가지
죄 중에서 불효보다 더 큰 죄는 없다'고 한다든가 '자네 같은 불효자를
두셔서 선왕께서도 걱정하시겠'다고 쫓아낸다. 그래도 수양은 '부왕(世
宗)께 효도를 다하기 위해서는 어떻게 해서든 왕께 보양을 하도록 진
언을 하'고 '어떤 견책을 자기는 받을지라도 왕을 위하여 왕께 강권이
라도 해야겠다'고 내전으로 찾아가곤 한다. 服喪의 예절이나 '父之法三
年不改'의 유교적 통치관을 고집하는 文宗과 현실적인 상황을 강조하
는 수양의 대결은 효에 대한 명분론과 실질론으로 요약할 수 있는 것
으로 수양의 새로운 윤리관을 부각시킨 것으로 볼 수 있다.

　忠은 신하가 나라와 임금을 위하여 목숨도 草介처럼 던질 수 있는
것으로 孝를 바탕으로 해서 節槪를 지키는 것으로 볼 수 있다. 임금
과 나라를 위한다는 소박한 마음에서 비롯된 수양의 행위는 端宗의
王妃 책립 과정이나 근정전 용상위로 수양이 文宗을 일으켜 세우기
위해 뛰어오른 대목 등이다.

　그러나 김동인은 진정한 충의 의미를 파악하지 못하고 임금을 위하
는 것이 곧 충이라고 파악한 것 같다. 文宗이 근정전에서 조회를 받기
위해 나갔다가 배례가 끝나고 편전으로 가려고 용상에서 일어서다가
쓰러진다. 이때 대군열(大君列)에 있던 수양은 깜짝 놀라 '이것저것
돌 볼' 겨를도 없이 용상 위로 뛰어 올라가 왕을 붙안아 일으켜 편전
으로 모신다. 이로 인하여 憲府・諫院・玉堂 등에서 수양 첨죄의 의논
을 말하였다. 이들은 '모두 한결같이 수양대군이 용상까지 뛰어 올라
가서 옥체를 어루만지고 붙안고 함은 범상의 죄 중하여 벌하'자는 것

71) Ibid., p.48.

이다. 그러나 수양은 '위급한 경우에는 별 수 없지 않느냐'는 투로 말한다. 이때, 양녕은, '위급하고 안하고를 안다더냐 문신이란 건 주둥이만 깐 게 돼서 사체의 여하를 막론하고 네가 용상에 올라간 것은 범상의 죄로 의논하리라'고[72] 하여 수양의 행위가 예절에 어그러지고 범상한 행적은 있어 옳지 않지만 당연한 것이라고 암시하고 있다.

이와 같이 된 이유는 수양을 영웅화하기 위한 논리적 근거를 마련하려는 데 있었지만, 김동인의 역사적 현실 파악의 한계를 보여주는 것이라고 볼 수 있다. 그가 파악한 현실은 다음과 같은 데서 극명하게 드러난다.

> 형왕은 정사를 돌보지 않고, 복상의 예절만 지키기에 급급하고, 대신들은 지금이 세상을 가지고 태평세월이라 하여 한가히 술이나 먹고 바둑이나 두는 것으로 세월을 보내고 신진기예의 소년들은 경서(經書) 토론만을 위주하고 있으니, 한심스러운 노릇이었다. 경서 이외의 학술을 잡술이라 하여 수모하기 한량이 없고, 다른 학문에 정진하는 자가 있으면 사도에 어긋난다하여 배척하여 마지않는다.[73]

그가 부정적 시각으로 바라본 조선 초기의 현실은, '崇儒'의 정치적 이념을 강조했다. 그러나 김동인은 당대에 대한 시대적 성격을 옳게 파악하지 못했다. 더구나 성리학에서 내세운 人倫 특히 효, 충, 예, 신은 조선 초 지방 중소지주인 신진 관료학자들의 가족도덕과 신진 관료의 정치도덕이었기[74] 때문에 수양과 같은 논리가 가능했겠는가?

---

72) Ibid., p.34.

73) Ibid., p.44.

74) 李佑成, 「한국社會經濟思想序說」, 『韓國思想大系 II』, (성균관대학교 大東文化研究所, 1976). p.28.

결국 그가 제시한 것은 유교적 가치관을 파기하는 것으로 인물설정
의 논리적 근거로 삼아 관념적 편견으로 선인과 악인을 「端宗哀史」
와 반대로 조작하는 데 그치고 만다. 따라서 합리적 禪位만을 강조
하다 보니, 정치적 명분이 될 수 있는 부국강병이라든가 타락한 도
덕을 개조한다든가 혹은 사회적 제도의 개혁이라든가 하는 통치상의
근본이 되는 문제들은 관심 밖으로 물러서게 되고 만 것 같다.

3) 역사의식과 해석상의 문제

金東仁은 「端宗哀史」를 상당히 예리하게 비판하고 있다.[75] 그러나
그 나름대로 역사소설관이 뚜렷이 정립되어 있지 않고 李光洙 역시
역사소설을 역사적인 사건의 再構 쯤으로 알고 있는 것 같다. 따라
서 여기서 야담이나 이야깃거리가 아닌 역사소설로서 「大首陽」을 분
석하여, 김동인이 단종사건에 관심을 가지고 쓴 평문들에서 제시한
역사소설관이 이 작품에서 어떻게 나타났는가를 살펴보려 한다.

당시의 '사회상이며 왕실과 서민 계급의 관계'를 파악하고, '대상의
총체'를 파악하기 위해 일상생활의 세부적인 면까지도 작가는 상세
히 밝혀내야 된다.

그러나 李光洙나 金東仁이 이 사건을 다룸에 있어서 사회상을 제
대로 파악하지 못했다는 지적을 면할 수 없었던 것은 역사적으로 크
게 부각되어 있는 인물을 주인공으로 내세웠다는 데 결정적인 원인
이 있다 하겠다. 이것은 무명의 주인공을 내세움으로써 역사상의 인

---

75) 김동인은 「端宗哀史」와 관련된 글을 「春園硏究」의 3편 외에 「歷史
와 史實과 判斷과 史料에 對한 作者의 立場을 論함」(『朝鮮中央日
報』 1934. 10. 14~10. 24), 「癸酉·丙子·丁丑-死六臣과 南秋江」,
『朝光』 1941. 12~1942. 1) 등 여러 편을 썼다.

물이나 역사적 사건의 핵심뿐만 아니라 당시 사회상의 모습을 전부 그려낼 수 있는 것임을 미처 깨닫지 못한 데서 기인한 것이다. 무명의 주인공으로 사회상을 그려내는 것이 작가의 역사의식을 표현할 수 있는 하나의 수법이라고 볼 수 있다.

역사소설도 역사 그 자체가 아니고 소설인 이상 감동의 효과를 가져야 독자에게 절실한 관심거리가 될 수 있다. 그러나 역사에 대한 올바른 해석이나 이해가 없이 될 수가 없다. 이에 이광수에게 반발하고 나선 이가 김동인이다. 김동인은 이광수가 南孝溫의 「六臣傳」을 보고 일방적으로 왜곡된 역사를 가지고 소설화했다고 비난하고 있음을 앞에서 언급한 바이다. 즉 '먼 옛날의 이야기가 결코 독자와 상관없는 일이 아니라, 하나의 〈역사〉요, 그런 의미에서 현재 역사의 일부를 이루고 있다[76]는 역사관을 가지고 작품을 쓰지 않으면 역사의 개인화 또는 私用化가 된다. 물론 어느 정도 史實에서 벗어나는 것이 창작행위에 일부를 이루고 있긴 해도 '지나친 조작이나 強辯에 의지함이 없이', '현재 역사의 구체적 前身으로서 과거를 제시'[77]해야 된다.

그 다음에 과거의 사건이나 인물의 행위와 성격은 객관적으로 규명될 수 있는 史觀으로 나타나야 한다. 작중의 인물들이 역사적 특징이나 필연적 연관성이 없이 과거의 무대에서 꼭두각시 노릇을 한다면 이는 야담類로 전락되고 말 것이다. 「大首陽」의 근본문제는, 현재 역사의 구체적 전신으로 과거의 역사가 소설에서 어떻게 표현되어졌는가 하는 작가의 역사의식에 있다. 그러나 이것은 「大首陽」이 극복하지 못한 큰 결함이다. 흔히 역사를 국가의 흥망사나 王朝史가 전부인 것처럼 보나 그것은 민족사가 될 수는 없다. 한 국가와 민족

---

76) 白樂晴, 「歷史小說과 歷史意識」, 『創作과 地評』 1967 봄 통권 5호, (文友出版社, 1967). p.6.
77) Ibid., p.7.

의 역사가 되기 위해서는 그 국가 민족을 구성하는 사람들의 생활모습을 한데 모은 것이어야 한다. 과연 「大首陽」에서 다룬 역사가 민족사의 일부분이 될 수 있을는지, 그리고 한 발 더 나아가 민족사 형성 과정에 얼마나 큰 사건이 되는지, 이에 대한 기대를 「大首陽」은 충족시켜 주지 못하고 있다. 수양이, 端宗이 꼭 禪位를 하겠다면 달갑게 받아 '국가에 대해서는 내가 발휘할 수 있는 힘을 부어 기르고' 또 '관제를 고쳐서 상왕의 적장(嫡長)은 세습적으로 그 영화와 존귀를 물려받을 수 있도록' 하는 것이 현대사의 절실한 일부라고는 볼 수 없다. 단지 수양이 왕위에 올라 조선조 27대 519년의 왕조 중 제7대로 1455년부터 1468년까지 재위하게 되었고, 그 재임이 민족사의 극히 적은 일부분이 될 뿐이다. 따라서 이것이 중대한 역사적 사건이 되려면 이런 개인의 일 또는 하나의 계유정난을 비롯한 사건이 훨씬 큰 역사의 일부로 파악되어야 한다. 즉,

  예컨대 그것은(단종이 庶人으로 유폐되고 수양이 등극하는 것 –인용자) 李成桂의 창업 이래 유교국가의 기틀이 잡혀가는 과도기에 불가피한 진통의 일부였다거나 高麗 멸망의 아직도 미진한 부작용이었다고 할 수 있다. 또한 보기에 따라 애초에 武力 쿠데타와 事大的 忍從으로써 나라를 시작한 이래 끝끝내 민중의 적극적 참여가 실행되지 못한 채 경직한 유교사상에 의지하여 오백년의 명맥을 이어나간 이씨 조선왕조의 약점을 치명적으로 드러낼 대사건이었을 수도 있다. 李成桂의 증손이요 李芳園의 손자이며 그 아버지 세종대왕부터가 태종의 셋째 아들로서 동궁이 되었던 바 있어 수양대군이 왕위를 바라보지 않을 만큼 왕실의 전통이 확립된 것도 아니요, 태평성대도 아니었던 반면 세종의 치적이 있은 뒤의 당시 사회는 제 나름의 안정기에 들어서기도 했던 까닭에 死六臣의 항거와 노산군 賜死 등 定宗 선위 후에는 없었던 큰 부작용이 생기지 않을 수 없었던 것이다. 동시에 그것

은 세종의 훌륭한 정치도 이조사회의 근본적 모순을 제거하지
못했다는 뜻으로 해석될 수도 있겠다.[78]

　이러한 역사적인 안목을 가지고 역사소설을 썼을 경우, 무명의 인
물을 주인공으로 내세워 김동인 그 자신이 지적한 대로 '당시의 사
회상이며 왕실과 서민계급의 관계'를 구석구석까지 밝힐 수 있었을
것이다. 물론 그 당시의 사회상을 소상하게 설명해 줄 자료가 없는
이상 이것은 白樂晴의 지적대로 '엄청난 역사적 직관력과 작가로서
의 창의를 요구하는 작업'으로 '이광수와 김동인을 훨씬 능가하는 천
재가 나타나지 않는 한' 불가능한 것이 될 수도 있다.[79] 그러나 김동
인은 이광수가 南秋江의 글에 의존했던 거와는 달리 그 나름대로 역
사를 해석하려는 흔적이 보인다. 그는 이 사건이 세종이 '장차 이씨
만대의 장구지책으로 보아서도 적장(嫡長)이 위를 잇는다는 법칙을
세워'[80]둔 데서 비롯됨을 암시하고 있다. 이 파란만장한 사건의 동기
로서는 지나치게 단순한 느낌이 든다. 이 정도의 동기는 엄청난 인
명이 살상된 이 사건의 성격과 움직임을 역사적으로 규명하기에 필
요하고도 충분한 조건으로 이해되기 어렵다. 더욱이 세종의 반복되
는 고민은, '에라! 탁 廢嗣하여 버리고 수양을 세자로 책봉하고 싶은'
충동을 느끼면서 고민하는 그를 동인은 '성주라는 일컬음을 들은 이
왕도, 가정적으로 늘 불안하고 불쾌하게 지냈다'는 것이다. 이런 것은
지나친 조작으로 밖에 볼 수 없다. 그러나 다음과 같은 것은 동인
자신이 조선 개국 초의 역사를 인식하려는 흔적으로 보인다.

---

78) Ibid., p.25.
79) Ibid., p.26.
80) 『全集』 제3권, p.11.

태조 이성계 이씨조선을 창업한 이래 정종, 태종 - 내려오기 겨
우 당신의 대까지 네 대째에 지나지 못하지만, 그 네 번 다 순탄
히 왕위가 제 순서대로 계승되어 본 일이 없었다.[81]

라든가, 또는 문종에 대하여,

태조, 이씨조선을 창건한 뒤에 이 형님이 진정한 의미의 초대
(初代)의 왕자였다.……승하한 이 형님이야말로 본시부터 적장
(嫡長)으로 탄생하여 이씨조선 최초의 「진정한 세자」로 대위에
까지 올랐던 분이다.[82]

또는,

선대(先代)에서 세자위(世子位)의 순서가 바뀌었기 때문에 불
쾌하고 거북살스런 경험을 여지없이 체험한 이 왕(世宗 - 인용
자)은, 당신의 대에서는 다시 그런 일이 안 생기게 하려고 그 점
은 퍽 마음 썼다.[83]

이런 일련의 서술은 조선 초기에 불안전한 요소를 안정시키기 위
하여, 또 다시 혼란을 초래치 않기 위해 嫡長 世襲 原則을 세운 것
으로 보이지만, 이것은 창작하기 전에 「端宗哀史」를 규탄했던 김동
인이 대안을 제시한 것이라고 볼 수 있다.

그 다음 소위 계유정난을 비롯한 일련의 사건에 대한 金東仁의 진
술을 토대로 분석해 보자.

그는 「春園研究」에서 이렇게 쓰고 있다.

---

81) Loc. cit.

82) Ibid., p.63.

83) Ibid., p.10.

190

수양이 과연 「악」인지 「선」인지 - 이것을 뒤채어 말하자면 癸
酉年 事變이 단지 首陽의 야심에서 나왔는지 혹은 원대한 계획
에서 생겨난 것인지 모호하게 되었다. 만약 수양으로서 의를 사
모하는 사람이면 癸酉事變도 「의를 사모하기 때문에 행한 비상
행동」이라 볼 수도 있으므로……84)

이런 의도는 「端宗哀史」에서 악의 대표격(사실 이에 대한 것이 불
투명한 채이지만)이었던 수양이 「大首陽」에서 새로운 질서를 위해
과감하게 일어선 혁명아로 볼 수 있다는 것으로 이런 창작의도는 이
미 廉尙燮과 논쟁을 벌였던 한 평론에서도 볼 수 있다.

……第三, 歷史家에는 運筆에 절대의 자유가 없으되 예술가에
게는 절대의 자유가 있다. 따라서 거기에는 그 作家의 主義가 활
약한다. 또 그렇지 않으면 안 된다.85)

물론 이외에도 사관이 문제가 됨은 두말할 필요도 없다. 그리고
작가에는 운필의 자유가 있다는 의도 아래 집필된 「大首陽」에서 보
면, 주목해야 될 것은 正史처럼 알려져 있는 (물론 正史 그 자체는
아니지만) 계유정난과 단종사건의 중요한 대목들을 하나의 '소문'이
나 '풍문'처럼 처리하고 있는 것이다. 그리하여 신빙성 없고, 근거 없
는 날조된 이야기임을 강조하고 있다.
수양은, 저 편에서 조종하는 김종서가 안평과 혹은 고명신하들과
합작을 하여 세력을 움직이기 전에, 큰 개혁, 큰 수술을 하지 않으면
안 되리라 마음먹고,

84)『全集』제8권, p.551.
85)『全集』제10권, p.18.

> 이 유혈극을 방지하는 수단으로 「독(毒)을 제하는 데 독으로
> 한다」는 방법을 쓰면, 또 다른 종류의 유혈극이 연출될 것이었
> 다. 다른 어느 편으로라도 유혈극이요, 어느 편으로라도 혈족상
> 잔의 참극이었다. 이 두 가지를 다 피하고 평온 리에 무사할 도
> 리는 없는가?[86)

라고 고심하였다. 결국 그들을 제거하고 만다. 그의 이런 행위는 국가
를 위한다는 대의명분 앞에서 실행된다. 따라서 이 사건들은 이광수의
견해와는 달리 王位簒奪이 아니라 禪位된 것임을 극구 강조한다. 그러
나 「大首陽」이 수양의 등극으로 끝을 맺고 있는데, 단종이 상왕으로
평안히 여생을 마치지 못하고 魯山君으로 降封시켜 영월로 유배를 보
냈다가 庶人으로 만들고 끝내는 賜死되고 말았다는 것이 그의 「春園研
究」 중에 「端宗前後 歷史와 文獻」[87)에 나타나 있지만, 이런 그의 글보
다는 「端宗哀史」의 해석이 더 설득력 있다. 비록 단종사건이 많은 사
람에게 「端宗哀史」와 같은 내용으로 해석된 것은 남효온이 「六臣傳」
을 써 죽은 신하를 찬양하고, 그의 스승 김종직이 「弔義帝文」을 지어
儒門士林이 그에 물들었다는 김동인의 진술이 사실일지라도 「大首陽」
에서의 김동인식의 해석은 쉽게 공감하기 어려운 부분도 있다.

4) '代案'의 問題點

이제까지 「大首陽」을 살펴봤다. 과연 역사소설로서 이 작품은 어
느 선상에 놓일 수 있을까? 김동인이 「春園研究」에서 제시했던 날카
로운 비판이 「大首陽」에서 다시 재발되지 않고 그의 말대로 '譚'을
뛰어 넘은 문학작품으로 간주해도 좋을 것인가? 그리고 역사소설로

---

86) 『全集』 제3권, p.110.
87) 『全集』 제8권, p.569.

이 작품의 한계점은 무엇인가? 「端宗哀史」의 代案인 이 작품의 문제점을 찾아보면,

첫째, 당대 서민들의 삶을 총체적으로 살펴볼 수가 없다. 당시의 사회상이나, 왕실과 서민계층과의 관계가 구체적인 모습으로 드러나지 못하였다. 왕실과 몇 사람의 신하들을 중심으로 사건과 심경이 다루어져 있을 뿐이고, 역사소설이 정말 가지고 있어야 할 사회상의 묘사, 반쪽이 아닌 지배자와 피지배자의 묘사가 역시 결여되어 있다.

문학작품이, 다른 역사서적처럼 많은 사람의 역사적인 사건을 기록하지 않고 소수의 역사를 기록하는 것에서 벗어날 수 있는 것은 역사에서 제외된 무명의 다수를 역사무대에서 빛을 내게 하는 데 있다. 이것이 소설만이 가진 특성이며 창조의 원리라고 볼 수 있다.

둘째, 사건이 일어날 필연적 원인을 재고해야 하는 문제도 「端宗哀史」가 단종 일방적인 면의 추구로 끝난 것을 애석해 하지만 「大首陽」도 역시 수양의 일방통행으로 끝났다는 점이다. 앞에서 지적한 바와 같이 모든 인물의 행동의 초점을 수양에게 맞추고 있다. 작가가 자신의 의도를 드러내기 위해 强辯을 해댄 것은 金東仁이나 李光洙나 별 차이가 없다. 李光洙의 단종의 자리에 金東仁은 수양을 바꾸어 넣은 셈이다. 역사소설은 사건의 필연성만이 아니라, 문학작품이므로 인물의 행동도 역시 역사적 특징과 필연적인 연관성을 가져야 한다. 더구나 평면적으로 인물이 설정되었고 그에 대한 서술이 추상적이고 설명적으로 제시되었기 때문에 등장인물의 행동을 통해 극화된 인간의 운명에 대한 깊은 통찰력을 보여 주지 못했다.

셋째, 史實로서의 진실성. 이 문제는 史觀에 관한 것으로 볼 수 있다. 그러나 역사소설이 역사 교과서가 아닌 이상 실제 역사를 크게 왜곡하지 않는 범위 내에서 창작행위는 가능하다. 그러므로 역사에

대한 이해와 관심을 가지고 있어야 할 것이다. 이 점에 대해 김동인
은 이광수를 매우 못마땅하게 여기고 있었다.

南孝溫의 「六臣傳」이 六臣의 忠烈을 표창하기 위하여 적지 않
게 世祖를 폄한 형적이 있다. 그것을 골자 삼아 쓴 이야기일지라
도 역시 그 譏를 면하지 못하리라 본다.[88]

그래서 이광수의 「端宗哀史」는 사실을 무시하고 남효온의 소설에
一字一劃을 가감치 못하고 현대어로 고쳐만 놓은 것[89]으로, 작품이
라고 보기는 어렵다는 투로 김동인은 말하고 있다. 따라서 그는 남
효온의 문집에만 의존하지 않고 다른 자료를 조사하여 새로운 史實
로서의 역사적인 해석을 암시하고 있다. 그러나 「大首陽」이, 앞에서
언급했듯이 단종이 영월로 가서 賜死되는 구차한 이유보다는 「端宗
哀史」가 더 설득력이 있다. 그러나 史實의 재생이 역사소설의 본류
가 아님을 지적한 것은 그 나름대로의 안목으로 볼 수 있지만 작품
으로 드러나지 못한 것이 결점이다.

넷째, 권력의 투쟁이 아니라 통치이념의 투쟁을 제시하지 못했던 「端
宗哀史」에 비해서 「大首陽」 역시 큰 진전이 없다. 그가 제시한 변론은
수양을 「端宗哀史」로부터 구제하기 위한 한 방편으로 쓰였을 뿐 그 이
상의 의미부여는 어렵다.

다섯째, 소년왕의 일대기에 관한 것은 이미 「端宗哀史」에서 언급
한 것이기에 줄인다.

그 외에 고증에 관한 문제도 그는 상당히 비판적이었다. 그래서
그는,

---

88) Ibid., p.577.
89) Ibid., p.553. 金東仁은 그 결과 '史話'로 분류했다.

　　「端宗哀史」같은 데서 당연히 알아본 뒤에 집필하였어야 할 宮
中風俗이라든가, 재상가의 禮儀 등에 관해서도 한 군데 조사해
보지 않고(상식으로 추측을 허락지 않는 이 조선 풍속을) 단지
자신의 상상으로 써 나갔기 때문에 작품이 도리어 희극화된 점
등은 이 좋은 실례가 된다.90)

　　이로 미루어 고증을 위해서도 상당히 고심했던 것 같긴 하다. 白
樂晴이 이 「大首陽」도 '역사적 진실성을 제대로 포착하지 못했다는
점에서 야담과 설화의 뒤범벅이 크게 다를 것이 없다'91)는 지적도
일리가 있다.

　　결국 그가 「端宗哀史」를 '소년왕의 一代記'라 했듯이 「大首陽」은 「首
陽登極記」에 지나지 못하였다. 그러나 역사서에 맹목적인 의존에서 벗
어나 그 나름대로 역사에 대한 해석을 작품에서 시도했다는 것은 높이
평가해야 되리라고 본다. 특히 역사는 다시 새롭게 이해되는 것임을 인
식하지 못했던 때에 역사해석의 새로운 면을 보여 준 것은 그의 공으로
돌려야 하겠다.

　　金炳傑의 지적대로 우리가 역사소설에서 바라고 있는 문제는 正史
에 기록된 事實만의 형상화가 아니라 우리 과거에 있었던 민족의 참
된 總體를 파악할 수 있어야 하며 平民의 사회생활이 실상이나 풍습
이나 民間思考같은 것을 찾아 낼 수 있어야 한다.92) 正史가 비록 옛
날에 있었던 사실의 정확한 기록이라고 할지라도 그것은 지배계층에
의한 官撰의 기록이기 때문에 문학에서 실록 위주의 역사소설 양식
은 지양되어야 한다.

---

90) Ibid., p.514.
91) 白樂晴, op. cit., p.26.
92) 金炳傑, 「歷史小說과 民衆意識」, 『文學과 知性』 통권 25호, (一潮閣,
　　1976), p.748, 90.

(3) 역사소설에 대한 논의

우리나라에서 서구의 문예이론과 장르가 유입되어 근대 또는 현대 문학이 형성된 이래 단편적이 아닌 역사소설론에 값할 수 있는 글을 쓴 것은 鄭哲이었다. 그는 「朝鮮日報」(1929. 11. 12~14)에 「歷史小說에 關하여」를 3회에 걸쳐 게재함으로써 본격적인 역사소설론의 章을 열었다. 이렇게 해서 시작된 역사소설론은 1930년대에 이르러서는 아주 무성하게 이루어졌다.[93] 1930년대의 시대적 여건은 역사소설의 팽창과 함께 그 이론적인 탐구가 가능하도록 했다. 그것은 KAPF의 해체와 함께 다양하게 좌익문학운동을 전개했던 사람들이 고리키·발자크·루카치 등을 중심으로 한 유럽 쪽의 문학이론과 작품을 소개하면서 더욱 박차를 가했기 때문이다. 더욱이 1920년대 말에 東亞·朝鮮 두 신문에서는 「端宗哀史」(東亞 1928. 11. 30)·「林巨正」(朝鮮 1928. 11. 21)을 각각 연재하기 시작하면서 독자들이 역사소설에 흥미를 갖도록 부추기었다.[94] 한편으로는 일제의 탄압으로 말미암아 창작 활동에 제약을 받기 시작하자 많은 작가들은 새로운 방법을 모색하기에 이르렀고, 그에 대한 하나의 방안이 역사소설을 쓰는 일이었다. 이와 같은 환경은 역사소설의 양적인 팽창을 가져 왔고, 역사소설의 양적인 팽창은 역사소설론을 제기하도록 유발시켰다고 볼 수 있다. 소설론에 대한 이해가 부족했던 상태에서 역사소설론은 체계화되지 못한 난편적인 것들이 대부분이었다.

여기서는 이런 단편적인 글들과 소설론에서 부분적으로 제기된 1930년대의 역사소설론을 종합적으로 검토하여 그 전개 양상을 살펴보려

---

93) 졸고, 「1930年代 歷史小說論研究」(1)·(2)(「명지어문학」제15호·제16호, 1983, 1984).

94) 졸고, 「1930年代 歷史小說論」(1), p.84.

한다.

이 시대의 역사소설론은 1920년대 말에 보여지기 시작한 단평적인 논의를 밑거름으로 하여 역사소설이 발표된 수만큼 논의를 불러 일으켰다. 역사소설이란 무엇인가에서부터 시작하여 기능·목적·창작 동기·기법·가치 등에 걸쳐 광범위하게 전개되었다. 이 항에서는 먼저 역사소설의 기법에 관한 인식이 어떻게 이루어졌는지를 살피고, 역사소설의 본질과 역사소설에 대한 반성과 모색을 차례로 살펴보고자 한다.

1) 기법에 대한 자각

역사소설에 대한 논의는 주제론에서 비롯되었다. 이 주제론은 주제를 제시하는 과정인 기법에 대한 것으로 비약되었고 끝내는 역사소설 전반에 걸친 문제로 발전되었다. 먼저 기법에 대한 자각은 작품이 역사가 아니고 소설임을 전제하고 소설미학의 완성을 위한 방안으로 제시되었다. 金基鎭은 이광수의 「端宗哀史」·「李舜臣」과 김동인의 「젊은 그들」·「해는 地平線에」·「雲峴宮의 봄」, 윤백남의 「大盜傳」·「項羽」·「蘭兒一代記」·「峰火」 등의 작품에 대한 분석을 하면서 '작품 속의 인물이 현실적 인간관계에서 그리지 않고 작자의 충의관념에 의해서 작중인물이 조정되고 있다'고 지적했다.[95] 주제가 충의관념에 머문 이유를 그는 작중인물이 작가에 의해 지나치게 조정됨을 지적한 것으로 보인다. 그는 또 '歷史的 人物에 對한 새로운 해석을 하지 못했다'고 하였으며, 역사에 대한 해석이 아니라 인물에 대한 해석을 강조했다. 그러나 역사소설이 사건이나 인물에 대한 해석도 중요하지만 역사에 대한 해석이 가장 근본적인 출발점임을 인식했어야 했다. 그는 겨

---

95) 金基鎭, 「朝鮮文學의 現階段」, (『新東亞』, 1935. 1). pp.143~144.

우 인물이 관념적인 것이 되고 현실적인 실제의 인물이 되지 못했음
을 들고 그 이유를 리얼리즘이 심화·확대되지 못한 것으로 이해했다.

　　다음으로 朝鮮文學의 큰 집에서 前面을 차지한 듯이 녁이는
　　歷史小說의 共通的 缺陷은 個人의 英雄化입니다. 李舜臣 하면 李
　　舜臣을 超人的 力量이 있는 當代의 救世主와 같은 偉人으로 맨
　　드는 것이 그 例입니다. 現實에 있어서의 個人의 力量이란 一部
　　分의 役割을 할 뿐입니다. 決코 全般的 任務를 遂行할 수 없는
　　것입니다. 더구나 政治的·社會的 重大 事業에 있어서는 個人의
　　力量과 地位라는 것은 微細한 것입니다. 苦憫하고 反省하고 失敗
　　하고 努力하는 人物－모든 歷史上 人物들이 이 같은 人物들이
　　아닙니까? 그러므로 이와 같이 그리어야 그 人物들의 眞實한 姿
　　態가 나타날 것입니다.96)

　영웅화된 인물을 주로 한 역사소설의 치명적 결함을 지적한 이 논
의는 작중인물이 미화되거나 이상적인 인물로 형상화 되었을 때 유
발되는 문제점을 제시하지 못했다. 다만 개인의 초능력이란 있을 수
없는 것으로 그 시대를 고민하고 스스로를 반성하면서, 실패한 것을
극복하려고 노력하는 인물이야말로 진실한 모습을 보여 주는 것이라
고 하여 작중인물의 영웅화를 지적하는 데 그쳤다. 더욱이 작가의
지나친 충효관에 의해 조정되어서는 안 됨을 분명히 밝혔다. 사실
관념적이고 영웅화된 인물은 진실성을 상실하고 말 것이며, 특히 충
효에 얽매여 작품을 전개했을 때, 그 작품은 이분법에 의해 흑백논
리에 빠지게 되며, 고대소설에서 볼 수 있는 권선징악의 차원을 넘
어설 수 없음은 자명한 것이다. 더구나 역사소설이 인물중심이 되면
서 표제의 인물을 영웅화 하는 것은 역사소설이 전기와 구분되지 않

96) Ibid., p.145.

았던 시점에서 하나의 문제점으로 거론되었던 것이다. 그의 이런 안
목은 그 뒤 김동인에게 이어진다. 김동인은 「春園硏究」 연재 6회분
인 '(7) 物語와 史話와 小說'[97]에서 이광수의 역사소설을 셋으로 구
분하고, 「麻衣太子」·「李舜臣」·「端宗哀史」 등을 史話로 구분했다.
그 뒤 그는 「端宗哀史」를 집중 분석하면서[98] 역사소설일 수 없음을
밝히는 데 주력했다. 그는 여기서 권선징악에 의해 인물이 유형화되
어 성격이 무시되었다고 지적했다.

> 作者는 이렇게 써서 여기서 두 사람의 性格을 갈라 세웠다. 그
> 러나 작자는 이야기의 進展을 己定 코-쓰에 끌어 너키 위해서
> 는 作中人物의 性格을 無視하기를 주저하지 않는다. 더욱이 歷史
> 物語에 잇어서는 史的 코-스를 조차 가기 위하여 作中人物의
> 性格을 朝夕으로 변하는 일이 흔히 잇다.[99]

이것은 그의 소설론의 주류를 이루는 인물성격론과 관련되는 것으
로 작품이 인물과 주제와의 융합 내지 통일[100]이 이루어지지 않음을
지적한 글이다. 그의 이와 같은 견해는 이미 1925년에 쓴 「小說作法」
에서도 보이고 있다.[101] 그는 작품 속에서 활약하는 인물들일지라도
그 자체로서 인격과 성격을 가진 것으로 작자가 마음대로 그들을 조
종할 수 없으며 작품 중간에서 인물의 의지에 반하여 전개할 수 없
다고 했다.

이와 같은 인물 성격에 대한 논의는 『三千里』가 주최한 「長篇作家

---

97) 金東仁, 「春園硏究」(6), (『三千里』 1935. 4).

98) 「春園硏究」(10), (『三千里』 1935. 10).

99) 「春園硏究」(11), (『三千里』 1938. 10).

100) 申東旭, 「金東仁의 形式主義」, (『知性』 1972. 3). p.154.

101) 金東仁, 「小說作法」, (『朝鮮文壇』 제9호, 1925. 6).

會議」(1936. 11)에서 작품을 쓰는데 인물과 사건을 어떻게 취급하는가 하는 문제에 대하여 李泰俊은 '역사 속에서 인물과 사건을 찾아 문학의 진실성을 위해 구성해야 한다'고 했다. 이와 같은 논의를 거치면서 인물론은 1938년 李源朝에 의해서 본격적으로 거론된다. 그는 「林巨正」을 평한 글[102]에서 性格小說과 事件小說을 나누어 설명하면서, 「林巨正」이 事件 中心의 소설임을 밝혔다. 그것은 작중인물이 실감나도록 하기 위해 행동이 있어야 한다는 뮤어(E·Muir)의 견해[103]를 입증이라도 하는 것 같다. 그러나 이 작품은 성격을 묘사할 뿐 아니라 성격묘사에다가 사회 전체의 다양한 실상을 암시하려 했다고 볼 수 있음을 밝혔다. 이러한 그의 논리적 근거는 서구소설이 성격을 통해 사건이 진전되는 데 비해서 동양소설은 사건을 통해서 성격이 엿보인다는 것에 있다.

　　이 작품을 보면 林巨正이나 또는 部下 重要한 人物의 性格이 어느 程度로 나타나 잇지 아니한 것은 아니지마는 그래도 이 작품의 重點은 이러한 作品 人物의 性格보담도 이 作品의 事件에 노혀 잇는 것이 事實이다. 이러한 意味에 있어서도 이 作品의 構成은 東洋的인 同時에 또한 時間的이오 直線的인 作品이 아니라 空間的이오 環境的인 作品이라는 것을 證明할 수 있는 것이니[104]

이와 같이 인물과 사건과의 관계를 밝힐 수 있었넌 것은 그가 외국 문학전공자라는 사실과 관련이 있으리라고 여겨진다. 「林巨正」이 사

---

102) 李源朝, 「林巨正」에 關한 小考察」, (『朝光』 제34호 1938. 8). pp.258 ~264.

103) E, Muir., *Structure of Novel*, 安容喆 譯, 『小說의 構造』, (正音社, 1975). p.30.

104) 李源朝, op. cit., p.262.

건 중심의 소설이며 그것은 공간적이고 환경적인 요인 때문이라고 분석했던 것이다. 인물이 소설의 內的 構造의 일부분임을 밝혔다. 그래서 그는 "이 小說이 性格 中心이 아니고 事件 中心이라는 것과 性格을 통해 事件이 進展되는 것이 아니고 事件을 통해 性格이 엿보인다"고 했다. 이와 같은 성격소설에 대한 언급은 鄭芝溶이 박종화의 「錦衫의 피」를 논하는 자리[105]에서도 보여진다.

스토리 전개에 관한 것으로서 역사소설의 기법을 터득하려 했던 것도 볼 수 있는데, 碧初가 囹圄의 몸에서 풀려나와 다시 연재를 시작하자 이에 대한 기대를 겸해 쓴 것으로,

現代를 멀리 떠난 시대에 背景 잡고 ××的 意氣에 불타는 ×× 家를 主人公으로 『스토리』를 展開식혀가는 것이 한 개의 野談이 아닌 것을 가르친다. 고름과 가티 別段의 緊張이 없는(또 取할 것이 없는) 時間의 連續인 朝鮮史上에서 가장 緊張되고 意味기픈 瞬間이나 場面이나 人物을 摘發하야 生命을 부어서 그러고 충분히 그 時代의 史的 背景을 살리면서 우리의 아패 再現식혀 준다면 그 作家가 엇더한 분이건 偉大한 作家라고 부르는데 주저하지 안으련다.[106]

「林巨正傳」이 야담이 아니라는 점과, 그 기대에 대한 기법상의 문제를 언급한 것으로 '가장 緊張되고 의미 기픈 瞬間이나 장면, 인물'에 생명력을 불어 넣어 실제감을 느끼도록 하고, 그 시대의 사적 배경을 살려 재현시켜야 한다고 했다. 金起林의 이런 지적은 작품을 쓰는 과정에 가장 접근해 간 것으로 볼 수 있다. 즉 작가가 소설에

105) 鄭芝溶, 「月灘」 朴鍾和 著 歷史小說 「錦衫의 피」, 〈新刊評〉, (朝鮮日報 1938. 12. 16).
106) 金起林, 「新聞小說 올림픽 時代」, (『三千里』, 1933. 1).

서, 인물을 창조하려 할 때 두 가지 원칙은 移植(transplatation)과
馴化(acclimatization)이다. 작가가 현실에서나 과거에서나 작중인물
의 모델을 취하면 그 모델은 작품 분위기에 맞게 이식되어야 한다.
그리고 그 작중인물은 작가의 다른 요구 즉 플로트·주제·다른 등
장인물 그리고 작품전체의 분위기 등에 조화 있게 들어맞도록 만들
어져야 한다. 비교적 「林巨正」이 여기에 접근해 갔음을 지적한 것으
로 볼 수 있다.

한편 金基鎭은 다시 연재된 「林巨正傳」을 보고 유일하게 野談小說
에 손대지 않은 사람이라고 하고, 李光洙·尹白南·金東仁 등의 작
품 전부의 주제가 '忠節이오 信義요 貞節이오 友愛요 孝行이라'고 비
판하고, 결말도 '觀念의 구속과 行動의 葛藤이 悲劇으로 終結되든지
或은 「해피·엔드」로써 落着된다'고 불만을 토로했다.107) 그리고 그
는 다음 해에 쓴 글에서 「林巨正」만이 역사소설임을 암시하고 대부
분이 작품이 '한 개의 歷史的 時代와 그 時代의 現實에 對해서 眞實
한 歷史 科學的 分析과 批判이라고는 전혀 없는 것'이라고 통박했다.
그리고는 忠義觀念에서만 作中人物이 조종되고 있다고 비난한 다음,
朝鮮文學의 全面을 차지하는 역사소설의 공통적 결함이 개인의 英雄
化라고 했다. 그리고 그는,

먼저 말한 작품들은 歷史發展의 根幹的인 具體的 史實을 主로
하고서 그 定한 時代의 社會 現實의 全體 가운데에서 그 作品을
取扱하지 못하고 個人的인 忠義·道義·貞烈·愛慾 等 感情的
觀念的에서 全局的 事件을 取扱하는 것입니다.108)

107) 金基鎭, 「朝鮮文學의 現在의 水準」, (『新東亞』, 1934. 1). pp.44~45.
108) 金基鎭, 「朝鮮文學의 現階段」, (『新東亞』, 1935. 1). p.43.

라고 하여 역사소설이 관념적이고 피상적인 수준에 머물러 있다고 지적했다. 예술성보다 도덕적 측면이 강조된 역사소설의 구태의연한 모습을 지적한 것은 역사소설이 안고 있는 문제점과 지향점에 대한 반성과 모색이라고 볼 수 있다.

이와는 달리 丁來東은 역사소설의 藝術性에 관한 것은 논의를 유보한 채, 조선에서 역사소설로 가장 成功한 사람을, 한창 역사의식이 없이 마구 써 갈긴다고 혹평을 받던 이광수로 꼽고, 그 다음이 尹白南이라고 하면서 그 차이를 "李光洙氏의 諸作은 作中의 「性格」과 「心理」를 注重한 데 反하야 尹白南氏는 諸場面과 事件의 發展에 注重한 점이 다르다."[109] 하고 尹白南의 特長이 主觀이 濃厚하지 않은 점이며, 단점은 각 부분 간의 연결이 잘 되어 있지 않다고만 하였다. 이는 역사소설에 대한 명확한 이해가 되어 있지 않은 까닭이었다.

한편 金文輯은 역사소설가가 事實을 理想化하여 작품을 만들 때 事實은 意味가 확대되기도 하고 抹消되기도 하는데 그것은 전적으로 작가의 '想像力과 直感力'에 의하여 나타나는 것[110]이라고 했다. 작가의 역사적 안목과 통찰력 그리고 풍부한 상상력이 절대적임을 언급한 것이다.

金起林에 의해 指摘된 바 있는 역사적 배경이 나타나야 한다는 견해는 1930년대 말에 李秉岐와 金東仁에 의해 또 거론되었다.[111] 가람은, '歷史小說이 역사사실다워야 한다'면서, 역사사실다워 질려면, '人物・背景 등 여러 가지를 그 人情・風俗・慣習 등에 맞도록 해야 한다'면서 '事實과의 調和'를 강조했다.

---

109) 丁來東, 「三大新聞長篇小說總評」, 『開闢』 복간 4호, 1935. 3, pp.3~4.

110) 金文輯, 「歷史와 藝術」, (『批評文學』, 靑色紙社, 1938). p.32.

111) 金東仁, 「王室과 庶民의 相關性」, 「春園研究(12)」, (『三千里』, 1939. 1).
     李秉岐, 「歷史文學과 正史」, 『東亞日報』, 1939. 3. 30.

작가로서 평자들의 이러한 지적과 같은 견해를 보였던 것은 碧初
였다. 그는,

　「林巨正」만은 事件이나 人物이나 描寫로나 情調로나 모다 남에
게서는 옷 한 벌 빌어 입지 안코 純朝鮮 거로 만들려고 하였습니다.
「朝鮮情調에 一貫된 作品」 이것이 나의 目標엇습니다.[112]

라고 하여 조선적인 것으로 인물과 사건과 묘사가 일치되어야 한다
고 했다. 이와 같은 역사소설에서의 인물 - 성격에 대한 논의는 작가
도 아니고 평자도 아닌 사람의 글에서도 보인다. 역사 철학을 전공
한 徐寅植의 경우가 그 예이다.

　歷史가 文學되기 爲하여서는 作家가 選擇한 人物을 우선 그
人物이 살고 잇던 時代에 대해서 作家가 머리속에 그리고 있는
透明한 時代像에 融解되지 않으면 안 될 것이다.[113]

라고 하여 역사 속의 인물이 작가에 의해 새롭게 창조되어야 함을
주장했다. 이렇게 되어진 인물은 역사에서 알려지고 있는 한계 안에
서 실제 도구를 모델로 하게 되는데 배경으로서의 역사적 인물은 시
간과 장소와 분위기를 만드는 데 도움이 되는 것이라고 했다. 따라
서 역사소설에서 인물은 시대에 맞는 인물이어야 할 뿐만 아니라 그
시대를 잘 드러낼 수 있는 인물이어야 하며, 시대상에 融解된 인물
은 그 시대를 浸透 貫通하는 個性的, 一般的인 데까지 形象化되어야
함을 역설했다. 그리고 그는 인물의 생애에서 한 시대의 역사적인
것을 개성화하는 데 불필요한 부분을 削除하고, 없는 것은 附加될

---

112) 碧初,『「林巨正傳」을 쓰면서』, (『三千里』, 1933. 9). p.73.
113) 徐寅植,「歷史와 文學」, (『文章』, 제8호, 1939). p.151.

204

것이라고 했다. 서인식의 이러한 인물론은 역사소설이 사건과 인물 중심이 되었을 때, 인물의 역할과 사건의 전개를 언급한 것으로 풀이할 수 있다. 그러나 소설에서 사건과 인물은 주제를 구현해 내는 방법일 뿐이다. 다만 그것이 주가 된다면 흥미적 요소를 배가시킬 뿐이며 그 이상을 기대하기는 어렵다.

2) 본질에 대한 논의

역사소설이란 무엇인가에 대한 논의에서는 역사와 역사소설의 차이를 구분 짓고 이것을 기법상 문제와 결부시켜 통속소설론으로 확대시켰다.

金東仁은 역사소설이 사서에 나타난 사실이나 판단을 답습하여 현대어로 고쳐 놓아서는 안 됨을 「端宗哀史」를 통해 지적하면서[114] 작가가 事實을 어떻게 보았느냐에 따라 작품의 내용이 달라질 수 있음을 밝혔다. 그는 판단이라는 것은 主觀의 産物이고, 主觀은 各 個人이 가지는 特權이라고 하고 주관은 성격에 의해 나타나고 성격은 개인의 출생·성장·교양·환경에 의해 형성된다고 했다. 결국 김동인은 역사를 해석의 문제라고 하고 문학도 작가의 해석에 따라 달라질 수 있음을 밝혔다. 이러한 견해는 역사가 고정되어 있고, 하나의 사실에 대한 역사는 하나일 뿐이라는 당시의 의식에 큰 변화를 가져왔다. 김동인의 이러한 논리는 그가 「大首陽」을 새로운 해석을 통해 쓸 수 있음을 암시했다고 볼 수 있다.

이와는 좀 다르게 역사와 역사소설을 대비하여 그 공통점과 차이점을 피력한 것으로 같은 해에 발표된 염상섭의 「小說과 歷史」[115]가

---

114) 金東仁, 「歷史와 事實과 判斷과 史料에 對한 作者의 立場을 論함」, (『朝鮮中央日報』, 1934. 10. 14~10. 24).

있다. 여기서 그는 '역사는 旣往의 事實과 인물을 대상으로 하는 것이며, 소설은 현실의 인생문제를 空想的으로 얽어서 구체화하고 진실화하는 것'이라고 하였다. 과거의 사실과 현재의 인생문제를 다룬다는 소재개념 이상의 파악이 되어 있지 않다. 그리고 그는 역사를 역사소설처럼 써야 한다고 주장했는데 그 까닭은 역사소설이 역사보다 압도적 효과와 감명을 주기 때문이라고 했다. 염상섭은 역사소설에 대한 근본적인 이해가 부족한 듯 보인다. 역사소설을 역사로 보려는 태도는 역사와 문학에 대한 이해가 되어 있지 않았기 때문으로 볼 수 있다. 이에 비해 金煥泰는 '歷史小說은 그의 題材를 歷史에서 얻었으나 藝術的의 想像力과 理想的 精神 活動에 의하여 全然 새로운 形態와 意味를 가지고 있는 歷史의 再創造'[116]라고 하여 역사소설의 본질을 이해하고 있었다. 창작행위는 '예술가의 상상력과 이상적 정신 활동'이라고 한 것은 작가의 역사에 대한 이해와 태도로써 설명될 수 있을 것으로 역사소설이 작가에 의해 재창조되는 것임을 분명히 했다. 그러나 그도 그 재창조가 역사와 어떤 관련이 있는지는 언급하지 않았다. 다시 바꾸어 말하면 역사소설의 존재의의를 어떻게 인식했는지는 밝히지 않았다. 그리고 그는 역사소설가가 '自己의 理想과 主觀에 照會하여 歷史的 人物과 事態에 새로운 해석을 내릴 수가 있고 변형할 수가 있다'고 하였다.

한편 서인식은 앞서의 글에서 역사와 문학의 동질성과 차이점을 설명하면서 역사에 대한 이해를,

理解란 過去에 단 한번 일어난 人間的 事實(事件)을 現代에 앉아서 追體驗하는 作用이다. 따라서 그것은 追體驗하는 우리의 主觀的

115) 廉尙燮, 「小說과 歷史」, (『每日申報』1934. 12. 23~24).

116) 金煥泰, 「新聞創作總評」, (『開闢』복간 4호, 1935. 3). p.8.

　　狀態에 따라 잘못 理解될 수도 있고 잘 이해될 수도 있다.[117]

라고 서술하고 있다. 이러한 역사 이해의 태도는, 작품으로 재창조되는 과정에서 史觀의 차이에 의해 작품의 내용이 달라질 수 있음을 뜻하는 것이다. 비교적 작가들보다 명확하게 역사를 이해한 것은 그가 역사철학 전공이란 점을 감안하면 수긍이 간다.

　이와 같은 역사와 역사소설의 이해는 역사소설을 장르로 인식하고자 하는 근거를 마련키 위한 노력이라고 볼 수 있다.

　한편 역사소설의 본질을 규명하려는 노력은 많은 작품의 생산이 가져 온 결과인 통속화에 대한 거센 비판으로 나타났다.

　역사소설을 통속소설이라고 혹평을 했던 것은 주요섭이 「端宗哀史」 신간안내로 쓴 글에서 비롯된다.[118] 그는 '通俗小說 더욱이 新聞小說에서 우리는 이보다 더 큰 기대하는 것이 돌이어 어리석은 일'이라고 했으나 전체적으로는 긍정적으로 평했다.[119] 여기서 시작된 역사소설의 통속소설화의 문제는 역사소설의 질적 수준에 대한 논란을 불러 일으켰다.

　金煥泰는 역사소설이 통속소설로 타락할 위험성을 많이 가지고 있다[120]고 전제하고 그 위험은 '역사소설과 통속소설의 공통된 요소의 하나인 스토-리(액슌)'에서 온다고 했다. 그리고 그는 현대소설은 '分析과 批判을 唯一의 武器로 삼는 極端의 科學的 思想이 모든 꿈과 理想과 總體에 對한 신념을 잃고 現實의 一斷片이나 一瞬間의 無

---

117) 徐寅植, op. cit., p.147.

118) 주요섭, 「通俗化의 悲哀」, (『朝光』 제17권 1호, 1931. 1). pp.86～87.

119) 주요섭이 통속소설이라고 한 데 대해 春園은 불쾌하게 여기고 반박했다. (cf. 李光洙, 「余의 作家的 態度」, 『東光』 3권 4호, 1931. 4).

120) 金煥泰, op. cit., p.9.

意識的 心理에서 眞實을 求하려'하기 때문에 로망은 스토리를 상실했다고 했다. 그는 作家의 創作 活動이 斷片을 綜合하고 統制하여 액슌을 産出하는 것이라 하고 '액슌 즉 스토리가 작가의 강렬한 個體의 烙印과 心的 必然性을 띠일 때 비로소 藝術的 香氣가 생긴다'고 하고서 순수와 통속을 다음과 같이 구분했다.

純粹藝術作品의 액슌은 作家의 個性의 烙印과 作家의 心的 體驗을 通하여 얻은 心的 必然性을 갖이고 있다. 그러나 通俗作品의 액슌에는 作家의 特有한 個性의 烙印이 없으며 心的 體驗과 葛藤에서 오는 心理的 必然性이 없는 空想的 偶然性이 있을 뿐이다.121)

이와 같은 이론을 근거로 역사소설도 '歷史에서 취재하여 작가에게 강렬한 個性과 深刻한 心的 燃燒가 없을 때, 그는 곧 心理的 必然性과 肉體性이 없고 다만 空想的, 偶然性만이 있는 通俗小說로 墮落하고 만다'고 했다. 그가 제시한 이러한 역사소설의 통속성은 韓雪野에게서도 지적되었다. 그는 通俗小說에 대한 이론을 5회에 걸쳐 제시하면서122) 역사소설의 문제에 대하여도 1회분을 썼다. 그는 이 글에서 역사소설이 통속화하는 이유를 '터문이 없이 對象을 美化하려 하고 誇張하려 드는 데 있다'고 하고 그 작품에는 역사에 대한 正當한 판단을 가지려는 의욕도 없고 역사적 사실이나 文獻을 좀 더 充實히 形象 가운데 反映해 보려는 藝術的 良心과 努力도 全然 없다고 비난했다. 그가 제시한 훌륭한 역사소설은, '그 時代의 歷史性을 明確히 形象 中에 再現한 것으로, 朝鮮의 歷史小說은 진정한 역사와

---

121) Ibid., p.10.
122) 韓雪野, 「通俗小說에 對하야」, (『東亞日報』, 1936. 7. 3~7. 8). 이 중 마지막인 5회분이 역사소설에 관한 것이다.

는 단절된 황량한 이야기로 되었다'고 했다. 결국 그는 역사소설의
본질을, 역사성을 정확히 재현하는 것으로 이해하는 데 그쳤다.

　이와 같이 통속성이 여러 측면에서 논의 되던 것을 좀 더 구체적
으로 문제점을 제기한 것은 林和였다. 그는 통속 소설의 문제점을
다음과 같이 피력했다.

　　그러므로 通俗小說은 描寫 대신 敍述의 길을 取하는 것이며,
　或은 描寫가 敍述아래 從屬된다.
　　또한 通俗小說이 줄거리를 重視하고 或은 도저히 만들어 낼
　수 없는 곳에서 容易하게 줄거리를 만들어 내는 것은 描寫를 通
　하야 그 줄거리와 事實의 論理와를 檢證할 必要를 느끼지 안코
　俗衆(그것은 社會의 理象的 部面이다)의 생각이나 理想을 그대
　로 얽어 노하 조금도 責任을 느끼지 안키 때문이다.[123]

　이것은 역사소설만을 전제로 한 것이 아니지만, 논리성이 제거된
스토리 중심이라든가, 우연성이 많이 개재되어 있다든가 또는 묘사
보다 서술적인 것이 더 많다든가 하는 점들은 역사소설에서의 문제
와 같다.

　安懷南도 '歷史小說이 文學活動의 延長이 아니고 似而非 文學의
通俗小說'[124]이라고 비난하고 그 이유를 '歷史的 事實의 數量만 나열
하였을 뿐 하나도 論理的 必然이 없이 沒常識한 데 있다고' 하고 '通
俗性의 鍍金을 갖이고 大衆의 卑劣한 趣味에 阿諛하고, 작품 속에는
'低下된 幼稚한, 思想이 있고 奇驚한 事件이 있고 값싼 感傷이 있다'
고 혹평했다.

123) 林和, 「通俗小說論」, (『東亞日報』 1938. 11. 27).
124) 安懷南, 「通俗小說의 理論的 檢討」, (『文章』 2권 9호, 1940. 11). pp.153
　　　~154.

역사소설의 통속화 문제는 사건전개에 필연성이 없는 비논리적 전
개로 된 스토리와 대중에 卑劣한 취미에 阿諛, 그리고 저급한 사상
과 기이한 사건을 통해 나타난 값싼 감상 등으로 요약될 수 있다.

또 하나 역사소설에 대한 논의는 세태소설론과 연관된 것이다. 林
和가 제기한 이 세태소설론은 崔載瑞의 「리얼리즘의 擴大와 深化」
(朝鮮日報 1936. 10.~11. 7)에서 李箱의 「날개」를 리얼리즘의 심화라
하고 朴泰遠의 「川邊風景」을 리얼리즘의 확대라고 주장했던 것에서
시작되었다. 이에 대해 林和는 「川邊風景」은 리얼리즘의 확대가 아
니라 세태묘사라고 했다.125) 이 세태소설에 대한 논의에서 碧初의 「
林巨正」을 세태소설로 분류했다.

그는 「林巨正」을 세태소설로 보는 까닭을 ‘細部描寫, 典型的 性格
의 缺如 그 必然의 結果로서 「푸로트」의 微弱’ 등이 現代 세태소설
과 본질적으로 일치한다고 했다. 그러고 나서 그는 세태소설로서 역
사소설이 가능한지는 별개의 문제라고 하면서 그 이유를 ‘描寫되는
現實이 한 개의 精神的 實體로서 讀者에게 作用하는 마당에 있어 歷
史上 현실은 現代의 現實의 價値를 分明히 追從키 어려운 때문’이라
고 했다. 이것은 林和가 ‘역사적 현실이 우리들의 문학의식과 어떤
有機的인 關係를 가지고 있을 때, 作家는 小說을 歷史의 현실을 빌
어서 구성한다’고 한 것으로 보다 역사소설의 우의적 표현을 언급한
것으로 보인다.

이 본질에 대한 논의는 역사와 역사소설의 차이에서 역사소설의
기법상의 문제와 주제에 관한 문제 등으로 확산되어 갔다. 그중 이
론 전개가 비교적 분명했던 것은 기법상의 문제와 통속성에 관한 것
이었다. 이외에 장편소설론과 신문소설론·세태소설론에서 역사소설

---

125) 林和, 「世態小說論」, (『東亞日報』 1938. 4. 1~4. 6).

이 언급되기도 했다. 그러나 역사소설의 본질에 관하여는 깊이 천착되지 않았다. 다만 통속소설이 창작되는 까닭이 시대와 어떤 관련이 있는가 하는 면이라든가 장편소설의 주종을 이루면서 신문소설의 대부분을 차지하는 역사소설이 갖는 의미를 깊이 고찰했어야 했다. 하우저(Hauser)에 의하면 "통속소설은 불안을 진정시키고 삶 속에서 부딪치는 고통스러운 문제들을 피하게 해 주며, 적극적인 자세와 긴장ㆍ비판 및 자기반성에로 자극하는 대신 소극적인 자세와 자기도취에 빠져들도록 부추긴다"[126]고 했다. 1930년 역사소설이 통속화 되는 이유를 이와 같은 측면에서도 살폈어야 했으리라고 본다.

3) 반성과 모색

역사소설이 1930년대에 많이 창작된 원인을 규명하려는 시도가 있었는데 이는 역사소설의 존재가치를 규명하려는 것과 지향을 위한 반성과 모색의 결과라고 볼 수 있다. 우선 역사소설을 역사 보급의 수단으로 인식한 것을 볼 수 있다. 염상섭은 그의 「歷史小說時代」[127]에서 2ㆍ30代 靑年男女가 大部分 歷史知識이 결핍되어 있기 때문에 우리나라에서 역사소설이 더 발달될 요인이 되며 앞으로 '역사소설시대'라는 한 시기가 오지 않을까 한다고 했다. 그는 역사소설을 역사지식을 보급하는 수준에서 파악했다고 볼 수 있다.

最近에 새로운 現象으로서 朝鮮的인 것으로 도라오랴는 一般 機運에 얼싸여서 歷史에 對한 知識慾과 乃至 興味가 靑年男女

---

126) A. Hauser, *Soziologie der Kunst*, 崔成萬외 共譯, 『藝術의 社會學』, (한길사, 1983). p.237.

127) 廉尙燮, 「歷史小說時代」, (『每日申報』 1934. 12. 20〜22).

間에 擡頭되엇슴으로 이 兩者를 휩쓰러서 一般으로 史譚이 歡迎
되는 趨勢인즉 이것을 다시 小說化하여 讀者의 要求를 滿足의 「
時代物」이 適合하기는 하나 그러한 取材와 形式이 아즉 完成되
지 못하얏스니 自然히 本格的 歷史小說에로 다라나거나 그와 類
似한 程度에서 彷徨하게 된 現狀이라 하겠다.128)

우리나라의 특수한 상황으로 역사에 대한 희구가, 흥미적 요소를
감안한 역사소설을 찾아 읽게 되는 것이라는 견해는 역사소설을 통
속적으로 보급시키려는 의도에서 나온 것이라기보다는 대중이 요구
한 결과로 파악한 것이다. 이런 태도를 전지하고 있던 염상섭은 역
사소설을 역사가가 제공한 역사를 흥미 있게 꾸며 내놓은 일로 의의
있는 일이라고까지 했다. 그는 이것이 만일 문학으로서 불순한 면이
있지만 정확한 역사를 전달하도록 노력해야 한다고 했다. 결국 이러
한 그의 견해는 역사소설의 본질을 파악하지 못한 데 기인한 것으로
보인다. 더구나 비슷한 시기에 역사소설에 대한 반성과 지향을 위한
모색이 시도되고 있던 것을 감안한다면 역사소설을 예술로 보기보다
는 역사전달을 위한 방안의 하나로 이해한 것은 염상섭의 역사소설
에 대한 개념이 당시로는 수준 이하가 아닌가 한다.
염상섭의 위의 이론과 같은 목소리이면서 좀 더 진지한 검토가 韓
植의 글에서 보인다. 그는 역사소설로 민족문학을 확립하자고 했다.

周知하는 바와 같이 今日까지 이땅에서는 우리네의 事實들을
素材로한 文學이 적었으며, 어느 民族에서 보는 바와 같은 그 民
族文學의 創造者들이 대개로 自國의 歷史에서 울어 나오는 文學
을 創造하므로써 그 나라의 國民文學이라고 일커르는 것 같은
古典을 확립하지 못했다.129)

---

128) Ibid., 12. 20.

韓 植이 역사소설을 민족문학으로 승화시키자는 것은 근본적으로 민족의 위대성, 자긍심, 자부심 등을 높이기 위한 것으로 민족사의 영웅들인 을지문덕, 연개소문, 김유신 등을 주인공으로 삼아야 된다고 주장했다. 염상섭이 역사소설을 역사를 전달하기 위한 수단으로 삼았던 것과는 좀 다르게 예술성을 통해 민족문학을 확립해야 됨을 '현역작가에게 보내는 각서'로 역설했던 것이다. 특히 그는 작가가 역사문학을 취급함에 있어서 과거를 제재로 할 때, 그에 대한 예민한 판단력과 역사관에 대하여 똑바른 눈을 가져야 된다고 했다.

그러나 韓 植이 이런 글을 쓰기 전부터 이미 역사소설이 민족문학으로서의 역할을 못하고 있음이 비판되어 왔다. 金基鎭은 역사소설의 일반적 특징이 과학적 분석적이 아니고 觀念的이며, 진취적이 아니고 회고적이며 투쟁적이 아니고 도피적인 무기력한 점이라고 지적했다. 그리고 이와 같이 된 이유를,

> 이같이 된 理由는 民族文學의 作家 諸氏가 民族的 歷史에 對한 科學的인 分析의 方法을 獲得하지 못한 까닭인 것은 勿論입니다. 그리고 이것이 流行하는 歷史小說의 正體요 朝鮮文學의 앞面에 나타나 있는 民族文學의 거의 全部라고 말하여도 過한 말씀이 아닐 줄로 생각합니다.[130]

이런 비판의 근본은 유물사상에 바탕을 둔 문학이론을 전개하는 일환의 하나지만, 현실도피적이고 회고적이라는 지적은 설득력이 있으며, 이런 역사소설을 쓰면서 민족문학을 표방했던 작가들에게는 경고가 되었음은 부인할 수 없다.

---

129) 韓 植,「歷史文學 再認識의 必要性」, (『東亞日報』1937. 10. 3〜10. 7).
130) 金基鎭,「朝鮮文學의 現階段」, (『新東亞』1935. 1). p.34.

이런 비판은 흥미 위주로 작가들이 대강대강 쓰고 있다고 몰아세우게 되는데, 金南天은 신문소설을 비판하면서 玄鎭健의 「無影塔」에 대해서,

　　玄鎭健의 「無影塔」은 戀愛譚이라는게 오히려 可當할 것이다. 大體 春園・想涉・東人・憑虛, 이러케 大家라는 이들을 생각해 보면 憑虛는 그중 째지는 편이고 그중에도 描寫術을 全혀 갓지 안흔 분가티 생각키인다. 아직 「朝鮮文壇」에서 보든 째와 가튼 美文趣味를 버리지 못했다는 건 氏의 貫綠으로 보아 부끄러워해야 맛당할 일이고 歷史的 資料에서 取扱하면서 萬年戀愛型을 되푸리하는 건 現代小說의 洗練을 든 바는 무엇보다도 큰 證據일이것다.[131]

현진건의 「無影塔」에 대한 이러한 혹평은 흥미 위주의 연애담이라는 데 있으며 이것은 신문 장편역사소설의 문제점으로 제기된 것이다. 역사소설이 신문연재에 의존하면서 생긴 통속화의 문제는 작가와 신문사가 공동으로 엮어낸 상업화의 결과였다. 「無影塔」에서 다른 긍정적인 평가보다 위의 지적과 같은 부정적인 측면이 지적된 것은 역사소설의 지향점이 보다 폭 넓게 제시되지 못하고 잘못을 지적하기만 한, 대안 없는 비판도 역시 문제점으로 지적될 수밖에 없다.

어쨌든 작가에 대한 비판은 더욱 노골화되어 나타났다. 李秉岐는 '무순 케케묵은 骨董品과 같은 것이라 안흐면 取材의 窘塞하거나 創作熱이 墮落되거나 하여 이런 재료의 덕이나 보아 어벌정' 넘어가려 하거나 '난삽하고 건조한 正史보다 평이하고 흥미 있는 것을 택한 결과'[132]라고 매도했다.

131) 金南天, 「昨今의 新聞小說－通俗小說論을 위한 感想」, (『批判』 1938. 12), p.69.

역사소설을 역사보급으로 인식한 것은 이광수의 경우도 마찬가지
였으며, 염상섭이 역사보급을 위해 역사소설이 장기간 쓰여질 것을
예고했던 것도 또한 역사소설과 역사를 구분하지 못한 당시의 인식
의 한계를 드러낸 것으로 볼 수 있다. 그러나 金南天이나 韓 植이
역사소설의 본질에 대해 어느 정도 이해했던 것으로 보인다.

한편 역사소설이 민족문학으로 오해된 것은 역사전달의 수단으로
역사소설을 인식한 데서 비롯된 것으로 역사소설을 장르개념으로 이
해하지 못한 까닭이다.

역사소설에 대한 명확한 이해가 없었던 작가들은 현실극복이 불가
능한 상황이 되었을 때, 복고풍의 회고담에 빠져 들었고, 이것을 민
족문학의 일환이라는 미명하에 자행했으며, 급기야 통속소설이라는
비난을 듣게 된 것이다. 그러나 처음부터 모두가 그런 것은 아니었
다. 예를 들면 柳致眞은,

> 만일 歷史的 事實을 빌려서 過去를 批判한다면 어느 程度까지
> 너그러운 待接을 바들 줄 생각합니다. 그러나 우리가 「테-마」를
> 「過去」에서 求한다고 그것은 決코 「현재」와 無關한 것은 아닐
> 것입니다. 過去란 언제든지 現在와 連한 것입니다. 우리가 過去
> 를 말하는 것은 드듸여 그것은 現在를 말하는 것이요. 현재를 批
> 判하는 것일 것입니다.[133]

라고 하여 우회적인 방법으로 역사에서 소재를 취한다고 밝혔다. 이
러한 태도는 김동인이 「論介」를 중단하면서 밝힌 이유에서도 볼 수
있다.

역사소설의 부정적 측면을 논의하면서 점차 그 부진이유도 거론되

---

132) 李秉岐, Loc. cit.
133) 柳致眞, 「歷史劇과 諷刺劇」, (『朝鮮日報』1935. 8. 27).

기 시작했다. 韓植은 부진한 이유를 첫째, 근대 소설의 地盤이 없고,
둘째, 民族文學으로서의 확립된 기초가 없으며, 셋째, 작가 대부분이
뚜렷한 역사관을 수립하지 못했다고 지적했다. 그리고 그는 부진한
이유가 이와 같이 여건이 되어 있지 않은 상태에서 '경향적 혹은 피
상적 레알리즘의 붓대를 휘두르면서 문단에 진출한 결과'라고 했다.
더구나 여기에 저널리즘의 상업성이 가세함으로써 '모틮의 획일화를
招來하여 테마의 되푸리가 發生'134) 된다고 했다.

이와는 달리 韓雪野는 '史實은 藝術的 內容으로 移植하는 데 적지
않은 困難이 있으므로 藝術 獨特의 방법이 있어야 함'을 전제하고
우리 역사소설이 대부분 '史實의 轉寫나 부분적 확대'에 그친다고 했
다. 더구나 史書와 文獻이 부족한 경우는 그 곤란함이 거의 치명적
이라고 분석했다. 이렇게 부진함을 지적할 때, 金煥泰는 작가 자신의
'理想과 主觀에 照會하야 歷史的 人物과 事態에 새로운 解析을 나릴
때, 좋은 작품이 가능하다'고 했다. 그리고 나서,

> 그럼으로 歷史小說이 作家의 强烈한 想像力과 感情을 通하야
> 具象的 形態와 새로운 意味를 갓출 眞正한 藝術品일진대 作家의
> 知性과 題材에 대한 態度를 考慮함이 없이 歷史小說이라고 그를
> 곧 民族文學 範疇에 넛거나 「復古的」 「咏嘆的」 「逃避的」이라는
> 「렛델」을 붓칠 수는 없을 것이다.135)

역사소설 곧 민족문학이라고 보던 당시로서는 이론 제시가 진전되
었다고 볼 수 있다. 특히 역사소설을 감상하는 입장에서 '감상 대상이
작가의 想像力과 理想的 精神 活動에 依하여 形成되고 賦與된 새로운

---

134) 韓植, Loc. cit.
135) 金煥泰, 「新春創作評」, p.9.

形態와 意味象徵이지 本來의 題材 그것은 안인 것'이라고 하여 인물과
사건 위주로 스토리에 의존했던 작가들에게 새로운 방향을 제시해 주
기도 했다. 역사소설에 대해 비판과 질시를 보내고 있을 때, 더욱이 모
든 작가와 소설에 대해 부정적인 입장만을 고수하고 그 대안을 마련
하지 못했을 때 金煥泰는 작품 창작 방향을 제시한 점에서 높이 평가
할 만하다.

  통속소설이라는 명예롭지 못한 이름을 붙이게 된 역사소설에 대한
반성은 작품을 쓰는 작가에게 국한된 것만이 아니라 역사소설이 장
편화되어 신문에 의존했던 때의 저널리즘으로 상업성에까지 미쳤다.
더욱이 복고적이라든가 영탄적이라든가 도피적이라는 것은 작가의
안일한 창작태도와, 무분별한 민족문학 제창에 편승한 역사와 소설
의 구분이 불분명했던 역사소설에 대한 인식 부족, 그리고 거대한
힘으로 작용한 저널리즘 등이 가져다 준 결과이다.

  30년대의 이와 같은 논의의 결과로 역사소설에 대한 작가와 평자
와 독자의 인식의 변화가 생겼음을 보게 된다. 예를 들면 玄鎭健이
작가가 창작하는 태도에서 바람직한 것으로 제시한 것을 보면,

    作者가 主題는 벌써 作定이 되었으나 現代에 取材하기도 거북
    한 점이 있다든지 또는 現代로는 그 主題를 살려낼 眞實性을 다
    칠 念慮가 있다든지 하는 境遇에 그 主題에 適當한 史實을 찾아
    내어 얽어 놓는 경우입니다.[136]

라고 하면서 이렇게 해서 썼을 때, 雄篇傑著가 많을 것이라고 했다.
어느 정도 역사소설의 본령을 이해한 것을 알 수 있다.

---

136) 玄鎭健. 「歷史小說 問題」, (『文章』 10호, 1939. 11). pp.127~128.

이상에서 1930년대 역사소설론의 전개 양상을 살폈다. 역사와 역사소설의 구분이 불분명했던 1930년대 초기에 비해 말기는 많은 인식의 차이를 볼 수 있었다. 역사소설이 작가의 투철한 역사의식과 사관을 갖추지 못했을 때, 통속소설이라는 수렁으로 빠져들었고, 그렇게 됨에는 작가와 매체와 독자 모두가 그 책임을 느껴야 함을 알 수 있었다. 특히 역사소설이 복고조나 영탄조로 되어 통속화 되었을 때는 그 사회도 진단의 대상이 되어야 할 것이다.

구성과 사실의 논리를 벗어난 스토오리의 전개와 지나치게 등장하는 우연성, ‘유치한 思想’, 기이한 사건, 값싼 감상 등과 역사와 역사소설을 구분 못하는 작가가 빚어낸 오류는 讀者의 趣味에 영합하기에 급급했었음을 알 수 있다.

이러한 논의는 1930년대에만 국한된 것이 아니라고 보여진다. 1930년대에 와서 비교적 활발하게 논의된 이 역사소설에 대한 자성과 모색은 다른 시대에도 반복되어지고 해결해야 될 것으로 믿는다.

(4) 역사적 상상력과 이론

1920년대 말부터 고조되던 역사소설에 대한 관심은 1930년대에 접어들면서 작품과 이론 양쪽에서 더욱 증대되었다. 작품의 양적인 팽창과 그에 대한 많은 논란은 소설의 다양성을 보여 주었으며 1930년대를 풍요롭게 만들었다. 이렇게 된 이유를 ‘일제의 말기적 파시즘과 군국주의 체제하에서 작가의 심리가 한국적 자기의식을 시작한 예’라고 보기도 했으나[137] 이외에도 프로문학과 국민문학의 대립이 와해된 상태에서 새로운 문학을 모색하지 않을 수 없었던 것이 역사소

---

137) 張德順, 『韓國文學史』, (서울, 同和文化社, 1982). p.379.

설을 비롯한 농촌소설·세태소설 등이 나타나게 된 동기라고도 볼
수 있다. 따라서 이때의 역사소설은 순수한 예술성을 추구하기 위해
창작되어진 것이라고 하기보다는 오히려 문학 외적인 동기에 의해
쓰인 것이라고 하겠다.

특히 일제의 강압정책이 문화·종교·교육·예술 등 사회 전반에
까지 파급되어 창작에 자유스러운 활동이 불가능할 때. 작가들은 그
들 나름대로 작품을 쓸 수 있는 방법을 찾게 되었다. 검열을 피할
수 있는 여러 가지 방법이 모색되었는데 그중 하나가 역사소설을 쓰
는 일이었다. 이 시대 대부분의 역사소설을 도피의 문학이라고 매도
하는 이유가 처음에 민족주의 의식을 가지고 역사소설을 썼던 창작
태도가 변질된 데 있다. 독자의 흥미와 저널리즘의 상업성, 안이한
창작태도가 역사소설에로 도피한 결과를 가져 왔다. 투철한 작가의
식을 가지고 쓰려고 노력했던 작가가 없었던 것은 아니다.

이러한 환경은 여러모로 역사소설에 대한 인식을 새롭게 하여, 야
담과의 구별, 기법상의 문제, 역사의 해석 등 역사소설이 지향하는
기대의 지평선을 논의하게 되었다.

이제 1930년대 역사소설의 특징을 살펴보면 다음과 같다.

첫째, 역사에 대한 해석을 시도하려는 의도가 보이기 시작했다. 20
년대의 역사소설이 역사를 재구성하는 것에 머물렀던 것에 비해 역
사를 해석하여, 역사적 사건이나 인물이 갖는 의미를 제시하였고 역
사적 상상력을 통해 역사소설의 영역을 확대시켰다고 볼 수 있다.
특히 김동인은 「大首陽」에서 이제까지 端宗復位事件을 비롯한 그 무
렵의 역사에 대한 통념을 깨고 首陽大君이 世祖가 되기까지의 필연
적 당위성을 부여하여 反歷史的인 면까지 보이고 있다. 이것은 「端
宗哀史」를 비난했던 그가 代案으로 제시한 것이라고 볼 수도 있지만

그 자신이 역사는 판단되어지는 것임을 천명했던 것으로 보아 역사소설이 역사해석에 의한 작가의 상상력이 중요함을 인식했던 것으로 볼 수 있다. 그러나 역사적 인물보다 중도적인 인물을 또는 무명의 인물을 택해 역사적 상상력이나 민중의 총체적인 삶의 모습을 구현하는 기법상의 문제는 인식하지 못했다.

둘째, 역사소설을 民衆敎化의 수단으로 삼았다. 이것은 개화기의 민족주의 사학자들에 의해 역사 · 전기소설이 창작 · 번안 되었던 것과 같은 맥락에서 이해할 수 있다. 그러나 그 당시와의 차이점은 '소설화' 되었다는 점을 지적할 수 있다. 개화기의 역사 · 전기문학의 직설적이고 비소설적 구성이었던 것에 비해 이야기문학으로 요건이 갖추어졌음을 확인할 수 있다. 자부심을 고양시키려는 공리적인 면이 강조되었던 것은 그 시대의 환경으로 인한 결과라고 볼 수 있다. 더구나 일제의 압력이 가중되어 더 이상 작품을 쓸 수 없었던 때에 창작의 돌파구를 역사소설에서 찾았고, 현실에 대한 비판이 어려울 때에 우의적으로 쓸 수 있는 역사를 택해 비슷한 역사적 환경을 재구성했다고 볼 수 있다.

셋째, 많은 작가들의 등장과 대량 생산이 가져온 통속화의 문제를 들 수 있다. 이미 20년대에 작품을 썼던, 李光洙 · 金東仁 · 朴鍾和 · 洪命熹 외에 1930년대 역사소설을 쓴 작가로는 玄鎭健 · 崔獨鵑 · 尹白南 · 蔡萬植 · 金南天 등이 있다. 이 많은 작가들이 각 신문과 잡시에 장편역사소설을 연재하여 독자의 흥미에 맞도록 써야 하는 입장에 처해 졌다. 이에 따라 많은 비평가들과 작가들은 역사소설의 통속성에 대한 반성과 새로운 방향을 제시하는 논의를 하기에 이르렀다.

특히 역사의식이 없이 古談을 풀어 놓는 것이라든가 '萬年戀愛譚'만을 쓴다는 지적은 통속소설이 읽혀질 수밖에 없는 상황이긴 해도 독자에게 흥미만을 제공하는 태도는 지양되었어야 했다. 그러나 통속소설에 대한 비판이 많았지만 통속화된 이유를 저널리즘이나 독자의 욕구로만 파악했을 뿐, 통속소설이 읽히게 되는 사회적 조건[138]에 대한 통찰은 없었다. 통속화된 이유를 피상적으로 살핀 결과이며 근본적인 해결방안이 치밀하게 진단되지 못한 까닭이다. 통속소설이 위안과 도피가 가져다주는 지대한 결과도 살폈어야 했다.

넷째, 역사소설론을 위한 이론이 본격적으로 전개되었다. 역사소설에 대한 정의와 인물과 사건을 중심으로 한 기법에 관한 논의, 역사의 해석과 판단에 대한 논의, 그리고 앞서 언급한 통속소설론과 세태소설론, 역사소설이 창작되어지는 동기와 그 기능에 대한 논의, 장편소설론에 따른 신문소설론에 관한 것, 역사소설의 미학적인 고찰, 고증에 관한 것 등 역사소설에서 논의될 수 있는 것들을 광범위하게 다루었다. 이 중에서 특히 주목되는 것은 통속소설문제를 제기하면서 그 부류에 역사소설을 넣고 흥미 중심으로 변질되어 버린 작가의 안이한 창작태도와 무성의를 날카롭게 지적한 것과 지향을 위한 모색을 시도했다는 점이다.

더욱이 서구의 소설론이 일본을 통해 수입되었는데 그중 루카치의 『역사소설론』[139]이 徐寅植에 의해 일부 번역 소개되었다는 것은 중요한 사실이다. 비록 제1장 제1절만을 요약 해설한 것이지만 당시의 역사소설론에 대한 열기를 짐작할 수 있다.

이러한 1930년대 역사소설에 대한 논의는 작품론과 일반 이론이었

---

138) 이를테면, 억압된 사회에서 통속소설이 불안을 진정시켜 주고, 삶 속에서 부딪치는 고통스러운 문제들을 피하게 해주며 적극적인 자세와 긴장·비판 및 자기반성에로의 자극 대신 소극적인 자세와 자기도취에 빠져들도록 해 준다.

139) 이 책은 1937년 모스크바에서 처음 간행되었는데, 1939년 「인문평론」 11월호에 서인식이 요약 소개했다.

는데 평론가에 의해서만 이루어진 것이 아니고 작가들까지 가세하여 무성하게 이루어졌다.

다섯째, 역사소설이 역사를 재미있게 가르치기 위한 것이 아니라는 것을 인식한 후에 생긴 문제로 고증에 관한 것을 들 수 있다. 이 것은 역사소설이 아니라는 것을 예술성과 허구성에 근거를 두고 한 것인데, 흥미 있게만 쓰려는 무책임한 작가들에게는 핑계거리를 마련해 주어, 무분별하게 쓰는 행위에 대한 반발로 나타났다.

이상에서 1930년대의 역사소설과 소설론의 특징을 살펴보았다. 여기서 제기되었던 여러 문제는 그 당시에만 국한되었던 것으로 생각되지 않는다. 그만큼 많은 문제점을 제기했고, 그것은 오늘날의 작가에게도 관련되는 사항이라고 생각된다.

Ⅳ. 결 론

역사상 격동기로 명명될 수 있는 19세기 말부터 광복까지의 사회적·정치적 상황에서 창작되고 사회적 기능을 보인 역사소설은 사회적 문맥을 배제하고 이해하기 어렵다. 역사소설이 그 작품 속에서 다루고자 한 시대도 문제이겠지만 소설이 씌어진 시대가 문제가 된다는 것도 이 때문이다.

본고는 개화기에서 광복까지의 역사소설을 검토 정리하고, 시대별 특성과 한계성, 前後 시대와의 연계, 전반적인 문제점 그리고 연구에 대한 전망 등을 살펴보았다.

우리나라의 역사소설은 비단 개화기 이후부터 나타난 것은 아니다. 고대소설 중에서도 「壬辰錄」·「朴氏傳」·「林慶業傳」·「韓氏報應錄」·「崔孤雲傳」 등은 역사소설로 구분할 수 있다. 우리의 문학은 처음부터 역사소설과는 유사하거나 깊은 관련이 있는 전기에서부터 출발하여 〈傳〉자가 붙는 傳記類에서 시작되었다 할 수 있다. 역사소설의 초기 형태로 전기는 조선조에서 소설적 양상을 보이다가 개화기에 새로운 서구의 문명을 접하면서 변화를 보인다. 전기의 형식은 그대로인 채, 소설적 구조는 퇴보한 모습을 보였다.

개화기 역사전기문학은 서투르지만 소설과 역사의 혼합이며 역사를 문학적으로 조작한 역사소설의 모습을 지니고 있다. 역사의 문학적 조작, 혹은 문학으로서의 역사는, 객관적인 사실을 감정적 표현이나 과장된 묘사를 배제하고 논리적으로 진술된 역사와는 다르다. 같은 뿌리에서 출발하였지만, 하나는 화석화된 유물을 해석하고 하나는 생생한 인간을 창조하는 서로 다른 모습을 하고 있다. 주인공은 역사적 인물이 대부분이며 救國의 영웅인 것은 국내외를 막론하고 공통적이다. 주제는 자주독립과 구국이 주류를 이룬다. 그것은 自强과 自保를 전제로 한 민족주의에 기초한 것이었다. 작가층은 주로 漢學에 조예가 깊은 지식층이 주류를 이루며 그중에도 민족주의 사학자들의 역할이 컸다. 따라서 대상인 독자도 지식인을 전제로 하였던 것으로 저항의 문학이라 할 수 있다. 기법적인 측면에서 본다면 조선조의 영웅소설적 구성을 가지고 있으며, 列傳과도 유사한 면을 지니고 있다. 특히 回章體 소설적인 구성도 보이며, 장면 전환에 쓰였던 상투어인 却說·此說·話說 등을 그대로 쓰기도 했다. 갈등의 구조는 '적'과 '나'로 되어 있으며, 구성은 시간추이에 따른 추보식으로 되었고, 서술방법은 요약적이며, 작가의 감정적 개입이 전대의 소설에서처럼 보인다.

1920년대의 역사소설은 단편소설에서 시작되었다. 그러나 단편소설은 역사를 배경으로만 사용하였을 뿐 역사의 거대한 흐름의 전모를 드러낼 수 없었을 뿐만 아니라 그 역사의 의미를 파악할 수 없었다. 이로 말미암아 소설은 사건과 인물 중심이 되고 말았다. 인물은 개성적인 인물이 아니라 작가에 의해 추상화 된 유형적 인물이었고, 역사적 사회적 관련성보다는 도덕적 심리적 묘사가 주류를 이루고 있다. 그로 인해 사회적 환경은 드러나지 못했다. 주제가 개화기와는 달리 忠義로 바뀌어졌음을 볼 수 있다. 이것은 사회적 여건과 관련이 강했던 민족주의 사학자인 작가들에 의해 제기된 것이 1920년대에는 그러한 의식이 없어졌거나 약화된 결과이다. 기법상의 변화를 들 수 있다. 개화기 역사·전기문학이 신소설이나 전대의 소설보다 미숙했던 것에 비해, 1920년대 역사소설은 어느 정도 형식을 갖추고 있다. 이는 1920년대가 근대소설 발달과정상 단편소설의 완성기라는 시대와 관련이 있을 것이다. 구성도 역행적 구성법을 썼고, 서술도 역사처럼 연속적으로 균등하게 서술되어지는 것이 아니고 작가의 구성과 의도에 따라 부분적으로 섬세하고 집중적인 묘사가 감상적이고 극적으로 전개되었다. 표기도 개화기와는 달리 순 한글로 표현되어 독자층의 확대가 이루어졌음도 알 수 있다. 전대에 비하면 기법적으로 소설로서의 위치를 확보했다고 볼 수 있다.

1930년대에 비로소 역사에 대한 해석을 시도하려는 노력이 나타나기 시작하였다. 개화기의 역사·전기문학에서 역사가 상황제시였다면, 1920년대는 역사를 배경으로 했고 1930년대는 역사 자체에 대한 해석이 보였던 때라고 할 수 있다. 역사를 재구성하는 것이 아니라 사건이나 인물이 갖는 의미를 새롭게 제시하여 역사적 상상력의 폭을 넓혔다. 그러나 역사소설로의 도피는 다시 역사소설을 민중 교화의 수단으로 삼으려는 태도와 독자의 흥미에 영합하려는 경향으로 바뀌었다. 개화기보다 약화되었으나 국민들에게 소설화된 역사를 통해 민족의식을 일깨워 주려 했던 것이다. 그리고 1930년대는 많은 작가들이 등장하였음을 지적할 수 있다. 많은 작가의 등장은 많은 작품을 생산했고, 이 결과 역사소설의 통속화를 가져왔다. 그 뒤 통속화에 대한 비판을 비롯한 역사소설에 대한 논란이 1930년대를 풍성하게 했다. 특히 역사소설론은 여러 양상으로 전개되었을 뿐만 아니라 서구의 이론까지 재빠르게 도입 소개하기도 했다.

개화기에서 광복에 이르는 역사소설의 문제점과 그 한계성을 살펴보기로 한다. 첫째, 역사에 대한 본질적 이해가 되지 못하였으며, 역사관이 확립되지 못했다. 이로 말미암은 무분별한 애국심이나 변질된 민족주의를 표방한 작품이 나타났다.

둘째, 앞서의 결과로 사건과 인물 중심의 소설로 되었고 인물은 추상적이고 유형적인 것으로 나타났다. 특히 1920년대 춘원까지도 답습하고 있음을 보게 된다. 그는 지나치게 도덕적인 인물로 조작했다. 사건이나 인물보다도 거대한 역사의 흐름 속에서 삶에 대처하는 인간의 운명을 그리면서 당대의 총체적인 삶을 섬세하게 보여 주었어야 했다. 그리고 인물이 '세계사적인 인물'일 경우 주인공은 무명의 인물이거나 마이너 캐릭터가 바람직한 것임을 인식했어야 했다.

셋째, 작가의 의도가 지나치게 노출되었을 뿐만 아니라 감정적 개입이나 논평이 자주 보였다. 이러한 것으로 말미암아 개화기나 1920년대의 문학은 도구화되어 목적문학의 편모를 드러냈다.

넷째, 작가의 창작태도는 역사물로의 도피현상을 1930년대에서 볼 수 있다. 1930년대의 특수한 사회적 환경으로 외형적 압력이 그러한 결과를 가져 왔다고 하지만, 그것을 빙자하여 독자의 복고적 취향에 영합하려 했음을 간과할 수 없다. 따라서 경직된 사회에서 역사소설의 붐은 일단 재고해야 될 것으로 풀이된다.

마지막으로 개화기에서 광복에 이르는 반세기의 역사소설의 연구를 확대하기 위한 제언을 피력해 두고자 한다.

첫째, 개별적인 작품 연구가 지속적으로 이루어져야 안이한 개연성의 유추에서 오는 오류를 극복할 수 있다. 둘째, 이 시기의 역사소설은 사회적 문맥을 염두에 두고 폭넓게 이루어져야 할 것이다. 작품 자체의 내적 구조에 대한 탐색도 중요하지만, 사회적 영향을 고려해야 한다. 셋째, 개화기의 경우 중국과 일본의 정치소설을 비롯한 여러 작품들을 비교 연구하는 비교문학적인 방법론의 도입이 절대적으로 필요하다. 넷째, 1930년대의 경우 작품 연구와 병행하여 폭넓은 작가층의 연구도 뒤따라야 할 것이다. 특수한 사정으로 인해 연구가 유보된 작가와 작품도 검토되어야 할 것이다. 다섯째, 개화기의 前代

로서 조선조와 광복 이후의 역사소설의 연구도 계속 천착되어야 하
리라고 본다.

이상과 같은 연구가 진행된다면 한국 근대 역사소설의 역사적 연
구가 총체적으로 조명될 것이다.

참고문헌

1. 자 료

丹齋申采浩全集(全四卷), 螢雪出版社, 1977.

東仁全集(全 10卷), 弘字出版社, 1969.

歷史傳記小說(全 10卷), 韓國開化期文學叢書 Ⅱ, 亞細亞文化社, 1979.

李光洙全集(全 20卷), 三中堂, 1962.

朝鮮文藝年鑑, 人文社, 1939.

韓國文學全集 제4권, 民衆書館, 1959.

韓國史 제3권, 探究堂, 1978.

白潮 제3호, 1923. 9.

2. 저 서

姜仁淑, 韓國現代作家論, 同和出版社, 1971.

丘仁煥, 韓國近代小說研究, 三英社, 1977.

丘仁煥, 李光洙小說研究, 三英社, 1983.

丘仁煥, 近代文學의 形成과 現實, 한샘, 1983.

具仲書, 韓國文學과 歷史意識, 創作과 批評社, 1985.

權寧珉, 韓國近代文學과 時代精神, 文藝出版社, 1983.

金文輯, 批評文學, 靑色紙社, 1938.

金炳傑, 文學과 社會意識, 創文閣, 1974.

金炳傑, 리얼리즘 文學論, 乙酉文化社, 1976.

金炳傑, 실천시대의 문학, 실천문학사, 1984.

金宇鐘, 韓國現代小說史, 宣明文化社, 1973.

金容稷, 韓國文學의 批評的 省察, 民音社, 1974.

金禹昌, 궁핍한 시대의 詩人, 民音社, 1977.

金禹昌, 地上의 尺度, 民音社, 1981.

金允植, 韓國近代文藝批評史, 한얼, 1973.

金允植, 韓國文學史論攷, 法文社, 1973.

金允植, 韓國文學의 論理, 一志社, 1974.

金允植, 近代韓國文學研究, 一志社, 1973.

金允植, 文學史와 批評, 一志社, 1975.

金允植, 韓國近代文學思想史, 한길사, 1984.

金允植, 韓國近代小說史研究, 乙酉文化社, 1986.

金章東, 朝鮮朝 歷史小說 研究, 二友出版社, 1986.

金治弘, 韓國現代歷史小說의 研究, (明知大 大學院, 1978).

金治弘 金東仁評論全集, 三英社, 1984.

김태준, 비교문학산고, 민족문화문고간행회, 1985.

金台俊, 朝鮮小說史, 學藝社, 1939.

金澕東, 韓國文學의 比較文學的 研究, 一潮閣, 1972.

朴容九, 歷史小說入門, 乙酉文化社, 1969.

朴殷植, 韓國痛史, 博英社, 1980.

白樂晴, 民族文學과 世界文學, 創作과 批評社, 1984.

白樂晴 編, 리얼리즘과 모더니즘, 創作과 批評社, 1984.

白 鐵, 新文學思潮史, 民衆書館, 1962.

宋敏鎬, 韓國開化期小說의 史的 研究, 一志社, 1976.

宋百憲, 韓國近代歷史小說研究, 三知院, 1985.

宋在英, 現代文學의 擁護, 文學과 知性社, 1979.

申東旭, 韓國現代文學論, 博英社, 1972.

申東旭, 文學의 解釋, 高大出版社, 1977.

申東旭, 우리 이야기문학의 아름다움, 한국연구원, 1981.

申東旭, 新文學과 시대의식, 새문사, 1981.

申東旭 編, 玄鎭健小說과 시대인식, 새문사, 1981.

安自山, 朝鮮文學史, 韓一書店, 1922.

廉武雄, 民衆時代의 文學, 創作과 批評社, 1979.

葉乾坤, 梁啓超와 舊韓末 文學, 1980.

尹柄魯, 現代作家論, 二友出版社, 1978.

尹柄魯, 韓國現代小說의 探究, 汎友社, 1980.

尹弘老, 韓國近代小說研究, 一潮閣, 1980.

李商燮, 언어와 상상, 文學과 知性社, 1979.

李相信 編, 文學과 歷史, 民音社, 1982.

李在銑, 韓國開化期小說研究, 一潮閣, 1972.

李在銑, 韓國現代小說史, 弘盛社, 1979.

李在銑, 韓國短篇小說研究, 一潮閣, 1975.

李在銑 共著, 開化期文學論, 螢雪出版社, 1970.

李慧淳, 比較文學 Ⅰ·Ⅱ, 中央出版, 1981.

任重彬, 否定의 文學, 한얼문고, 1972.

林 和, 文學의 論理, 學藝社, 1940.

林熒澤, 韓國文學史의 視覺, 創作과 批評社, 1984.

林熒澤 共編, 韓國近代文學論, 한길사, 1982.

林熒澤 共編, 전환기의 동아시아 문학, 創作과 批評社, 1985.

張德順, 韓國文學史, 同化文化社, 1982.

張伯逸, 金東仁文學研究, 文學藝術社, 1985.

鄭柱東, 古代小說論, 螢雪出版社, 1966.

趙演鉉, 韓國現代文學史, 成文閣, 1981.

趙東一, 韓國文學思想史試論, 知識産業社, 1980.

趙東一, 新小說의 文學史的 性格, 서울大 出版部, 1973.

趙東一, 한국문학통사 1~4, 지식산업사.

趙東一, 韓國小說의 理論, 知識産業社, 1977.

232

趙鎭基, 韓國現代小說硏究, 學文社, 1984.

崔載瑞, 崔載瑞評論集, 靑雲出版社, 1961.

曺南鉉, 小說原論, 고려원, 1982.

洪文杓, 韓國現代文學論爭의 批評史的 硏究, 陽文閣, 1980.

洪一植, 韓國開化期의 文學思想硏究, 悅話堂, 1980.

Aristoteles, *Poetica*, 孫明鉉 譯, 詩學, 博英社, 1950.

Benjamin W., *Gesammelte Aufsatze*, 車鳳禧 編譯, 現代社會와 藝術, 文學과 知性社, 1980.

Brown, F. ed., *Higlight of modern Literature*, 金洙暎外共譯, 20세기 문학 평론, 大文出版社, 1970.

Carr E. H., *What is history*, 吉玄模 譯, 역사란 무엇인가, 探究堂, 1966.

Collingwood, R. G., *The Idea of History*, 李相鉉 譯, 歷史의 理想, 白鹿出版社, 1976.

Dary, W. H., *Philosophy of History*, 黃文秀 譯, 역사철학, 文藝出版社, 1975.

Forster, E. M., *Aspect of Novel*, 李城鎬 譯, 소설의 이해, 文藝出版社, 1975.

Hauser, A., *Sozialgeschite der Kunst und Literatur*, 白樂晴 外譯, 문학과 예술의 사회사(1~4), 創作과 批評社, 1976.

Hauser, A., *Philosphy of Art History*, 황지우 譯, 藝術史의 철학, 돌베개, 1983.

Hauser, A., *Sozioilogie der Kunst*, 崔成萬 譯, 藝術의 社會學, 한길사, 1983.

Kenney. W., *How to Analyze Fiction*, New York, Monarch press, 1966.

Lubbock, P., *Craft of fiction*, 宋稶譯, 小說技術論, 一潮閣, 1960.

Lukacs, G., *The Historical. Novel*, Boston, Beacon press, 1963.

Lukacs, G., *Die Theorie des Romans*, 潘星完 譯, 小說의 理論, 심설당, 1985.

Marcuse, H., *The Asthetic Dimension*, 文學과 社會研究所譯, 미학의 차원, 청하, 1983.

Reid, I., *The Short Story*, 金鐘云 譯, 短篇小說, 서울大出版部, 1976.

3. 논 문

姜萬吉, 「文學과 歷史」- 朴景利의 「土地」論, 『世界의 文學』 제8호, 1980.

姜玲珠, 「韓國近代歷史小說研究」, 서울大大學院博士學位論文, 1986.

金光煥, 「春園의 端宗哀史와 東仁의 大首陽에 나타난 作家意識研究」, 建大敎育大學院, 1982.

金起林, 「新聞小說 올림픽 時代」, 三千里 제12호, 1933. 1.

金基鎭, 「通俗小說考」, 朝鮮日報, 1928. 11. 9〜20.

金基鎭, 「一年間創作界」, 東亞日報, 1929. 12. 27〜1930. 1. 4.

金基鎭, 「朝鮮文學의 現在와 水準」, 新東亞 4권 1호, 1934. 1.

金基鎭, 「朝鮮文學의 現階段」, 新東亞 제5권 1호, 1935. 1.

金南天, 「長篇小說界」, 朝鮮文藝年鑑, 人文社, 1939.

金南天, 「昨今의 新聞小說」, 批判 제68호, 1938. 12.

金東里, 「月灘과 그의 〈民族〉」, 京鄕新聞 1947. 11. 30.

金午星, 「歷史에 있어서의 人間的인 것」, 人文評論 제16호, 1940. 3.

金允植, 「歷史小說의 方法論的 展開」, 現代文學 제100호, 1963. 10.

金允植, 「歷史小說의 樣式概念攷」, 文學思想 제43호, 1976. 4.

金治弘, 『金東仁의 「大首陽」 研究』, (『明知語文學』 제9호, 명지대, 1977).

金治弘, 「端宗哀史 研究」, 『명지어문학』 10집, (명지대 국어국문학과, 1978).

金治弘, 「申采浩의 乙支文德 研究」, 『국어국문학』 제86호, (국어국문학회, 1981) pp.88〜114.

金治弘, 「1930年代 歷史小說論研究 (Ⅰ)・(Ⅱ)」, 명지어문학 명지대학, 제15~16호, 1983~1984.

金泰俊, 「韓國開化期文學」, 국어국문학 68・69, 1975.

金泰俊, 「춘원 이광수의 예술관」, 명지어문학 제4호, 1970.

金泰俊, 「춘원문예에 끼친 基督敎의 影響」, 明大論文集 제3권, 1970.

金煥泰, 「新春小說 漫評」, 開闢 제66호, 1926. 6.

金煥泰, 「新聞創作 總評」, 開闢 복간 제4호, 1935. 3.

朴桂弘, 「韓國歷史小說史」, 語文學會, 1963.

朴鐘和, 「長篇小說作家會議」, 三千里, 제25호, 1936. 2.

朴鐘和, 「歷史小說과 考證」, 文章 제2권 8호, 1940. 10.

朴鐘和, 「民族文學의 論理」, 京鄕新聞, 1946. 12. 5.

朴鐘和, 「歷史小說은 民族精神 發揚의 母体」, 民衆日報, 1947. 10. 19.

朴鐘和, 「歷史와 文學」, 현대문학 제126호, 1965. 6.

潘星完, 「루카치의 歷史小說 理論과 우리 歷史小說」, 외국문학 제3호, 1967. 봄.

徐寅植, 「歷史文學論 解說 - 께오리 루카츠」, 人文評論 제2호, 1939. 11.

宋 影, 「31年 朝鮮文壇槪觀」, 朝鮮日報, 1931. 12. 17~24.

愼鏞廈, 「朴殷植의 敎育思想에 對하여」, 韓國學報 제1호, 1975.

愼憲絳, 「春園의 嘉實攷」, 國語敎育 제48집, 1984.

安懷南, 「通俗小說의 理論的 檢討」, 文章 제17호, 1940. 11.

廉尙燮, 「올해의 小說界」, 開闢 제42호, 1923. 12.

廉尙燮, 「歷史小說時代」, 每日申報, 1934. 12. 20~22.

廉尙燮, 「小說과 歷史」, 每日申報, 1934. 12. 23~24.

柳陽善, 「開化期敍事文學研究」, 서울大大學院, 1979.

尹明求, 「金東仁小說研究」, 서울大大學院 博士學位論文, 1984.

尹白南, 「大衆小說에 對한 私見」, 三千里, 1936. 12.

尹柄魯, 「月灘의 歷史小說論」, 大東文化研究 제10집, 1975.

李明宰, 「韓國 新文學에 끼친 梁啓超의 영향」, 論文集 제24집, 中央大學校, 1980.

李明宰, 「丹齋小說攷」, 淵民李家源博士頌壽記念論叢, 1977.

李源朝, 「純粹文學과 大衆文學과의 問題」, 朝鮮日報, 1933. 3. 13.

李源朝, 「林巨正伝에 對한 小考察」, 朝光 제4권 8호, 1938. 8.

李慧淳, 「大韓帝國의 文學」, 大韓帝國研究 Ⅱ, 梨大, 1983.

林成雲, 「無影塔의 構造分析」, 東國大大學院, 1983.

林　和, 「通俗小說論」, 東亞日報, 1938. 11. 11~27.

張伯逸, 「春園의 歷史小說觀」, 詩文學 118~119, 1981. 5. 6.

丁來東, 「三大新聞長篇小說論評」, 開闢 복간 4호, 1935. 3.

鄭芝溶, 〈新刊評〉「月灘의 歷史小說 錦衫의 피」, 朝鮮日報, 1938. 12. 18.

鄭　哲, 「歷史小說에 對하여」, 朝鮮日報, 1929. 11. 12~24.

鄭漢淑, 「兩面意識의 虛弱性」, 人文論集 제20호, 1975.

주요섭, 「通俗化의 悲哀－端宗哀史」, 東光 제17호, 1931. 1.

주요섭, 「大衆小說 小考」, 東亞日報, 1938. 1. 19.

蔡萬植, 「傳記와 小說의 限界性」, 東亞日報 1939. 3. 7.

崔元植, 「玄鎭健 研究」, 서울大大學院, 1974.

崔元植, 「蔡萬植의 歷史小說에 對하여」, 국어국문학 제72·3집, 1976.

최유찬, 「1930年代 歷史小說論 研究」, 延世大大學院, 1983.

최희연, 「春園歷史小說研究」, 延世大大學院, 1982.

韓　植, 「文學上의 歷史的 題材」, 朝鮮日報, 1937. 8. 29~9. 4.

韓　植, 「歷史文學 再認識의 必要性」, 東亞日報, 1937. 10. 3~7.

韓雲野, 「碧初의 林巨正을 읽고」, 朝鮮日報, 1939. 12. 11.

韓雲野, 「通俗小說에 對하여」, 東亞日報, 1936. 7. 3~7. 8.

韓榮煥, 「近代歷史小說의 槪念과 기능 考察」, 國文學 제1집 延大, 1969.

韓榮煥, 「韓國近代歷史小說研究」, 研究論文集 제2집, 성신사대, 1969.

玄吉彦, 「玄鎭健小說研究」, 漢陽大大學院 博士學位論文, 1984.

玄鎭健, 「이러쿵저러쿵」, 開闢 제44호, 1924. 2.

玄鎭健, 「朝鮮魂과 時代精神의 把握」, 開闢 제65호, 1926. 2.

玄鎭健, 「歷史小說 問題」, 文章 1권 11호, 1939. 11.

洪命憙, 「林巨正傳에 對하여」, 三千里 1호, 1926. 6.

洪命憙, 「林巨正傳을 쓰면서」, 三千里 15호, 1933. 9.

洪思重, 「歷史와 歷史小說의 基本理念」, 현대문학 제99호, 1963. 3.

黃哲暎, 「考證의 限界」, 뿌리 깊은 나무 제10호, 1976. 10.

· 저자 ·

김치홍   · 약 력 ·
(金治弘)
서울 출생
명지대학교 대학원 국어국문학과 문학박사
문학평론가
명지대학교, 명지대사회교육대학원, 관동대, 성결대 강사 역임
한국국어교육학회 이사
한국문인협회 회원

· 주요논저 ·

「김동인의 역사소설론 연구」
「놀부의 현대적 의미」
「박태원의 '홍길동전' 연구」
「이은성의 '동의보감' 연구」
「일상의 시간과 공간의 이탈-은비령 읽기-」
『김동인 평론 전집』
『한국 단편소설의 감상과 해설』
외 다수

한국 근대 역사소설의 사적史的 연구

· 초판 인쇄 | 2006년 6월 30일
· 초판 발행 | 2006년 6월 30일

· 지 은 이 | 김치홍
· 펴 낸 이 | 채종준
· 펴 낸 곳 | 한국학술정보㈜
          경기도 파주시 교하읍 문발리 526-2
          파주출판문화정보산업단지
          전화 031) 908-3181(대표) · 팩스 031) 908-3189
          홈페이지 http://www.kstudy.com
          e-mail(e-Book사업부) ebook@kstudy.com
· 등 록 | 제일산-115호(2000. 6. 19)
· 가 격 | 15,000원

ISBN 89-534-5318-6 93810 (Paper Book)
      89-534-5319-4 98810 (e-Book)